U0083692

古典詩歌研究彙刊

第十一輯

龔鵬程 主編

第2冊

徐庾麗辭之形式與風格

鄭宇辰 著

國家圖書館出版品預行編目資料

徐庾麗辭之形式與風格／鄭宇辰 著 -- 初版 -- 新北市：花木蘭文化出版社，2012〔民 101〕

序 2+ 目 2+200 面；17×24 公分

(古典詩歌研究彙刊 第十一輯；第 2 冊)

ISBN 978-986-254-720-5（精裝）

1.（南北朝）徐陵 2.（南北朝）庾信 3. 南北朝文學 4. 詩評

820.91 101001254

ISBN-978-986-254-720-5

9789862547205

古典詩歌研究彙刊

第十一輯 第二冊 ISBN：978-986-254-720-5

徐庾麗辭之形式與風格

作 者 鄭宇辰

主 編 龔鵬程

總 編 輯 杜潔祥

出 版 花木蘭文化出版社

發 行 所 花木蘭文化出版社

發 行 人 高小娟

聯絡地址 新北市永和區中正路五九五號七樓

電話：02-2923-1455／傳眞：02-2923-1452

網 址 http://www.huamulan.tw 信箱 sut81518@gmail.com

印 刷 普羅文化出版廣告事業

初 版 2012 年 3 月

定 價 第十一輯 30 冊（精裝）新台幣 42,000 元

作者簡介

鄭宇辰，生於南投水里，東吳大學中文研究所碩士畢業，現為東吳大學中文研究所博士生。師從當代駢文名家陳松雄教授，致力於六朝駢文之研究與寫作。著有碩士論文《徐庾麗辭之形式與風格》，及單篇論文〈孫德謙駢文筆法析述〉、〈論庾信表啟文之句法藝術〉、〈李商隱上令狐相公七狀探微〉、〈徐陵之生平及其才識析述〉、〈陳維崧駢文受庾信影響研究〉等。

提　　要

徐庾摛華掞藻，潤古雕今。詞吐黃絹，江南窮其競寫；胸吞丹篆，河北為之揄揚。開駢體之正宗，樹麗辭之典範。數朝國士，生平可懷；一代文宗，才識足慕。徐陵家世則梁國名閥，累葉增光，靈椿新詞，啟迪至大，以徐摛為詳：一曰文好新變，宮體馳名；二曰學深經史，才優治道；三曰勇懾侯景，賦性忠藎。生平則濡染庭訓，成梁宮之大家；誕膺美才，為藝苑之翹楚。綜其志業，可得而言：一曰東宮學士，南朝詞宗；二曰出使東魏，羈留北齊；三曰遣還梁國，優仕陳朝。若乃探其才學，還尋新變之源；語其器識，更捃弘深之跡。才學優深，器識恢宏。博涉史籍，文多新意。文學之論，新聲與文質並求；政治之功，強諫與讓賢俱茂。至於庾信家世則南陽望族，新野世家：一曰秉心貞介，志尚清簡；二曰家有直道，人多全節;三曰文學宗府，獨步江南。生平坎坷，流寓北狄，賦動江關，蕭瑟悽愴。其生平志業，際遇才華，孤臣危心，令人泣涕：一曰南朝學士，文揮綺豔；二曰侯景作亂，藐是流離；三曰北國羈旅，哀思江南。論其才學，尤善《左氏》，咸成規矩；伏膺陸機，宛在胸襟。及其器識，人生觀則歎天道之悽愴，文學觀則吐文學於性靈，政治觀則期為政之簡靜。其生平才識，略得梗概焉。故知徐庾皆好新聲，文並綺豔。於是探其形式，詮其風格。一曰對偶見繽紛之貌：夫對偶繽紛，非惟四六之相銜；迴盪重出，亦有隔句之復沓。或白描活潑，雙擬、散文、歎詞成對;或三對迭用，數字、彩色、方位交輝。白描活潑，既開新變之貌;三對迭用，即是綺豔之體。二曰聲律調馬蹄之韻：永明論聲，則早闡律呂；徐庾製作，則精調馬蹄。三曰隸事蘊巧密之方：夫隸事之後，必由纂組，乃能成章。既析詞例，還見常法。四曰虛字有生氣之妙：或表現為連詞，或表現為詞彙，或表現為句法。虛實相生，恆存乎通篇；虛字領實，輒見乎其句。隸事類而頗見境界，運虛字而自有跌宕。此其特色也。若乃宮體正盛，新變初成。巧構形似，由山水而宮闈；文貴比興，崇性情而放蕩。形似故隨文賦采，彌尚靡麗；放蕩故宮闈都寫，人物皆描。此前期風格也。其後徐陵入陳，庾信入周，徐則經國篇章，庾則江關辭賦。既為總述，又分細微，同中之異，亦可見也。故知徐庾瑰奇特出之彥，沉博絕麗之才，流風所及，可略而言。觀之文學，效徐庾則三對迭用，與夫虛字領實之法；觀之文論，駢話摘句，多為三對之用，與夫虛字傳神之遺韻。

自　序

蓋聞詩歌之製，窮者愈工；騷客之吟，哀者彌劇。是以芳蘭九畹，特結屈原之悲；道里三千，遂含蔡琰之憤。至於辭鋪錦繡，四海爭傳；音和球鍠，九州競譽。王粲羈旅，窮工之賦既興；江淹袞裳，新巧之文亦暢。仰古今之情理，酌而彌多；探南北之藻思，積而不讓者，其唯徐孝穆、庾子山乎！

徐庾逸才通暢，博學造微，業擅九流，名高百代。朱衣華轂，並得隆恩；南國北朝，各居異地。況復胸懷斧藻，無勞丹篆之吞；筆奏宮商，不待青鏤之授。六朝金粉，既入含毫；四傑珠璣，未曾乖律。蠹魚皆舞，似聽銅鉢之聲；蝌蚪亦靈，如灑金壺之汁。若乃三墳紀事，炎皞欽明；萬品成文，動植顯蔚，不得譬此曼辭，方斯精采。未臨趙國，先賞似玉之容；不見美人，偏聞若蘭之氣。

僕性雖愛文，弱則好弄。是以五鳳樓手，終日遙懷；七步詩才，無時不慕。笑匡衡之鑿壁，忽就杵磨；譏孫敬之懸頭，竟尋雪映。書多晦義，獨希東觀之遊；筆未生花，空盼西江之滌。吟常忘麥，思鴈塔而不名；鋤輒帶經，訝龍門之頻點。三更寒暑，迄屆東吳。采芹雙溪之旁，攻木福嶺之側。鴻都學士，時有六藝之談；虎觀大儒，非無百家之論。奠基有道，既執經而問師；居學無閒，每遊藝而鋪藻。三墳五典，衣被足多；丹臒青箱，均霑非淺。始知遏雲之響，幸有秦青；

屠龍之傳，欣逢支益。雖行能樸遬，章句夭靡，三餘之積漸深，六義之悟彌切。

若乃齊梁雕藻，已得馳名；徐庾鋪辭，翻能驚世。正當研其位體，玩彼置辭。長流眄於隋珠，永頤情於和璧。豈如嵇康自祕，廣陵之調不彈；張華徒驚，斗牛之間難曉。故知鏗鏘並奏，馬蹄金石之音；綺縠紛披，絺句繪章之貌。黃塵漫漫，咸爲去國之人；碧草森森，盡是思鄉之客。發言趺宕，乃南國之詞宗；搖筆清新，實北朝之才子。至其樹規立矩，探律尋聲，滋彼藝壇，潤斯文囿。詩家李杜，不足與京；詞苑蘇黃，莫之能抗。

然而藝林駢話，或有未詳；文學史評，多從概略。於是究其風貌，歷載如周旦之征；追其聲辭，困神愈桓譚之劇。當年宋玉，應有雄風；此日王筠，獨窺雌霓。民國九十九年庚寅七月台北鄭宇辰序。

目次

第一章 緒 論

第一節 研究動機與目的

夫徐庾者，言徐陵、庾信也。〔註 1〕昔徐陵仕南，庾信羈北，聲華籍甚，故後世尚焉。南朝文章，以「麗辭」爲稱，豈取曹丕之詩賦欲麗也？〔註 2〕夫經典沉深，文學鬱勃，正宗大本，駢文而已。〔註 3〕藝林崇替，作者繼踵，治疏〔註 4〕藥文，〔註 5〕麗辭而已。夫有筆捲

〔註 1〕《周書‧庾信傳》：「摛子陵及信，並爲抄撰學士。父子在東宮，出入禁闥，恩禮莫與比隆。既有盛才，文並綺豔，故世號爲徐庾體焉。」〔唐〕令狐德棻：《周書》（北京：中華書局，1974 年 2 月），冊 3，卷 41，頁 733。

〔註 2〕〔魏〕曹丕：《典論‧論文》：「夫文本同而末異，蓋奏議宜雅，書論宜理，銘誄尚實，詩賦欲麗。」見〔梁〕蕭統編，〔唐〕李善注：《文選》（臺北：華正書局，2000 年 10 月），頁 720。

〔註 3〕〔清〕王闓運：〈論文體單復〉：「古今文體分單、復二派。……復者文之正宗，單者文之別調。」見氏著：《湘綺樓詩文集》（長沙：岳麓書社，1996 年 9 月），頁 544。劉師培：《文說》：「是則駢文之一體，實爲文類之正宗。」收入王水照編：《歷代文話》（上海：復旦大學出版社，2007 年 11 月），冊 10，頁 9542。

〔註 4〕張仁青：《中國駢文發展史》：「蓋初學駢文或專門欲以名家者，必先淹貫群經諸子，明習史事典故，精研文字音韻，熟讀名家作品，然後始能著筆，……故曰駢文可以治空疏不學之弊，其誰敢疑。」（杭州：浙江大學出版社，2009 年 4 月），頁 43。

煙波，文摩光燄，織天孫之雲錦，吐明月之驪珠，其超出流調，亦已遠矣。既信美於往載，足克光於後進，是以學子雕琢，體效徐庾，雖若無用，實乃大用也。

予入上庠，乃遇松雄先生，則侍而問之。習駢數年，先生輒貽其新作，示以正則。捧還誦讀，歡喜何量，懿哉名師之難見也，乃小子之一遇歟！自論文以來，未有如先生者也。探賾索隱，既研麗辭；敷衽論衡，更營駢語。欲報師德，莫若效之，而南朝才士，先生早闡，其中深解，已足名家。唯徐庾之文，實麗辭宗師，集六朝之大成，導四傑之先路，〔註 6〕駢壇所以法備，文運所以鼎興。採掇片言，莫非寶也。而西風東漸，古學式微，人棄韋編，世矜語體。正恐廣陵古調，竟不延彈；鴻業雅言，無由可繼。於是握管操觚，乃始論文。

詳觀歷代之詆訶徐庾者多矣：至如魏收之嘲語，〔註 7〕令狐之指罪，〔註 8〕魏徵之斥責，〔註 9〕王通之評議，〔註 10〕滹南之譏平，〔註 11〕

〔註 5〕 瞿兌之：〈中國駢文史序〉：「近人文字之弊，約有三端，皆可以駢文藥之。一曰浮淺。……一曰膚闊。……一曰枯淡。……一言以蔽之，不讀駢文，不知吾國文字領域之廣，法門之多也。」見劉麟生：《中國駢文史》（臺北：臺灣商務印書館，1990 年 12 月），頁 3。

〔註 6〕 〔清〕紀昀總纂：《四庫全書總目提要・庾開府集箋註》：「其駢偶之文，則集六朝之大成，而導四傑之先路。自古迄今，屹然爲四六宗匠。」（臺北：臺灣商務印書館，影印文淵閣《四庫全書》本，1986 年 3 月），頁 1。

〔註 7〕 《太平御覽》卷五八五引《三國典略》：「齊主嘗問于魏收曰：『卿才何如徐陵？』收對曰：『臣大國之才典以雅，徐陵亡國之才麗以豔。』」〔宋〕李昉：《太平御覽》（臺北：臺灣商務印書館，1997 年 7 月），冊 4，頁 2768。

〔註 8〕 《周書・王褒庾信傳論》：「然則子山之文，發源於宋末，盛行於梁季。其體以淫放爲本，其詞以輕險爲宗。故能夸目侈於紅紫，蕩心逾於鄭衛。昔楊子雲有言：『詩人之賦麗以則，詞人之賦麗以淫。』若以庾氏方之，斯以詞賦之罪人也。」〔唐〕令狐德棻：《周書》，冊 3，卷 41，頁 744。

〔註 9〕 《隋書・文學傳序》：「梁自大同之後，雅道淪缺，漸乖典則，爭馳新巧。簡文、湘東，啓其淫放，徐陵、庾信，分路揚鑣。其意淺而繁，其文匿而彩，詞尚輕險，情多哀思。格以延陵之聽，蓋亦亡國之音乎！周氏吞并梁、荊，此風扇於關右，狂簡斐然成俗，流宕忘

宋濂之掎摭。〔註 12〕或崇古散，動詰爲亡國之音；或附俗流，反詆作蠹文之體。又假使駢儷果爲至淺，〔註 13〕古文方是正途，便當謹效六經，不應熟精《文選》。〔註 14〕辭人代出，文體多紛，欲抗六朝，先詆徐庾。不察時運之交移，無識質文之代變，悲夫！

至若六朝文盛，體勢鬱起。何遜、吳均，並能成體；蕭綱、蕭繹，咸有才名。二蕭年與徐庾相仿，〔註 15〕以地名言，則有宮體，以人名言，有徐庾體，無蕭綱、蕭繹體，〔註 16〕何哉？蓋徐庾之作，度越眾流，騁才於麗藻之中，寓情於聲氣之內。文采之盛，亦云極矣。古來駢體，率曰陰柔；〔註 17〕徐庾麗辭，偏能雄秀。〔註 18〕然則陰柔之氣

反，無所取裁。」〔唐〕魏徵：《隋書》（北京：中華書局，1982 年 10 月），冊 6，卷 76，頁 1730。

〔註 10〕〔隋〕王通：《中說・事君篇》：「徐陵、庾信，古之誇人也，其文誕。」見〔宋〕阮逸：《文中子中說注》（臺北：世界書局，1959 年 12 月），卷 3，頁 3b。

〔註 11〕〔金〕王若虛：《文辨》：「庾信〈哀江南賦〉堆垛故實，以寓時事。雖記聞爲富，筆力亦壯，而荒蕪不雅，了無足觀。」見氏著：《文辨》，收入王水照編：《歷代文話》，冊 2，頁 1132。

〔註 12〕〔明〕宋濂：〈答章秀才論詩書〉：「唐初承陳隋之弊，多尊徐庾，遂至頹靡不振。」〔明〕宋濂撰，羅月霞主編：《宋濂全集》（杭州：浙江古籍出版社，1999 年 12 月），冊 1，頁 208。

〔註 13〕〔宋〕洪邁：《容齋三筆・四六名對》：「四六駢儷，於文章家爲至淺。」〔宋〕洪邁撰，孔凡禮點校：《容齋隨筆》（北京：中華書局，2005 年 11 月），冊上，頁 517。

〔註 14〕〔唐〕杜甫：〈宗武生日〉：「熟精《文選》理，休覓彩衣輕。」〔唐〕杜甫著，〔清〕仇兆鰲注：《杜詩詳注》（北京：中華書局，2007 年 6 月），冊 4，頁 1478。

〔註 15〕梁簡文帝蕭綱生於梁武帝天監二年，西元 503 年；徐陵生於梁武帝天監六年，西元 507 年；梁元帝蕭繹生於梁武帝天監七年，西元 508 年；庾信生於梁武帝天監十二年，西元 513 年。

〔註 16〕今檢迪志文化出版有限公司「文淵閣四庫全書電子版」，有徐庾體，徐陵體，庾信體，子山體，庾子山體；有宮體，無蕭綱體，蕭繹體，梁元體；有擬梁簡文體，僅一見，爲詩體。

〔註 17〕孫德謙：《六朝麗指》：「近世古文家，其論文氣也，有陽剛、陰柔之說，立論最確當不易。以吾言之，六朝駢文即氣之陰柔者也。」收入王水照編：《歷代文話》（上海：復旦大學出版社，2007 年 11 月），

何存？雄秀之格安在？蓋形式技巧耳。故甄別研究，〔註 19〕日就月將，樂其對偶之繽紛，娛其調暢之聲律；巧密於隸事，更愜於胸；表現於虛字，還怡於目。綜合詳分，則形式辨矣。〔註 20〕至於風格詮別，亦參酌前修，譚獻之議，許槤之評，蔣士銓之品文，王文濡之批語，莫不考其文理，詳其旨歸，以佐徵言，則風格別矣。

夫賞析一文為易，探索全集為難。至於洞鑑文法，規摹體式，以今窺古，尤非易事。及其研鑽形式，品評風格，有同乎舊論者，非雷同也，借成果以發揮也；有異乎前談者，非苟異也，著創見以立說也。形式、風格，較然可知。庶使染翰之子，便於則效；研精之士，有所啓發。但文非雕龍，學慚窺豹，言不盡意，黽勉述之耳。

贊曰：赫哉徐庾，美矣文才。清新風格，綺豔體裁。津涉條析，英華盡該。文果探賾，法昭後來。

第二節　研究範圍、前人研究成果與研究方法

一、研究範圍

本書研究徐庾麗辭，參考版本有：

（一）《徐孝穆集箋》，〔陳〕徐陵撰，〔清〕吳兆宜注，臺北，世

冊 9，頁 8431。

〔註 18〕〔清〕蔣士銓評庾信〈周上柱國齊王憲神道碑〉：「（昔皷軒皇受姓）視孝穆〈冊陳王九錫文〉便覺精彩數倍。趙松雪以雄秀評右軍之字，余謂子山駢體直受此二言不愧。」見〔明〕王志堅編，〔清〕蔣士銓評：《評選四六法海》（臺北：德志出版社，1963 年 7 月），頁 459。

〔註 19〕王國維：〈古雅之在美學上之位置〉：「一切之美皆形式之美也。就美之自身言之，則一切優美，皆存於形式之對稱變化及調和。」王國維著，傅傑編校：《王國維論學集》（雲南：雲南人民出版社，2008 年 3 月），頁 359。

〔註 20〕陳師松雄：〈徐庾麗辭同體異風說〉：「以言乎聲貌一而形同：一曰立平仄互諧之規，鏗鏘並奏。二曰倡四六隔聯之矩，熠燿相華。三曰典故積簡，鎔鑄精工。四曰連詞寬編，轉折靈利。」陳師松雄：〈徐庾麗辭同體異風說〉，《東吳中文學報》第 15 期（2008 年 5 月），頁 1。

界書局，1984 年 10 月。

（二）《徐陵集校箋》，〔陳〕徐陵撰，許逸民校箋，北京，中華書局，2008 年 8 月。

（三）《庾開府集箋注》，〔北周〕庾信撰，〔清〕吳兆宜注，臺北，臺灣商務印書館，影印文淵閣《四庫全書》本，1986 年 3 月。

（四）《庾子山集注》，〔北周〕庾信撰，〔清〕倪璠注，許逸民校點，北京，中華書局，2006 年 2 月。

（五）《漢魏六朝百三名家集》，〔明〕張溥輯，南京，江蘇古籍出版社，2002 年 3 月。

（六）《全上古三代秦漢三國六朝文》，〔清〕嚴可均輯，石家莊，河北教育出版社，1997 年 10 月。

其中以吳兆宜、倪璠注本之《徐孝穆集箋》、《庾子山集注》爲主，餘爲輔。蓋清人之注，類皆能駢，注釋之中，校勘存焉。現存庾集文字差異蓋寡，徐書爲後人輯佚所得，文字、篇題出入頗多，各本互異，今人許逸民雖加校箋，然篇題從屬不一，又有自爲定題者，竊謂非當，僅得參考。

二、前人研究成果

前人研究成果，舉其重要者，約有六種：

（一）劉麟生《中國駢文史》第五章〈庾信與徐陵〉論「徐庾之作風」。〔註 21〕

1、文筆仍側重輕倩，而時以新意出之。

2、用典能活。

3、流動自然，不假雕琢之筆。

4、四六句之屬對。

〔註 21〕劉麟生：《中國駢文史》（臺北：臺灣商務印書館，1990 年 12 月），頁 63。

（二）謝鴻軒《駢文衡論》第九章〈徐庾二子——駢文泰斗〉論其貢獻最著者。〔註 22〕

1、駢四儷六，而隔句為聯。

2、用典能活，而兼擅白描。

3、文筆清新，而句法靈動。

（三）張仁青《中國駢文發展史》〔註 23〕、《駢文學》〔註 24〕標其價值。

1、樹四六句間隔作對之宏規。

2、開平仄聲相互協調之首唱。

3、四六句法之靈動。

4、數典隸事之繁富。

（四）陳師松雄《齊梁麗辭衡論》第七章〈麗辭泰斗：徐陵、庾庾之風格及其影響〉。

第三節　「徐庾麗辭之特色與影響」〔註 25〕

1、倡四六隔句為聯之規

2、立平仄相間互協之矩。

3、巧用虛詞，轉折裕如。

4、善用典故，隸事靈活。

5、運筆清新，而不假於雕琢。

6、屬對自然，而不失其氣勢。

又《南朝儷體文通銓》第六章〈徐庾儷體文通銓〉

〔註 22〕謝鴻軒：《駢文衡論》（臺北：廣文書局，1976 年 10 月），頁 216～214。

〔註 23〕張仁青：《中國駢文發展史》（杭州：浙江大學出版社，2009 年 4 月），頁 294～296。

〔註 24〕張仁青：《駢文學》（臺北：文史哲出版社，2003 年 9 月），冊下，頁 459～464。

〔註 25〕陳師松雄：《齊梁麗辭衡論》（臺北：文史哲出版社，1986 年 1 月），頁 450～459。

第二節「徐陵儷體文之風格」。〔註 26〕

1、緣情綺靡之作。

2、慷慨激昂之論。

3、典雅高華之篇。

4、眞骨摯情之什。

第四節「庾信儷體文之風格」

1、辭賦：或清新巧麗，或蕭瑟幽悽。

2、表啓：或表微婉之致，或見輕倩之辭。

3、銘刻：或清麗哀怨，或雅正脫俗。

4、碑誌：以抒情爲體，以悲哀爲主。

（五）鍾濤《六朝駢文形式及其文化意蘊》第二章「六朝駢文形式的定型過程」論「徐庾體：駢文成熟的標誌」。〔註 27〕

1、裁對綿密，四六初成。

2、麗藻星鋪，標句清新。

3、「使事迭當」，「生氣遠出」。

4、八音迭奏。

（六）于景祥《中國駢文通史》第五章「六朝——駢文之鼎盛時期」第七節「徐陵——駢文之集大成者」。〔註 28〕

1、其一，對偶方面的成就。

2、其二，隸事用典方面的成就。

3、其三，藻飾與調諧聲韻方面的成就。

泛覽眾書，皆駢文研究之要籍。張仁青謂駢文要件：對偶則期於精工，典故則務於繁夥，辭藻則趨於華麗，聲律則求於諧美，句法則

〔註 26〕陳師松雄：《南朝儷體文通銓》（臺北：文史哲出版社，1993 年），頁 257～286。

〔註 27〕鍾濤：《六朝駢文形式及其文化意蘊》（北京：東方出版社，1997 年 6 月），頁 101～113。

〔註 28〕于景祥：《中國駢文通史》（長春：吉林人民出版社，2002 年 1 月），頁 417～420。

練於靈動。〔註 29〕斯形式之謂也。諸書所論，亦緣形式。唯陳師特達，則洞曉文術，論其風格，有益來學，然篇幅所局，未遑細目。今既敷述，宜探文心焉。

三、研究方法

（一）歷史研究法

孟子曰：「誦其詩，讀其書，不知其人，可乎？是以論其世也。」故研鑽徐庾，先論其人。雖時代、背景，布在方冊；家世、生平，溢於史載。《梁書》、《陳書》之述，《周書》、《隋書》之言，《南史》、《北史》之錄，並詳略互有，出入斯在。考而徵實，梳而成論，史載則詳，史闕則略，史信則書，史誤則辨。此歷史研究法之用也。若乃述環境，論交游，研究已備，〔註 30〕今暫不論。

（二）文本分析法

文本分析法，蓋歸納與演繹之法也。歸納法者，由特殊之事物，以推普遍之原理；由個別之事例，以推共同之通則。演繹法者，由已知推未知，由普遍之理則推特殊之事物。交參運用，即文本分析法也。本書就徐庾麗辭歸納分析，以求其形式技巧。又劉師培《漢魏六朝專家文研究》云：「詞例爲專門之學，可效俞樾《古書疑義舉例》之法，推之六朝文學，則於當時用字造句之例，必有創獲。」〔註 31〕以此啓發，遂研究其對偶、調聲、隸事、虛字諸形式，於虛字字例尤有創獲。蓋古人體效徐庾，其精神在此。至於確定風格類型，歸納特點，亦賴

〔註 29〕張仁青：《駢文學》，冊上，第四章〈駢文構成之要件〉，頁 95～261。

〔註 30〕關於徐庾交游關係之論文，可參劉家烘：《徐陵及其詩文研究》（臺北：輔仁大學中文研究所碩士論文，1995 年）；許東海：《庾信生平及其賦之研究》（臺北：文史哲出版社，1984 年 9 月）；吉定：《庾信研究》（上海：上海古籍出版社，2008 年 7 月）；吳瑞俠：〈庾信交游資料考辨〉，《宿州學院學報》2010 年 10 期（2010 年 10 月）。

〔註 31〕劉師培：《漢魏六朝專家文研究》，《中國中古文學史講義（附《漢魏六朝專家文研究》）》（上海：上海古籍出版社，2006 年 4 月），頁 107。

文本分析法爲之。

（三）文獻探討法

文獻探討者，察其問題與批判也。論駢體者，李唐以前無聞。宋始有王銍《四六話》，謝伋《四六談麈》。清葉以降，評點興盛，蔣士銓評《四六法海》，許槤評《六朝文絜》，譚獻評《駢體文鈔》，觀其品藻，可洗予聞。本書研究徐庾風格，亦間參評點，辨其所指，以爲論證。

（四）比較研究法

比較法者，求其共同之處，決定個別事物，以知相同相異，同中之異，異中之同，與夫優劣是非之所在也。本書研究徐庾麗辭之形式，間亦觀察歷代名家之作，以與比較，求得服膺體效之處。嘗遍覽蔣氏評點，其品評用語，可謂繁矣。至於曾燠編《清朝駢體正宗評本》，其眉評用語，以與蔣氏合觀，細爲詮別，則知徐庾已包涵盡有，風格大備矣。

第二章　徐庾之生平及其才識

第一節　徐陵之生平及其才識

一、徐陵之生平

徐陵字孝穆，東海郯（今山東郯城）人，生於梁武帝天監六年（507），卒於陳後主至德元年（583），年七十七。《陳書》、《南史》並有傳。

（一）家　世

徐陵曾祖憑道，宋海陵太守。祖超之，齊鬱林太守，梁員外散騎常侍。史料闕如。父摛（474～551），梁戎昭將軍、太子左衛率，贈侍中、太子詹事。東海世家，〔註1〕初封顓頊之後；〔註2〕南國淵學，始扇宮體之風。〔註3〕才富縹緗，何殊王粲；學貫儒釋，適於丁鴻。

〔註1〕《陳書・徐陵傳》:「徐陵字孝穆，東海郯人也。」〔唐〕姚思廉:《陳書》（北京：中華書局，2002年10月），冊2，卷26，頁325。

〔註2〕《元和姓纂》:「徐，顓項之後，嬴姓。伯益之後，夏時受封於徐，至偃王爲楚所滅，以國爲氏。漢有河南太守徐守、徐明，又有徐儉。」〔唐〕林寶:《元和姓纂》，收入李學勤主編:《中華漢語工具書書庫》（合肥：安徽教育出版社，2002年），冊73，頁21。

〔註3〕《梁書・徐摛傳》:「摛文體既別，春坊盡學之，『宮體』之號，自斯

至於綵筆生花，藻思合綺，應對明敏，辭義足觀。〔註 4〕不拘舊體，彌好新變之文；〔註 5〕無勞代雄，〔註 6〕早標籍甚之譽。是知徐陵祖式前徽，文采所以煒曄；濡染家學，口辯所以縱橫。〔註 7〕摛既以宮體馳名，齊梁文學，翻然改色，備乎史籍，可略而言。

1、文好新變，宮體馳名

夫「設文之體有常，變文之數無方」，〔註 8〕蓋有常之體，範則已陳；無方之數，風貌斯殊也。且時有古今，篇有質巧，用有公私，情有小大，摛翰之心實異，製文之路愈廣。是以源流古今，既見異其時；辭藻質巧，寧或同其篇；體制公私，未聞共其用；氣骨小大，鮮有類其情。陳範俱在，殊風並存。後來辭人，異代追摹，去其訛濫，變爲新聲。故曰「文律運周，日新其業」，〔註 9〕「時運交移，質文代變」。〔註 10〕永明以後，文學彪炳，宮羽之求，力辨乎輕重；聲病之論，嚴分乎清濁。於是染翰之間，或從聲律；飛文之際，乍表新變。徐摛「不拘舊體」，簡文「傷於輕豔」，〔註 11〕並號宮體，有盛當時。

而起。」〔唐〕姚思廉：《梁書》（北京：中華書局，1973 年 5 月），冊 2，卷 30，頁 447。

〔註 4〕《梁書・徐摛傳》：「高祖聞之（宮體）怒，召摛加讓，及見，應對明敏，辭義可觀，高祖意釋。」〔唐〕姚思廉：《梁書》，冊 2，卷 30，頁 447。

〔註 5〕《梁書・徐摛傳》：「屬文好爲新變，不拘舊體。」〔唐〕姚思廉：《梁書》，冊 2，卷 30，頁 447。

〔註 6〕《南齊書・文學傳論》：「在乎文章，彌患凡舊，若無新變，不能代雄。」〔梁〕蕭子顯：《南齊書》（北京：中華書局，1974 年 2 月），冊 2，卷 52，頁 908。

〔註 7〕《南史・徐陵傳》：「八歲屬文，十三通《莊》、《老》義。及長，博涉史籍，從横有口辯。」〔唐〕李延壽：《南史》（北京：中華書局，2003 年 6 月），冊 5，卷 62，頁 1522。

〔註 8〕見〔梁〕劉勰：《文心雕龍・通變》。

〔註 9〕見〔梁〕劉勰：《文心雕龍・通變》。

〔註10〕見〔梁〕劉勰：《文心雕龍・時序》。

〔註11〕《梁書・梁簡文帝本紀》：「雅好題詩，其序云：『余七歲有詩癖，長而不倦。』然傷於輕豔，當時號曰『宮體』。」〔唐〕姚思廉：《梁書》，冊 1，卷 4，頁 109。

2、學深經史，才優治道

古來辭人，積學儲寶，博學博聞，不無史家之載；能文能藝，遂得彪蔚之名。「誦詩屬書」，賈誼早慧；〔註 12〕「經傳洽孰」，鄭玄稱儒。〔註 13〕宗經尚儒，詳於史籍。而魏晉之士，思鑄雕龍，涉獵文史，泛覽辭林，終致文藝騰踊，儒學浸衰。史臣曰：「自魏氏膺命，主愛雕蟲，家棄章句，人重異術。……自黃初至於晉末，百餘年中，儒教盡矣。」〔註 14〕暨宋文愛藝，方興四館，〔註 15〕梁武御鼎，選虞崇儒。〔註 16〕南朝儒風，馳飛飆起。於是駿發之子，不廢雕藝；騰奮之才，實重經史。徐摛英華，辭義可觀，經史都曉。能文之士，本有尚儒之觀；博學之倫，何止宗經之懿。故得充選博士，侍讀東宮。

> 摛幼而好學，及長，遍覽經史。(《梁書．徐摛傳》)

> 起家太學博士，遷左衛司馬。會晉安王綱出戍石頭，高祖謂周舍曰：「為我求一人，文學俱長兼有行者，欲令與晉安遊處。」舍曰：「臣外弟徐摛，形質陋小，若不勝衣，而堪此選。」高祖曰：「必有仲宣之才，亦不簡其容貌。」以摛為侍讀。(《梁書．徐摛傳》)

〔註 12〕《史記．屈原賈生列傳》：「(賈誼) 年十八，以能誦詩屬書，聞於郡中。」〔西漢〕司馬遷撰，〔日〕瀧川龜太郎編著：《史記會注考證》(臺北：萬卷樓圖書股份有限公司，2004 年 3 月)，頁 1014 上右。

〔註 13〕《後漢書．鄭玄列傳》：「至於經傳洽孰，稱為純儒。」〔南朝宋〕范曄：《後漢書》(北京：中華書局，1965 年 5 月)，冊 5，卷 35，頁 1212。

〔註 14〕見〔梁〕沈約：《宋書．臧燾傳論》(北京：中華書局，1974 年 10 月)，冊 5，卷 55，頁 1552～1553。

〔註 15〕《宋書．雷次宗傳》：「元嘉十五年，征次宗至京師，開館於雞籠山，聚徒教授，置學生百餘人。會稽朱膺之、潁川庾蔚之并以儒學，監總諸生。時國子學未立，上 (宋文帝) 留心藝術，使丹陽尹何尚之立玄學，太子率更令何承天立史學，司徒參軍謝元立文學，凡四學并建。」〔梁〕沈約：《宋書》，冊 8，卷 93，頁 2293～2294。按：孔門四科，文學雖居其一，然古無專業文人，宋文帝立文學館，世上方有所謂文人者。

〔註 16〕《梁書．文學傳序》：「高祖聰明文思，光宅區宇，旁求儒雅，詔采異人，文章之盛，煥乎俱集。」〔唐〕姚思廉：《梁書》，冊 3，卷 49，頁 685。

> 高祖聞之（宮體）怒，召摛加讓，及見，應對明敏，辭義可觀，高祖意釋。因問《五經》大義，次問歷代史及百家雜說，末論釋教。摛商較縱橫，應答如響，高祖甚加歎異，更被親狎，寵遇日隆。（《梁書．徐摛傳》）

徐摛才擅文華，識推國士。中大通三年，出爲新安太守。〔註 17〕教民禮義，勸課農桑，期月之中，風俗便改。奉職素定，實政蠹之芳芸；敷奏靡高，爲時痾之切藥。

> 是時臨城公納夫人王氏，即太宗妃之侄女也。晉宋已來，初婚三日，婦見舅姑，衆賓皆列觀，引《春秋》義云「丁丑，夫人姜氏至。戊寅，公使大夫宗婦覿用幣」。戊寅，丁丑之明日，故禮官據此，皆云宜依舊貫。太宗以問摛，摛曰：「《儀禮》云『質明贊見婦于舅姑』。《雜記》又云『婦見舅姑，兄弟姊妹皆立于堂下』。政言婦是外宗，未審嫻令，所以停坐三朝，觀其七德。舅延外客，姑率內賓，堂下之儀，以備盛禮。近代婦於舅姑，本有戚屬，不相瞻看。夫人乃妃侄女，有異他姻，覿見之儀，謂應可略。」太宗從其議。除太子左衛率。（《梁書．徐摛傳》）

《梁書．任昉傳論》曰：「觀夫二漢求賢，率先經術；近世取人，多由文史。」〔註 18〕徐摛學深經史，才優治道，弘猷應變，若迅雷之激清風；敏政釋疑，如輕車之就熟路。輔主惠政，畢力竭情。

3、勇懾侯景，賦性忠藎

大盜移國，兇狡憑城。逆寇侯景（503～552），如貔如虎。梁武（蕭衍，464～549）、簡文（蕭綱，503～551），相繼遘屯。梟獍虔劉，宗社蕩墜。銅頭鐵額，興暴皇年；封豨修蛇，行災中國。既攻陷臺城，

〔註 17〕《梁書．徐摛傳》：「高祖甚加歎異，更被親狎，寵遇日隆。領軍朱异不說，謂所親曰：『徐叟出入兩宮，漸來逼我，須早爲之所。』遂承間白高祖曰：『摛年老，又愛泉石，意在一郡，以自怡養。』高祖謂摛欲之，乃召摛曰：『新安大好山水，任昉等並經爲之，卿爲我臥治此郡。』中大通三年，遂出爲新安太守。」〔唐〕姚思廉：《梁書》，冊 2，卷 30，頁 447。

〔註 18〕〔唐〕姚思廉：《梁書》，冊 1，卷 14，頁 258。

摛乃寸舌當勇，更折侯景之鋒；赤心懷忠，還傷簡文之禍。

> 太清三年，侯景攻陷臺城，時太宗居永福省，賊眾奔入，舉兵上殿，侍衛奔散，莫有存者。摛獨嶷然侍立不動，徐謂景曰：「侯公當以禮見，何得如此。」凶威遂折。侯景乃拜，由是常憚摛。太宗嗣位，進授左衛將軍，固辭不拜。太宗後被幽閉，摛不獲朝謁，因感氣疾而卒，年七十八。長子陵，最知名。（《梁書．徐摛傳》）

當其蜂蠆迎面，強賊憑城，而徐摛乃勇懾侯景，賦性忠藎。植操堅固，彌深磊落之襟；秉節高亮，不負英雄之骨。

（二）生　平

徐陵挺五行之秀，稟天地之靈。夙蒙恩遇，近侍承華。目有青睛，即是聰惠之相；文擅雕龍，早揚新變之體。基世德以流芳，纘前修而振武。朝野歡娛，江表無事。豈知烽傳青犢，劫墮紅羊，侯景鍾亂，金陵覆沒。於時陵既使魏，齊受魏禪，拘而未返，歷時七載（548～555）。雖書記頻上，恒表思鄉之夢；而消息屢負，更懷向漢之悲。及魏陷江陵，梁元蒙塵。齊送蕭淵明為梁嗣，乃遣陵隨還。未幾而陳受梁禪，遂仕於陳。其生平大略，概述如下：

1、東宮學士，南朝詞宗

東海徐陵，南國靈光，梁朝學士。儀雲鳳而度世，〔註 19〕應麒麟而稟才。〔註 20〕標奇夙學之家，聳秀早成〔註 21〕之日。梁武選士以才，不限年次；〔註 22〕徐父固求隨府，更引徐陵。〔註 23〕普通四年

〔註 19〕《陳書．徐陵傳》：「母臧氏，嘗夢五色雲化而為鳳，集左肩上，已而誕陵焉。」〔唐〕姚思廉：《陳書》，冊 2，卷 26，頁 325。

〔註 20〕《陳書．徐陵傳》：「時寶誌上人者，世稱其有道，陵年數歲，家人攜以候之，寶誌手摩其頂，曰『天上石麒麟也。』」〔唐〕姚思廉：《陳書》，冊 2，卷 26，頁 325。

〔註 21〕《陳書．徐陵傳》：「光宅惠雲法師每嗟陵早成就，謂之顏回。八歲，能屬文。十二，通《莊》《老》義。既長，博涉史籍，縱橫有口辯。」〔唐〕姚思廉：《陳書》，冊 2，卷 26，頁 325。

〔註 22〕《梁書．武帝紀中》：「（梁武帝天監四年）詔曰：『今九流常選，年

（531），參晉安王蕭綱寧蠻府軍事，時年十七也。中大通三年（531），昭明薨，蕭綱儲命，東宮置學士，陵充其選，所謂「臣雖不敏，弱冠登朝，伊昔承華，豫游多士」〔註 24〕者。於時宮體方盛，文揮綺豔。已爭模於後進，俱傳誦於京師，與庾信齊名，世號「徐庾體」焉。

父摛爲朱异所妒，出爲新安太守。徐陵天生雋傑，無負箕裘。稍遷尚書度支郎，出爲上虞令。而劉潛（484～550）搆隙，劾陵贓汙，因坐免。〔註 25〕五年（533），起爲南平王府行參軍，遷通直散騎侍郎。〔註 26〕六年（534），編《玉臺新詠》，〔註 27〕其序尤五色相宣，八音迭奏。馬蹄調韻，既爲六朝之渤澥；四六隔聯，即是唐代之津梁。若夫孝儀彈劾之文，其集未載；彈劾之事，其傳無聞，〔註 28〕今無考焉。

未三十，不通一經，不得解褐。若有才同甘、顏，勿限年次。』」〔唐〕姚思廉：《梁書》，冊 1，卷 2，頁 41。

〔註 23〕《梁書・徐摛傳》：「普通四年，王（蕭綱）出鎮襄陽，摛固求隨府西上，遷晉安王諮議參軍。」〔唐〕姚思廉：《梁書》，冊 2，卷 30，頁 447。

〔註 24〕見〔陳〕徐陵：〈讓五兵尚書表〉。按：承華，謂東宮。

〔註 25〕《陳書・徐陵傳》：「王立爲皇太子，東宮選學士，陵充其選。稍遷尚書度支郎。出爲上虞令，御史中丞劉孝儀與陵先有隙，風聞劾陵在縣贓汙，因坐免。」〔唐〕姚思廉：《陳書》，冊 2，卷 26，頁 325。按：本傳未明言年月，論者或以爲陵於中三通三年（531）充東宮學士，又遷尚書度支郎，出爲上虞令之事恐在次年（532）。參曹道衡、劉躍進：《南北朝文學編年史》（北京：人民文學出版社，2000 年 11 月），頁 475；劉躍進、范子燁：《六朝作家年譜輯要・徐陵年譜簡編》（哈爾濱市：黑龍江教育出版社，1999 年 1 月），冊下，頁 397。

〔註 26〕《梁書・南平王偉傳》：「南平元襄王偉字文達，太祖第八子也。……五年，薨，時年五十八。」〔唐〕姚思廉：《梁書》，冊 2，卷 22，頁 346～347。許逸民曰：「有梁一代封南平王者唯蕭偉一人，偉卒於是年，故陵爲南平王府行參軍至晚亦當在是年。」見〔陳〕徐陵撰，許逸民校箋：《徐陵集校箋》（北京：中華書局，2008 年 8 月），冊 4，頁 1717。

〔註 27〕《玉臺新詠》成書時間當在此年。參曹道衡、沈玉成：《南北朝文學史》（北京：人民文學出版社，2006 年 6 月），頁 251；樊榮：〈徐孝穆年譜〉，《新鄉師專學報》第 9 卷第 3 期，（1995 年），頁 7。

〔註 28〕六朝文集有「彈劾文」一類，今檢閱〔清〕嚴可均輯《全上古三代秦漢三國六朝文》，〔明〕張溥輯《漢魏六朝百三名家集》，未見劉潛

至於《玉臺》之輯，猶錄孝儀之詩；《陳書》之撰，尚標「清簡」之評。〔註29〕始知徐陵襟期灑落，德宇閎深也。

簡文承華，撰《長春殿義記》，使陵爲序。又令於少傅府述所製《莊子義》。尋遷鎮西湘東王中記室參軍。挺淵角之殊姿，朗靈臺之懿曲。詞壇多士，徐陵稱勝。雖抱玉者聯肩，獨馳騁於文苑；握珠者踵武，偏縱橫於藝林。此其仕梁前期也。

2、出使東魏，羈留北齊

徐陵稟鸞龍之靈，擅淵雲之氣。容止矜莊，聲名籍甚。梁武太清二年（548），陵年四十二，兼通直散騎常侍。使魏，魏人授館宴賓。是日甚熱，其主客魏收（506～572）嘲陵曰：「今日之熱，當由徐常侍來。」陵即答曰：「昔王肅至此，爲魏始制禮儀；今我來聘，使卿復知寒暑。」收大慚。〔註30〕其辯才如此。

始則賊臣侯景，虺毒潛吹。款密高歡，〔註31〕初任東魏之將；逆叛高澄，〔註32〕繼圖南朝之鼎。太清元年（547），率河南十三州降梁。梁武惑景游說，納降非人。二年（548），侯景寇亂。時庾信授鉞紮營，纔臨朱雀之航；飛箭擊柱，已報臺城之禍。大盜虔劉，金陵瓦解。梁武、簡文，相繼以死；蕭繹、僧辯（？～555），並圖靖亂。

若乃侯景作亂之時，梁魏絕交之日。陵父在圍城，不奉家信，心繫故國，若居憂恤。會齊受魏禪，梁元承制於江陵，復通使於齊。陵累求復命，終拘留不遣。乃致書於僕射楊遵彥（？～560），駁齊設詞

彈劾之文，其本傳中亦無載彈劾徐陵之事。

〔註29〕《陳書・徐陵傳》：「陵器局深遠，容止可觀，性又清簡。」〔唐〕姚思廉：《陳書》，冊2，卷26，頁334。

〔註30〕見〔唐〕姚思廉：《陳書・徐陵傳》，冊2，卷26，頁326。

〔註31〕《南史・侯景傳》：「始魏相高歡微時，與景甚相友好，及歡誅尒朱氏，景以眾降，仍爲歡用。」〔唐〕李延壽：《南史》，冊6，卷80，頁1993。

〔註32〕《南史・侯景傳》：「及歡疾篤，其世子澄矯書召之。……時景將蔡道遵北歸，言景有悔過志。高澄以爲信然，乃以書喻景，……景報書不從。澄知景無歸志，乃遣軍相繼討景。」〔唐〕李延壽：《南史》，冊6，卷80，頁1994。

不遣之由，即〈在北齊與楊僕射書〉也。

> 歲月如流，人生何幾！晨看旅雁，心赴江淮；昏望牽牛，情馳揚越。朝千悲而下泣，夕萬緒而迴腸，不自知其爲生，不自知其爲死也。……若一理存焉，猶希矜眷，何故期令我等必死齊都，足趙、魏之黃塵，加幽、并之片骨？遂使東平拱樹，長懷向漢之悲，西洛孤墳，恒表思鄉之夢，千祈已屢，哽慟良深。

觀其意致縱横，詞氣憤激。本家國交集之感，作聲淚俱下之文。或暢言以達旨，或隱義以藏用，危心警露，哀響聞天。然遵彥竟不報書。

太清六年（552），陵年四十六，僧辯平寇，陵喜心極倒，致書僧辯，望其援引歸國，故云「今日憔惶，彌布洪澤。雖復孤骸不返，方爲漠北之塵；營魄知歸，終結江南之草。」〔註33〕承聖三年（554），魏陷江陵，梁元蒙塵。孝穆在齊，有志梁史。〔註34〕紹泰元年（555），齊送貞陽侯蕭淵明爲梁嗣，乃遣陵隨還。夫徐陵羈旅七載，迴腸萬緒，摛文振金石之聲，懷歎極黍離之感。所作皆質文不掩，情韻雙兼。代淵明之書，既標縟旨；〔註35〕看魏收之集，遂令沉江。〔註36〕此一時也。

3、遣還梁國，優仕陳朝

紹泰元年（555），陵隨蕭淵明（？～556）南返，僧辯接待饋遺，其禮甚優。除尚書吏部郎，掌詔誥。九月，陳霸先（503～559）襲誅僧辯，黜蕭淵明，仍進討韋載。任約、徐嗣徽乘虛襲石頭，陵感僧辯

〔註33〕〔陳〕徐陵：〈在北齊與梁太尉王僧辯書〉。

〔註34〕〔唐〕劉知幾：《史通・覈才》：「孝穆在齊，有志梁史，及還江左，書竟不成。」〔唐〕劉知幾撰，〔清〕浦起龍通釋：《史通通釋》（上海：上海古籍出版社，2009年12月），頁232。

〔註35〕《陳書・徐陵傳》：「及江陵陷，齊送貞陽侯蕭淵明爲梁嗣，乃遣陵隨還。太尉王僧辯初拒境不納，淵明往復致書，皆陵詞也。」〔唐〕姚思廉：《陳書》，冊2，卷26，頁332。

〔註36〕〔唐〕劉餗：《隋唐嘉話》：「梁常侍徐陵聘於齊，時魏收文學北朝之秀，收錄其文集以遺陵，令傳之江左。陵還，濟江而沉之，從者以問，陵曰：『吾爲魏公藏拙。』」〔唐〕劉餗撰，程毅中點校：《隋唐嘉話》（北京：中華書局，1997年12月），頁55。

舊恩，乃往赴任約。及約等平，霸先釋陵不問。蓋其才足鳴鳳，文能經國，業擅九流，譽高一代也。尋以爲貞威將軍、尚書左丞。

若乃梁季橫潰，喪亂屢臻，淵明見黜，齊釁再起，而霸先善戰，大破齊軍。〔註37〕紹泰二年（556），齊遣使請和，於是徐陵又使於齊，還除給事門侍郎、祕書監。翌年十月（557），陳霸先受禪，改元永定。孝穆加散騎常侍，左丞如故。自此優仕陳朝，位望通顯。觀其直諫嘉謨，尚挺國華之稱；令名高節，何止文宗之譽。

《陳書・徐陵傳》

> 自有陳創業，文檄軍書及禪授詔策，皆陵所製，而〈九錫〉尤美。爲一代文宗，亦不以此矜物，未嘗詆訶作者。其於後進之徒，接引無倦。世祖、高宗之世，國家有大手筆，皆陵草之。其文頗變舊體，緝裁巧密，多有新意。每一文出手，好事者已傳寫成誦，遂被之華夷，家藏其本。

後主（陳叔寶，553～604）即位，遷左光祿大夫、太子少傅，餘如故。以至德元年（583）卒，時年七十七。仕途一甲子，令德可甄；身歷兩朝臣，盛功可頌。見諸史載，固無庸喋喋也。

二、徐陵之才識

（一）才　學

今夫泛覽辭林，歷觀前修，飛文染翰之餘，亦有蕪莽之作；學廣聞多之外，不少粃糠之篇。氣體蕪莽，力弱而才餒也；篇章粃糠，識乏而學貧也。才餒者未能抒其情，學貧者無可舉其事。情未能抒，徒劬勞於修辭；事無可舉，將迍邅於類義。此其才學偏廢之弊也。《雕龍》云：「才爲盟主，學爲輔佐，主佐合德，文采必霸，才學褊狹，雖美少功。」〔註38〕松雄先生亦云：「若有才而無學，則外資薄促；有學而無才，則

〔註37〕《梁書・梁敬帝本紀》：「（太平元年）六月甲辰，齊潛軍至蔣山龍尾，斜趨莫府山北，至玄武湖西北。乙卯，司空陳霸先授眾軍節度，與齊軍交戰，大破之。」〔唐〕姚思廉：《梁書》，冊1，卷6，頁146。

〔註38〕見〔梁〕劉勰：《文心雕龍・事類》。

內力乏匱，皆蔽在一曲，難成佳構。」〔註39〕論深文理，有足觀者。

徐孝穆麟來天上，鳳集左肩。史謂「八歲，能屬文。十二，通《莊》《老》義。既長，博涉史籍，縱橫有口辯。」〔註40〕夫玄學之興，時維晉世；莊老之學，盛於南朝。孝穆早齡通達，學比山成，至於仕梁多才，簡文撰書而命序；〔註41〕使魏能辯，魏收將嘲而靦顏。是以譽高南荊，聲馳東魏。頗變舊體，便著綺紈；恆出新意，無待雕琢。才學兼美，文質合德，可略而述焉。

1、博涉史籍

超超玄著，盛矣西周之美；〔註42〕鏃鏃文學，懿哉南朝之士。史籍懸而不墜，文字繼以無窮。春秋世亂，聖人述訓以垂法；魏晉鼎革，學士研史以炯鑒。丘明、馬遷之書，班固、范曄之籍，所以並咨隸事，咸含麗藻。劉知幾云：「史之爲務，必藉於文。」〔註43〕是知史學導源於西周，麗辭騰飛於南朝矣。至於博涉史籍，才學優深，獨步當時，流聲後代者，僕射徐孝穆乎！觀其致書質楊，文有辭令之美；在齊思舊，筆有梁史之志，〔註44〕則其才學可知矣。

(1)《左傳》辭令，既得胸懷

昔仲尼美言辭之功，〔註45〕《左氏》載行人之論。臧伯諫魚，

〔註39〕陳師松雄：〈陸機之才學及其對南朝麗辭之影響〉，《魏晉六朝學術研討會論文集》（臺北：東吳大學中國文學系出版，2005年9月），頁247。

〔註40〕〔唐〕姚思廉：《陳書》，冊2，卷26，〈徐陵傳〉，頁325。

〔註41〕《陳書・徐陵傳》：「梁簡文帝在東宮撰《長春殿義記》，使陵爲序。」〔唐〕姚思廉：《陳書》，冊2，卷26，頁326。

〔註42〕〔晉〕杜預：〈春秋左氏傳序〉：「西周之美可尋，文武之跡不墜。」〔晉〕杜預集解，〔唐〕孔穎達正義：《春秋左傳正義》（臺北：藝文印書館，影印〔清〕阮元刻《十三經注疏》本，2007年8月），頁18上右。

〔註43〕〔唐〕劉知幾：《史通・敘事》：「昔夫子有云：『文勝質則史。』故知史之爲務，必藉於文。」〔唐〕劉知幾撰，〔清〕浦起龍通釋：《史通通釋》，頁167。

〔註44〕〔唐〕劉知幾撰，〔清〕浦起龍通釋：《史通通釋》：「孝穆在齊，有志梁史。」頁232。

〔註45〕《左傳・襄廿五》：「仲尼曰：『《志》有之：“言以足志，文以足言。”

〔註46〕陳義於德禮；呂相絕秦，〔註47〕騰說於雅辯。燭之武縋言以曉利，〔註48〕鄭子產邕容以爭承。〔註49〕則行人辭令，備乎史籍矣。或委婉而曲折，或含蓄而深遠。利害之言，尚多謙和；正反之辭，猶濟柔剛。

> 范宣子爲政，諸侯之幣重，鄭人病之。二月，鄭伯如晉。子產寓書於子西，以告宣子，曰：「子爲晉國，四鄰諸侯不聞令德而聞重幣，僑也惑之。僑聞君子長國家者，非無賄之患，而無令名之難。夫諸侯之賄聚於公室，則諸侯貳；若吾子賴之，則晉國貳。諸侯貳則晉國壞，晉國貳則子之家壞。何沒沒也？將焉用賄？夫令名，德之輿也；德，國家之基也。有基無壞，無亦是務乎？有德則樂，樂則能久。詩云：『樂只君子，邦家之基。』有令德也夫！『上帝臨女，無貳爾心。』有令名也夫！恕思以明德，則令名載而行之，是以遠至邇安。毋寧使人謂子，子實生我，而謂子浚我以生乎？象有齒以焚其身，賄也。」宣子說，乃輕幣。（《左傳・襄廿四・子產告范宣子輕幣》）

觀其邏輯縝密，層次井然，設問發揮，敘理成論。雖《左氏》綴事，附經間出，而混混辭令，信美史載。

徐陵才甚口辯，學深經史。亦經亦史，其如《左傳》；能言能辯，足當行人。然則《左傳》辭令，徐陵所善乎？觀其使魏拘齊，致書僕射，設詞反駁，據理力爭，曉八疑以祈請，舒千言以博辯。固跡沉史籍，務深辭令矣。

> 又聞晉熙等郡，皆入貴朝，去我尋陽，經途何幾？至於鐺鐺曉漏，的的宵烽，隔溆浦而相聞，臨高臺而可望。泉流寶盌，遙憶湓城；峰號香爐，依然廬嶽。日者鄱陽嗣王治兵匯派，

不言，誰知其志？言之無文，行而不遠。晉爲伯，鄭入陳，非文辭不爲功。愼辭哉！』」

〔註46〕見《左傳・隱五》。

〔註47〕見《左傳・成十三》。

〔註48〕見《左傳・僖三十》。

〔註49〕見《左傳・昭十三》。

乇戍淪波，朝夕牋書，春秋方物，吾無從以躡屩，彼何路而齊鑣。豈其然乎？斯不然矣。又近者邵陵王通和此國，郢中上客，雲聚魏都；鄴下名卿，風馳江浦。豈盧龍之徑，於彼新開；銅駝之街，於我長閉？何彼途甚易，非勞於五丁，我路爲難，如登於九折？地不私載，何其爽歟！而答旨云還路無從，斯所未喻二也。（徐陵〈在北齊與楊僕射書〉）

略觀前例，齊人謂道路險阻，歸之艱難。孝穆云他人則往來如常，何我則閉塞不通。觀其筆法精密，巧義輻輳，多方設問，層層發揮，矩式於《左傳》，規模於辭令。陳維崧云：「僕射在河北諸書，奴僕《莊》、《騷》，出入《左》、《國》，即前此史遷、班掾諸史書，未見。」〔註50〕

（2）在齊未返，有志梁史

魏晉以來，鼎革斯頻，主祏屢易。初則學尙廢弛，後進頽業。綴辭之士，舉得失以表黜陟，徵存亡以摽勸戒，而史學日盛。自宋文登寶，四學並建，〔註51〕儒玄文史，燦然可觀。若乃博聞強識，疏通知遠，窮聖人之至賾，詳一代之亹亹，此史家之職也。且史之爲務，必藉於文；文章、史學，蔚爲家風。於時撰史之風，被於一世。膏腴之子，不無文史之研；才學之士，實念褒貶之功。臧榮緒有《晉史》之撰，蕭子顯有《齊書》之著，《宋書》則沈約含華，《梁書》則姚察振采。並能文能史，蔚映當時者也。

孝穆弱齡學尙，登朝秀穎，業超名輩，文曰詞宗。況復博涉史籍，才高學優，學優故儒玄兼通，才高故文史並擅。蘊藉逼古，非惟抱玉之才；四學造微，何止雕蟲之藝。羈北齊而不返，寧無辛酸；嗟梁帝

〔註50〕〔清〕陳維崧撰，陳振鵬標點，李學穎校補：《陳維崧集》（上海：上海古籍出版社，2010年12月），冊上，卷2，《陳迦陵散體文集．詞選序》，頁54。

〔註51〕《宋書．雷次宗傳》：「元嘉十五年，徵次宗至京師，開館於雞籠山，聚徒教授，置生百餘人。會稽朱膺之、穎川庾蔚之並以儒學，監總諸生。時國子學未立，上留心藝術，使丹陽尹何尚之立玄學，太子率更令何承天立史學，司徒參軍謝元立文學，凡四學並建。」〔梁〕沈約：《宋書》，冊8，卷93，頁2293～2294。

之蒙塵，應有史識。劉知幾云：「孝穆在齊，有志梁史。」〔註52〕若乃賦哀江南，庾信博「賦史」之譽；梁帝搆禍，徐陵有「志梁」之思。然則徐陵才學之優，於焉可知矣。

2、文多新意

時運交移，麗辭代變，四對〔註53〕之名，《雕龍》詳焉。若乃劉宋摛藻，尚多質文；齊梁新變，彌切煙霞。敷衽以言，亦有四對：一曰數字，二曰彩色，三曰方位，四曰疊字。數字對者，劉宋無刻意之工，齊梁有增華之勢。謝朓〈為明帝拜錄尚書表〉云：「妄屬負圖之寄，多謝五仁之績。」〔註54〕〈辭隨王子隆牋〉云：「褒采一介，抽揚小善。」〔註55〕此無刻意之工者也。梁簡文帝〈菩提樹頌〉云：「三界六趣，遶業障而自迷；八解十智，導歸宗而虛豁。」〔註56〕〈大愛敬寺刹下銘〉：「四將五龍，翹勤翼衛；八臂三目，頂帶護持。」〔註57〕此有增華之勢者也。彩色對者，色彩相宣，煙霞交映之類也。飾羽尚畫，皆辭人之愛奇；綺穀紛披，即梁元之篤論。〔註58〕齊梁以前，尚不多有；徐庾以後，必希巧製。任昉〈王貴嬪哀策文〉云：「青絇丹繶，辰衣素紗。」〔註59〕彩色繽紛，而於其集中為少。梁元帝〈上忠臣傳表〉云：「三握

〔註52〕〔唐〕劉知幾撰，〔清〕浦起龍通釋：《史通通釋》，頁232。

〔註53〕〔梁〕劉勰：《文心雕龍・麗辭》：「故麗辭之體，凡有四對：言對為易，事對為難，反對為優，正對為劣。」

〔註54〕〔南齊〕謝朓：《謝宣城集》，見〔明〕張溥輯：《漢魏六朝百三名家集》（南京：江蘇古籍出版社，2002年3月），冊3，頁673。

〔註55〕〔南齊〕謝朓：《謝宣城集》，見〔明〕張溥輯：《漢魏六朝百三名家集》，冊3，頁674。

〔註56〕〔梁〕蕭綱：《梁簡文帝集》，見〔明〕張溥輯：《漢魏六朝百三名家集》，冊4，頁231。

〔註57〕〔梁〕蕭綱：《梁簡文帝集》，見〔明〕張溥輯：《漢魏六朝百三名家集》，冊4，頁235。

〔註58〕〔梁〕蕭繹：《金樓子・立言》：「至如文者，惟須綺穀紛披，宮徵靡曼，唇吻遒會，情靈搖蕩。」收入羅愛萍主編：《百子全書》（臺北：黎明文化事業公司，1996年12月），冊23，頁6930。

〔註59〕〔梁〕任昉：《任中丞集》，見〔明〕張溥輯：《漢魏六朝百三名家集》，冊4，頁649。

再吐，夙奉紫庭之慈；春詩秋禮，早蒙丹扆之訓。」〔註60〕刻意雕鏤，而於其集中爲多。方位對者，源於漢賦也。東南西北，恆有空間之感；上下左右，不無雄壯之格。徐庾則當句同出，自成對偶。徐陵〈梁禪陳璽書〉云：「東代西征，晻映川陸。」庾信〈周柱國楚國公岐州刺史慕容公神道碑〉云：「秦南隴西，每當矢石。」此徐庾所以聲馳陳周，價重南北也。疊字對者，濫觴於《詩經》，多見於古詩，蓋民歌之所善也。〈古詩十九首〉云：「青青河畔草，鬱鬱園中柳。盈盈樓上女，皎皎當窗牖。」〔註61〕又云：「迢迢牽牛星，皎皎河漢女。纖纖擢素手，札札弄機杼。」〔註62〕此善用疊字對者也。凡茲四對，交映爭輝。齊梁雕藻，已得馳聲；徐庾鋪辭，翻能驚世。

> 既掛膽於西州，方燃臍於東市。蚩尤三冢，寧謂嚴誅；王莽千剸，非云明罰。青羌赤狄，同畀狼豺；胡服夷言，咸爲京觀。邦畿濟濟，還見隆平；宗廟愔愔，方承多福。（徐陵〈勸進梁元帝表〉）

> 《青鳥》甲乙之占，《白馬》星辰之變，九宮推步，三門伏起，天弧射法，太乙營圖，並皆成誦在心，若指諸掌。虜青犢之兵，甚有祕計；燒烏巢之米，本無遺策。西零賊退，屈指可知；南部兵迴，插標而待。（庾信〈周柱國大將軍紇干弘神道碑〉）

觀其麗藻騰飛，巧對飆駭，文並綺豔，體號徐庾。所以獨冠群才，有譽來葉。史稱徐陵「其文頗變舊體，緝裁巧密，多有新意。」〔註63〕觀此而益信。蔣士銓云：「同時如子山，未嘗不巧不密，未嘗不新，未若孝穆之盛也。」〔註64〕然則徐尤巧密於庾也。孝穆文多新意，時

〔註60〕〔梁〕蕭繹：《梁元帝集》，見〔明〕張溥輯：《漢魏六朝百三名家集》，冊4，頁311。

〔註61〕〔梁〕蕭統編，〔唐〕李善注：《文選》（臺北：華正書局，2000年10月），頁409。

〔註62〕〔梁〕蕭統編，〔唐〕李善注：《文選》，頁411。

〔註63〕《陳書・徐陵傳》，〔唐〕姚思廉：《陳書》，冊2，卷26，頁335。

〔註64〕〔明〕王志堅編，〔清〕蔣士銓評：《評選四六法海》（臺北：德志出

見巧密，一聯一句，四對競騖焉。

（1）數字與彩色並運

黃石兵法，寧可再逢；三併茅廬，無由兩遇。（徐陵〈諫仁山深法師罷道書〉）

四部皆集；悲同白車；七眾攀號，哀踰青樹。（徐陵〈東陽雙林寺傅大士碑〉）

（2）數字與方位同標

三烏五鹿，時事無恒；東郭西門，還訛非一。（徐陵〈在北齊與宗室書〉）

三江之上，塞水無流；千里之間，伏屍相枕。（徐陵〈為陳武帝作相時與嶺南酋豪書〉）

南都石黛，最發雙蛾；北地燕支，偏開兩靨。（徐陵〈玉臺新詠序〉）

（3）數字與疊字共舉

鬱鬱三象，茫茫九州。（徐陵〈司空徐州刺史侯安都德政碑〉）

升堂濟濟，無勞四輩之類；高廩峨峨，恆有千食之備。（徐陵〈長干寺眾食碑〉）

雖三會濟濟，華林之道未孚；千尺巖巖，穰佉之化猶遠。（徐陵〈東陽雙林寺傅大士碑〉）

（4）彩色與方位競尚

紫蓋東臨，黃旗南映。（徐陵〈皇太子臨辟雍頌〉）

東漸玄兔，西逾白狼。（徐陵〈勸進梁元帝表〉）

東門黃犬，固以長悲；南陽白衣，何可復得。（徐陵〈為貞陽侯重與王太尉書〉）

達丹丘於海北，應紫蓋於江南。（徐陵〈河東康簡王墓誌〉）

（5）彩色與疊字齊振

白溝浼浼，春流已清；紫陌依依，長楊稍合。（徐陵〈報尹義

版社，1963年7月），頁236。

尚書〉)

（6）方位與疊字俱用

越裳藐藐，馴雉北飛；肅慎茫茫，風牛南偃。(徐陵〈在北齊與楊僕射書〉)

泛覽眾例，巧密不窮，英華秀發，波瀾浩蕩。原夫徐陵麗辭，重於時用，而縟采鬱於雲霞，逸響振於金石，才優學深，力足舉詞。故其文一出，學者爭寫矣。夫駢體大家，文壇宗匠，極新變之對偶，開綺豔之風調。異代追摹，咸窺此祕，而駢話無聞，類書無徵。暨有清文興，麗辭大昌，御纂類書，乃設此體。《御定駢字類編凡例六條》云：「數目、方隅、采色等門，類書從無此體。」〔註65〕則孝穆才學，於焉可知矣。

（二）器　識

古人云：「士先器識，而後文藝。」〔註66〕言器識之要也。譬彼洪流，屹砥柱而弗移；方之泰岳，鎮方維而自定，此弘深之器量也。語其道，足以彌綸海寓；論其才，足以整頓乾坤，此高遠之識見也。然則器量弘深，識見高遠，涵養古人之未到，敷陳天下之難言。治賦治兵，有爲斯達；乃文乃武，時措咸宜。其才士之致力乎？

徐陵幼炳器譽，夙耀才名。仕梁則組裁巧密，麗藻騰聲；仕陳則品藻人倫，推賢見重。加以忠果正直，志懷霜雪。戰戰慄慄，甘心痛謹，庶其愚老，無負明擄。〔註67〕少崇釋教，更受菩薩之戒；才高見謗，徒陋小人之心。然其清標介節，遠韻遐心，少長不易也。屠隆云：「孝穆通偉，文士習除。」〔註68〕知其有行也。史稱「自有陳創業，

〔註65〕〔清〕張廷玉：《御定駢字類編》(北京：中國書店，1988年12月)，冊1，頁1。

〔註66〕《新唐書・裴行儉傳》：「行儉曰：『士之致遠，先器識，後文藝。』」〔宋〕歐陽修、宋祁：《新唐書》(北京：中華書局，1975年2月)，冊13，卷108，頁4088～4089。

〔註67〕〔陳〕徐陵：〈與顧記室書〉。

〔註68〕〔明〕屠隆：〈文行〉，收入王水照編：《歷代文話》(上海：復旦大

文檄軍書及禪授詔策，皆陵所製」。孫梅云：「表啓之類，宜尚才華；制冊之文，先覘器識。」〔註 69〕知其器識之弘深也。觀其文學之論，與夫政治之功，士先器識，其徐陵之謂歟！

1、文學之論，崇新聲而重文質

徐陵馳名南朝，揚聲北國，才高當時之輩，文譽一代之宗。看魏收之文，空沉江底；〔註 70〕嗤後主之作，不成辭句。〔註 71〕豈非自視甚高，秉心介特者哉？史稱「其文頗變舊體，緝裁巧密，多有新意」，然則其於文學，有以自得也。況《玉臺》之輯，惟屬意於新詩；《玉臺》之序，特曼辭於綺靡。至於書記見志，情饒新聲，泛議文意，往往間出。雖論文之著未傳，而論文之見可探。

> 長樂鴛鴦，奏新聲於度曲。（〈玉臺新詠序〉）
>
> 無怡神於暇景，惟屬意於新詩。（〈玉臺新詠序〉）
>
> 有書問來告，訪吾文章。……但既乏新聲，全同古樂，正恐多慚於協律，致睡於文侯耳。（〈答族人梁東海太守長孺書〉）

夫侯景寇叛，魏收草檄，則曰：「昔田假英人，於期壯士，窮而歸我，許以入懷。景竦悖狗子，攪亂四國。庸可紓難，棄若孤鶵。何足戀戀於亂臣，勤勤於賊子也。」〔註 72〕雖氣雄萬夫，而新聲都無。陸瑜殂化，後主敘懷，則曰：「或翫新花，時觀落葉；既聽春鳥，又聆秋鴈。未嘗不促膝舉觴，連情發藻。」〔註 73〕抒華有餘，而雕藻云淺。至於

學出版社，2007 年 11 月），冊 3，頁 2310。

〔註 69〕〔清〕孫梅：《四六叢話》，收入王水照編：《歷代文話》，冊 5，頁 4371。

〔註 70〕〔唐〕劉餗《隋唐嘉話》：「梁常侍徐陵聘於齊，時魏收文學北朝之秀，收錄其文集以遺陵，令傳之江左。陵還，濟江而沉之，從者以問，陵曰：『吾爲魏公藏拙。』」〔唐〕劉餗撰，程毅中點校：《隋唐嘉話》，頁 55。

〔註 71〕《南史・徐陵傳》：「初，後主爲文示陵，云他人所作，陵嗤之曰：『都不成辭句。』」〔唐〕李延壽：《南史》，冊 5，卷 62，頁 1525。

〔註 72〕〔北魏〕魏收：〈爲侯景叛移梁朝文〉，見〔明〕張溥輯：《漢魏六朝百三名家集》，冊 5，《魏特進集》，頁 357。

〔註 73〕〔陳〕陳叔寶：〈與詹事江總書〉，見〔明〕張溥輯：《漢魏六朝百三

徐陵才情，迥出尋常。〈移齊〉一文，巧義卓立。「棄甲則兩岸同奔，橫屍則千里相枕」，殺氣昏騰之外，句法巧密。〔註 74〕「於是黑山叛邑，諸城洞開；白虜連群，投戈請命」，煙霞交映之際，彩色相宣。然則新聲而雕藻，巧密而色宣，此孝穆所以曰霸，文章所以臻美者也。觀《玉臺》之集，選錄則豔歌連篇，序文則聲偶極致。至於答書族人，恆求新聲，雖事近晚暮，志不怠也。

> 自古文人，皆爲詞賦。未有登此舊閣，歎此幽宮，標句清新，發言哀斷。豈止悲聞帝瑟，泣望羊碑。……。(〈與李那書〉)
>
> 至如披文相質，意致縱橫，才壯風雲，義深淵海。(〈與李那書〉)
>
> 文豔質寡，何似〈上林〉；華而不實，將同〈桂樹〉。(〈答李顒之書〉)

夫北人屬文，氣質爲重；南人摛藻，輕綺爲歸。魏收三才之譽，〔註 75〕徐陵一代之宗，而魏之於徐，亦徒見嗤。唯李那（515～565）以內史之位，唱和庾信，〔註 76〕南北交流，允稱高製，足使孝穆載懷，馳書申忱也。觀李那〈重陽閣詩〉：「紫庭生綠草，丹墀染碧苔。」〔註 77〕知鏗鏘並奏之言非虛，輝煥相華之說不假也。〔註 78〕至於孝穆北齊諸

名家集》，冊 5，《陳後主集》，頁 98。

〔註 74〕按：庾信〈燈賦〉有「蛾飄則碎花亂下，風起則流星細落。」句法與此相似，〔清〕許槤評曰：「風致灑然，句法爲唐人所祖。」見〔清〕許槤評選，黎經誥注：《六朝文絜箋注》（臺北：鼎文書局，2001 年 12 月），頁 47。

〔註 75〕《北史・魏收傳》：「（魏收）與濟陰溫子昇、河間刑子才齊譽，世號三才。」〔唐〕李延壽：《北史》（北京：中華書局，2003 年 7 月），冊 7，卷 56，頁 2027。

〔註 76〕李那即李昶，《周書》有傳，官拜儀同三司，內史下大夫，內史中大夫，賜姓宇文氏。庾信有〈陪駕幸終南山和宇文內史〉、〈和宇文內史春日游山〉、〈和宇文內史入重陽閣〉等詩。

〔註 77〕〔明〕王志堅《四六法海》引胡孝轅云：「按那失撰，別集碑文不傳。其〈重陽閣詩〉云：『……。』」〔明〕王志堅編，〔清〕蔣士銓評：《評選四六法海》（臺北：德志出版社，1963 年 7 月），頁 238。

〔註 78〕〔陳〕徐陵：〈與李那書〉：「獲殷公所借〈陪駕終南入重陽閣〉詩及〈荊州大乘寺〉、〈宜陽石像碑〉四首。鏗鏘並奏，能驚趙鞅之魂；輝煥相華，時瞬安豐之眼。」

作，莫不文質相宣，風流頓宕。故知「披文相質」，意致縱橫之方；「文豔質寡」，華而不實之調。孝穆文所以精采絕豔，時有新意者，由乎新聲與文質並求也。蔣士銓評〈使東魏値侯景亂與北齊尚書令求還書〉云：「須觀其俗處能雅，質處能華。」〔註79〕洵爲篤論。

2、政治之功，敢強諫而好讓賢

徐陵器局深遠，容止可觀，少崇釋教，性又清儉。峻標介節，遠韻遐心。若乃聰明特達，締構興王，獻替謀猷，亮直斯在。況復清介強諫，仁者有勇之操；推德讓賢，君子無私之範。是以忠言嘉謨，關綱常之絕續；令名高節，繫社稷之安危。

《陳書・徐陵傳》

紹泰六年，除散騎常侍、御史中丞。時安成王頊爲司空，以帝弟之尊，勢傾朝野。直兵鮑僧叡假王威權，抑塞辭訟，大臣莫敢言者。陵聞之，乃爲奏彈，導從南臺官屬，引奏案而入。世祖見陵服章嚴肅，若不可犯，爲斂容正坐。陵進讀奏版時，安成王殿上侍立，仰視世祖，流汗失色。陵遣殿中御史引王下殿，遂劾免侍中、中書監。自此朝廷肅然。

徐陵〈諫仁山深法師罷道書〉

竊聞出家閒曠，猶若虛空；在俗籠樊，比於牢獄。非但經有明文，亦自世間共見。瞥聞法師覆彼舟航，趣返緇衣之務，此爲目下之英奇，非久長之深計。何以知然？從苦入樂，未知樂中之樂；從樂入苦，方知苦中之苦。弟子素與法師，雖無曩舊，相知已來，亦復不疏。夫良藥必自無甘，忠諫者決乎逆耳，倚見其僻，是以不忍不言。且三十年中，造莫大之業，如何一旦舍已成之功，深爲可惜。

觀其秉公強諫，足驚陳頊之色；忠果介節，更斂世祖之容。精誠所至，水火無驚；忠義攸懷，雷霆不懼。既見棄僧還俗，無意禮佛之規；遂乃陳言據道，有心袪蔽之舉。雖下根之人，素無曩舊，而忠諫之言，

〔註79〕〔明〕王志堅編，〔清〕蔣士銓評：《評選四六法海》，頁230。

猶得善誘也。若乃御物不矜，遷官善讓，每獎飈流，見乎史載矣。

《南史・張種傳》

種沉深虛靜，識量宏博，時以爲宰相之器。僕射徐陵因抗表讓位於種，以爲宜居左執，其爲所推如此。

《陳書・徐陵傳》

太建三年，遷尚書左僕射，陵抗表推周弘正、王勱等，高宗召陵入內殿，曰：「卿何爲固辭此職而舉人乎？」陵曰：「周弘正從陛下西還，舊藩長史，王勱太平相府長史，張種帝鄉賢戚，若選賢與舊，臣宜居後。」固辭累日，高宗苦屬之，陵乃奉詔。

《陳書・徐陵傳》

及朝議北伐，高宗曰：「朕意已決，卿可舉元帥。」眾議咸以中權將軍淳于量位重，共署推之。陵獨曰：「不然。吳明徹家在淮左，悉彼風俗，將略人才，當今亦無過者。」於是爭論累日不能決。都官尚書裴忌曰：「臣同徐僕射。」陵應聲曰：「非但明徹良將，裴忌即良副也。」是日，詔明徹爲大都督，令忌監軍事，遂克淮南數十州之地。高宗因置酒，舉杯屬陵曰：「賞卿知人。」陵避席對曰：「定策出自聖衷，非臣之力也。」

《陳書・陸瓊傳》

及高宗爲司徒，妙簡僚佐，吏部尚書徐陵薦陸瓊於高宗曰：「新安王文學陸瓊，見識優敏，文史足用，進居郎署，歲月過淹。左西掾缺，允膺茲選，階次小逾，其屈滯已積。」乃除司徒左西掾。

觀其銓衡汲引，抽善推轂，謀無不當，舉必有功。文德之昭，既多建樹之範；多士之頌，〔註 80〕殊異素餐之臣。瑚璉之器，方推國華；杞梓之材，終標世美。張溥評：「周昌強諫，張華知人，殆有兼稱，非

〔註 80〕〔魏〕應璩：〈與武帝薦貴琳牋〉：「多士之頌，形於周文之朝。」〔魏〕應璩：《應休璉集》，見〔明〕張溥輯：《漢魏六朝百三名家集》，冊 2，頁 176。

徒以太史之辭，干將之筆，豪翊東海也。」〔註 81〕

第二節　庾信之生平及其才識

一、庾信之生平

庾信字子山，小字蘭成，南陽新野（今河南新野縣）人。生於梁武帝天監十二年（513），卒於隋文帝開皇元年（581），年六十九。《周書》、《北史》並有傳。

（一）家　世

庾信字子山，籍南陽新野。山稟嵩華之秀，水潤河洛之瀾。〔註 82〕樊宏以光武之舅，初據其地；庾孟以司空之仕，始取其陂。諺云：「樊子失業庾氏昌。」〔註 83〕所謂「經邦佐漢，用論道而當官」，〔註 84〕蓋夙標令德，或至顯宦者。八世祖滔，共晉元而凌江，遂昌封侯；〔註 85〕分南陽而賜田，掌庾命族。滔子會，任新野太守，百姓生爲立祠。支孫庾告雲，爲青州刺史，羌胡爲之立碑。所謂「新野有生祠之廟，河南有胡書之碣」〔註 86〕者也。語其令聞，綽有餘赫，著良政於家國，揚高風於遐邇。祖易（？～495）、父肩吾（487～551），並《南史》有

〔註 81〕〔明〕張溥撰，殷孟倫注：《漢魏六朝百三家集題辭注》（臺北：世界書局，1979 年 10 月），頁 264。

〔註 82〕〔北周〕庾信：〈哀江南賦〉：「稟嵩、華之玉石，潤河、洛之波瀾。」

〔註 83〕《水經注》卷四：「朝水又東南分爲二水，一水枝分東北，爲樊氏陂，陂東西十里，南北五里，俗謂之凡亭陂。陂東有樊氏故宅，樊氏既滅，庾氏取其陂。故諺曰：陂汪汪，下田良，樊氏失業庾氏昌。」〔北魏〕酈道元著，陳橋驛校證：《水經注校證》（北京：中華書局，2007 年 7 月），頁 729。

〔註 84〕〔北周〕庾信：〈哀江南賦〉。

〔註 85〕《北史・庾季才傳》：「八世祖滔，隨晉元帝過江，官至散騎常侍，封遂昌侯，徙居南郡江陵。」見〔唐〕李延壽：《北史》（北京：中華書局，2003 年 7 月），冊 9，卷 89，頁 2947。〔北周〕庾信：〈哀江南賦〉：「彼凌江而建國，始播遷於吾祖。」

〔註 86〕〔北周〕庾信：〈哀江南賦〉。

傳，俱觀簡志，咸標素心。至於德推世美，文擅國華，其事則詳，可概而言。

1、秉心貞介，志尚清簡

庾信祖易，徵士，高尚其道，遁肥居貞。關吏早逢，夙表眞人之氣；少微晚映，還彰隱士之星。〔註87〕其志性恬靜，不交外物，蓋如此也。況復高風勵俗，獨樂好於文義；三子命名，俱託古以慰志：其名則黔婁、於陵、肩吾，其字則子貞、子介、子愼。黔婁事見於《列女》，貧而不仕；〔註88〕於陵言辯乎《孟子》，廉而能簡；〔註89〕肩吾問道乎《七篇》，往而不反。〔註90〕並放懷棲約，情饒飛遯。觀其養素丘壑，解體世紛，彌見貞介之心，足標清簡之志。故曰「少微眞人，天山逸民。階庭空谷，門巷蒲輪。移談講樹，就簡書筠」。〔註91〕

《南史・庾易傳》

庾易字幼簡，新野人也，徙居江陵。祖玫，巴郡太守。父道驥，安西參軍。易志性恬靜，不交外物，齊臨川王映臨州，表薦之，餉麥百斛。易謂使人曰：「走樵采麋鹿之伍，終其解毛之衣，馳騁日月之車，得保自耕之祿，于大王之恩亦已深矣。」辭不受，以文義自樂。安西長史袁彖欽其風，贈以鹿

〔註87〕〔梁〕蕭繹：〈中書令庾肩吾墓志銘〉，見〔明〕張溥輯：《漢魏六朝百三名家集》，冊4，頁338。

〔註88〕〔西漢〕劉向：《列女傳》：「其（黔婁）妻曰：昔先生君嘗欲授之政，以爲國相，辭而不爲，是有餘貴也。君嘗賜之粟三千鐘，先生辭而不受，是有餘富也。彼先生者，甘天下之淡味，安天下之卑位，不戚戚於貧賤，不忻忻於富貴。」〔西漢〕劉向撰，張濤譯注：《列女傳譯注》（山東：山東大學出版社，1990年8月），卷2，〈賢明傳・魯黔婁妻〉，頁77。

〔註89〕《孟子・滕文公下》：「匡章曰：陳仲子，豈不誠廉士哉！居於陵，三日不食，耳無聞，目無見也。」〔漢〕趙岐注，〔宋〕孫奭疏：《孟子注疏》，《十三經注疏》，頁119。

〔註90〕《莊子・逍遙遊》：「肩吾問於連叔曰：吾聞言於接輿，大而無當，往而不反。」〔清〕郭慶藩：《莊子集釋》（北京：中華書局，2007年3月），冊1，頁26。

〔註91〕〔北周〕庾信：〈哀江南賦〉。

角書格、蚌盤、蚌研、白象牙筆。並贈詩曰：「白日清明，青雲遼亮，昔聞巢、許，今覩臺、尚。」易以連理几、竹翹書格報之。建武三年，詔征爲司空主簿，不就，卒。子黔婁。

2、家有直道，人多全節

新野庾氏，或仕或隱，並遵孝悌之道，頗行忠義之舉。觀其躬奉天經，眷戀庭蘭，志慮忠純，取與守義。固已播聲時論，不待爵祿之榮；頌美史家，即入孝義之傳。

> （庾子輿）五歲讀《孝經》，手不釋卷。或曰：「此書文句不多，何用自苦？」答曰：「孝，德之本，何謂不多。」〔註92〕
>
> 庾黔婁性至孝，不曾失色於人。南陽高士劉虬、宗測並歎異之。……徒孱陵令，到縣未旬，易在家遘疾，黔婁忽心驚，舉身流汗，即日棄官歸家。家人悉驚其忽至。時易疾始二日，醫云欲知差劇，但嘗糞甜苦。易泄利，黔婁輒取嘗之，味轉甜滑，心愈憂苦。〔註93〕
>
> 庾震喪父母，居貧無以葬，賃書以營事，至手掌穿然後葬事獲濟。南陽劉虬因此爲撰《孝子傳》。〔註94〕
>
> 梁臺建，黔婁自西臺尚書儀曹郎爲益州刺史鄧元起表爲府長史、巴西梓潼二郡太守。及成都平，城中珍寶山積，元起悉分與僚佐，唯黔婁一無所取。元起惡其異眾，厲聲曰：「長史何獨爲高？」黔婁示不違之，請書數篋。尋除蜀郡太守，在職清素，百姓便之。元起死于蜀郡，部曲皆散，黔婁身營殯斂，攜持喪柩歸鄉里。〔註95〕

故知庾氏幼挺純素，長懷丹心。孝悌之行，布在方策；忠義之舉，聞於遐邇。〈哀賦〉曰：「家有直道，人多全節。」〔註96〕蓋以此也。

〔註92〕見《南史・庾域傳》，〔唐〕李延壽：《南史》，冊5，卷56，頁1391。

〔註93〕見《南史・庾黔婁傳》，〔唐〕李延壽：《南史》，冊4，卷50，頁1245。並參《梁書・孝行傳》。

〔註94〕見《南史・孝義・庾震傳》，〔唐〕李延壽：《南史》，冊4，卷50，頁1245。

〔註95〕《南史・庾黔婁傳》，〔唐〕李延壽：《南史》，冊4，卷50，頁1246。

〔註96〕見〔北周〕庾信：〈哀江南賦〉。

3、文學宗府，獨步江南

庾信學本家傳，資由天授。祖易以文義自樂，易友劉虯、宗測，劉虯好學而精釋，〔註97〕宗測靜退而善寡。〔註98〕並情深老莊，學兼儒釋，知祖易蓋其類也。伯父庾黔婁，少好學，多所講誦；〔註99〕庾於陵七歲能言玄理，及長，清警博學，有才思。〔註100〕觀其家風，莫不德推世美，才擅國華。父肩吾，八歲能賦詩。好德好禮，已知名於南朝；博學博文，更見賞於東宮。文好新變，彌見麗靡。庾信故曰「文詞高於甲觀，楷模盛於漳濱。」〔註101〕滕王逌謂之「文宗學府，智囊義窟；鴻名重譽，獨步江南。」〔註102〕其盛名如此。

《南史·庾肩吾傳》

> 及簡文即位，以肩吾爲度支尚書。時上流蕃鎮，並據州拒侯景，景矯詔遣肩吾使江州喻當陽公大心。大心乃降賊，肩吾因逃入東。後賊宋子仙破會稽，購得肩吾欲殺之，先謂曰：「吾聞汝能作詩，今可即作，若能，將貸汝命。」肩吾操筆便成，辭采甚美，子仙乃釋以爲建昌令。仍間道奔江陵，曆江州刺史，領義陽太守，封武康縣侯。卒，贈散騎常侍、中書令。

故知庾信家學淵源，文學世胄，令德早聞，鴻名夙榜。貴族華望，盛矣哉！

（二）生　平

庾信家有高風，幼承庭訓。遲奉南國，能邁群賢之龍章；抄撰東

〔註97〕《南史·劉虯傳》：「少而抗節好學，……精信釋氏。」〔唐〕李延壽：《南史》，冊4，卷50，頁1248。

〔註98〕《南史·宗測傳》：「少靜退，不樂人間。」〔唐〕李延壽：《南史》，冊6，卷75，頁1861。

〔註99〕見《南史·庾黔婁傳》，〔唐〕李延壽：《南史》，冊4，卷50，頁1245。

〔註100〕見《南史·庾於陵傳》，〔唐〕李延壽：《南史》，冊4，卷50，頁1246。

〔註101〕〔北周〕庾信：〈哀江南賦〉。

〔註102〕見《庾子山集注·滕王逌原序》，〔北周〕庾信撰，〔清〕倪璠注，許逸民校點：《庾子山集注》（北京：中華書局，2006年2月），冊1，頁51。

宮，堪稱一代之學士。乃侯景作亂，金陵瓦解，竄身荒谷，風塵殄瘁，仰慕園陵，俯傷黎庶。及僧辯平寇，梁元中興，親承朝命，聘於西魏。豈知齊交北絕，秦患西起，大軍南討，遂留長安。嗟乎！南國羈士，入北而身懷蕭瑟；胡庭遊臣，思鄉而賦動江關。其生平大略，蓋可三分：

1、南朝學士，文揮綺豔

夫新野望族，稱文苑之詞宗；南朝名閥，挺直道之祖德。故得淵學傳家，殊才命世。信家本江南，學遵河北。〔註 103〕幼而俊邁，長而聰敏。玉墀射策，高等甲科。〔註 104〕由是侍梁昭明太子講讀，時年十五（527），所謂「王子濱洛之歲，蘭成射策之年。始含香於建禮，仍矯翼於崇賢」〔註 105〕者。於時東宮書林盈萬，名才並集，文學之盛，晉宋未逮。〔註 106〕及昭明薨（531），蕭綱儲命。徐摛、庾父，秉藻章而侍東宮；庾信、徐陵，工詩賦而成學士。並出入禁闥，恩禮莫甚。簡文題詩以輕豔，時曰宮體；徐庾摛文以巧密，彌有新意。語其才則飛文染翰，筆奏宮商；論其學則博物造微，胸懷斧藻。其積學也如彼，其練才也如此。繼而東魏來聘（545），梁使及鄴，庾信預焉。〔註 107〕辭令之嫻，不負高名；寒陵之碑，惟堪共語。〔註 108〕南朝學

〔註 103〕見《庾子山集注・注釋庾集題辭》，〔北周〕庾信撰，〔清〕倪璠注，許逸民校點：《庾子山集注》，冊 1，頁 3。

〔註 104〕見《庾子山集注・滕王逌原序》，〔北周〕庾信撰，〔清〕倪璠注，許逸民校點：《庾子山集注》，冊 1，頁 55。《漢書・儒林傳》：「自武帝立《五經》博士，開弟子員，設科射策，甲科爲郎中，乙科爲太子舍人，而丙科爲補文學掌故。」〔東漢〕班固：《漢書》（北京：中華書局，1964 年 11 月），冊 11，卷 88，頁 3620。

〔註 105〕〔北周〕庾信：〈哀江南賦〉。

〔註 106〕《梁書・昭明太子傳》：「引納才學之士，賞愛無倦。恒自討論篇籍，或與學士商榷古今。……于時東宮有書幾三萬卷，名才並集，文學之盛，晉宋以來未之有也。」〔唐〕姚思廉：《梁書》，冊 1，卷 8，頁 167。

〔註 107〕《北齊書・祖珽傳》：「時徐君房、庾信來聘，名譽甚高，魏朝聞而重之。」〔唐〕李百藥：《北齊書》（北京：中華書局，1972 年 11 月），冊 2，卷 39，頁 521。

〔註 108〕〔唐〕張鷟《朝野僉載》：「時溫子昇作〈韓陵山寺碑〉，信讀而寫

士，赫矣清顯之職；宮體詩人，美哉綺豔之文。

《周書・庾信傳》

庾信字子山，南陽新野人也。祖易，齊徵士。父肩吾，梁散騎常侍、中書令。信幼而俊邁，聰敏絕倫。博覽群書，尤善《春秋左氏傳》。身長八尺，腰帶十圍，容止頹然，有過人者。起家湘東國常侍，轉安南府參軍。時肩吾為梁太子中庶子，掌管記。東海徐摛為左衛率。摛子陵及信，並為抄撰學士。父子在東宮，出入禁闥，恩禮莫與比隆。既有盛才，文並綺豔，故世號為徐庾體焉。當時後進，競相模範。每有一文，京都莫不傳誦。累遷尚書度支郎中、通直正員郎。出為郢州別駕。尋兼通直散騎常侍，聘於東魏。文章辭令，盛為鄴下所稱。還為東宮學士，領建康令。

此庾信三十六歲以前，未值侯景作亂之時也。

2、侯景作亂，藐是流離

夫丹陽帝室，尚得半璧江山；建康宮庭，依然六朝金粉。其時朝野歡娛，江表無事。豈知運不常隆，梟獍反噬，金陵有荼毒之痛，社稷有翦墜之傷。可不哀歟！始則賊臣侯景，虺毒潛吹。包藏禍心，初任東魏之將；窺竊神器，繼圖南朝之鼎。方營職於高歡，〔註 109〕即逆叛於高澄。〔註 110〕太清元年（547），率河南十三州降梁。梁武含弘，納降非人。二年（548），侯景叛亂。授鉞紮營，纔臨朱雀之航；飛箭擊柱，已報臺城之禍。信乃竄身荒谷，公私塗炭。大盜虔劉，金陵瓦解。梁武臺城之困，終至餓死；簡文傀儡之君，不免遭弒。庾信

其本。南人問信曰：『北方文字何如？』信曰：『唯有韓陵山一片石堪共語。』」〔唐〕張鷟撰，趙守儼點校：《朝野僉載》（北京：中華書局，1979 年 10 月），卷 6，頁 140。

〔註 109〕《南史・侯景傳》：「始魏相高歡微時，與景甚相友好，及歡誅尒朱氏，景以眾降，仍為歡用。」〔唐〕李延壽：《南史》，冊 6，卷 80，頁 1993。

〔註 110〕《南史・侯景傳》：「及歡疾篤，其世子澄矯書召之。……時景將蔡道遵北歸，言景有悔過志。高澄以為信然，乃以書喻景，……景報書不從。澄知景無歸志，乃遣軍相繼討景。」〔唐〕李延壽：《南史》，冊 6，卷 80，頁 1994。

則二男一女，並得勝衣，金陵喪亂，相守亡沒。〔註 111〕

《周書・庾信傳》

侯景作亂，梁簡文帝命信率宮中文武千餘人，營於朱雀航。及景至，信以眾先退。臺城陷後，信奔於江陵。

《資治通鑑・梁太清二年》

辛亥，景至朱雀桁南，太子以臨賀王正德守宣陽門，東宮學士新野庾信守朱雀門，帥宮中文武三千餘人營桁北。太子命信開大桁以挫其鋒，正德曰：「百姓見開桁，必大驚駭。可且安物情。」太子從之。俄而景至，信帥眾開桁，始除一舶。見景軍皆著鐵面，退隱於門。信方食甘蔗，有飛箭中門柱，信手甘蔗，應弦而落，遂棄軍走。

庾信流離播越，奔走江陵。加以銅頭鐵額，興暴皇年；封豨修蛇，行災中國。江夏有襲郢之軍，〔註 112〕刺史有涼薄之貌。〔註 113〕乃過漂渚而寄食，託蘆中而渡水。屆於七澤，濱於十死。〔註 114〕

〈哀江南賦〉

爾乃假刻璽於關塞，稱使者之酬對。逢鄂坂之譏嫌，值彤門之征稅。乘白馬而不前，前青騾而轉礙。吹落葉之扁舟，飄長風於上游。彼鋸牙而鉤爪，又循江而習流。

方侯景篡逆，鍾禍上京，仰慕彤庭，無掃流矢之兵；俯傷黎庶，不廢生荊之痛。承聖元年（552），僧辯平寇，梁元中興。信抵江陵，除御史中丞。轉右衛將軍，所謂「謬掌衛於中軍，濫尸丞於御史」

〔註 111〕〔北周〕庾信：〈傷心賦〉。

〔註 112〕《南史・侯景傳》：「（大寶）二年正月，……於大航跨水築城，名曰捍國。四月，景遣宋子仙襲陷郢州刺史方諸。景乘勝西上，號二十萬，聯旗千里，江左以來，水軍之盛未有也。」〔唐〕李延壽：《南史》，冊 6，卷 80，頁 2010。

〔註 113〕《南史・梁宗室傳》：「（蕭）韶昔爲幼童，庾信愛之，有斷袖之歡，衣食所資，皆信所給。遇客，韶亦爲信傳酒。後爲郢州（刺史），信西上江陵，途經江夏，韶接信甚薄，坐青油幕下，引信入宴，坐信別榻，有自矜色。」〔唐〕李延壽：《南史》，冊 4，卷 51，頁 1270。

〔註 114〕〔北周〕庾信：〈哀江南賦〉。

〔註 115〕者。此庾信三十六歲後，値侯景之亂，藐是流離之時也。

3、北國羈旅，哀思江南

梁元既夷凶靖亂，大雪冤恥。然其沉猜逞欲，藏疾自矜。周含鄭怒，蕭詧有殺兄之結釁；楚結秦冤，西魏有伐鄰之責言。〔註 116〕承聖三年（554），信年四十二，西聘於魏，屬西魏克城，梁王暗結，雖曰外力，實起蕭牆。信乃留長安。

《太平御覽》卷三百零六引《三國典略》

> 周遣常山郡公于謹率中山公宇文護、大將軍楊忠等，步騎五萬南伐。太祖餞於青泥谷。時庾信來，未返。太祖問之曰：「我遣此兵馬，縛取湘東、關西作博士，卿以爲得不？」信曰：「必得之，後王勿以爲不忠。」太祖笑而頷之。〔註 117〕

《周書・庾信傳》

> 梁元帝承制，除御史中丞。及即位，轉右衛將軍，封武康縣侯，加散騎常侍，來聘於我。屬大軍南討，遂留長安。

若乃江陵之陷，內外之患，黔黎盡瘁，俘虜曰萬。隴水則聞而掩泣，關山則望而長歎。庾信執於長安，遙臨國亡。三日哭於都亭，三年囚於別館。〔註 118〕然而掞華之士，名高山斗；亡國之使，器重瑚璉。所以攜老入關，烝烝色養。〔註 119〕雖小弱者皆殺之，〔註 120〕而名士則禮遇而免也。〔註 121〕乃棲身於西魏，旋食粟於北周。

〔註 115〕〔北周〕庾信：〈哀江南賦〉。

〔註 116〕〔北周〕庾信：〈哀江南賦〉：「周含鄭怒，楚結秦冤。有南風之不競，値西鄰之責言。」

〔註 117〕〔宋〕李昉等：《太平御覽》（臺北：臺灣商務印書館，1997 年 7 月），冊 2，頁 1537。

〔註 118〕〔北周〕庾信：〈哀江南賦〉。

〔註 119〕《庾子山集注・滕王逌原序》：「自攜老入關，亟移灰琯。烝烝色養，勤同扇席。」〔北周〕庾信撰，〔清〕倪璠注，許逸民校點：《庾子山集注》，冊上，〈滕王逌原序〉，頁 65。

〔註 120〕《南史・梁元帝本紀》：「乃選百姓男女數萬口，分爲奴婢，小弱者皆殺之。」〔唐〕李延壽：《南史》，冊 1，卷 8，頁 245。

〔註 121〕《庾子山集注・庾子山年譜・承聖三年》：「然子山出聘，不得老幼

及梁代禪陳（558），信求還莫許。莊舃執楚國之珪，尚多越吟；鍾儀就南冠之囚，猶能楚奏。通顯之職，雖有踰於舊邦；而鄉關之思，則無間於狹巷也。

《周書・庾信傳》

時陳氏與朝廷通好，南北流寓之士，各許還其舊國。陳氏乃請王褒及信等十數人。高祖唯放王克、殷不害等，信及褒並留而不遣。……世宗、高祖並雅好文學，信特蒙恩禮。至於趙、滕諸王，周旋款至，有若布衣之交。群公碑誌，多相請托。唯王褒頗與信相埒，自餘文人，莫有逮者。信雖位望通顯，常有鄉關之思。乃作〈哀江南賦〉以致其意云。

庾信暮年衰朽，母女並亡，無處銷憂，哀慟何極。大象元年（579），友滕王逌編其文集二十卷，並撰序文，信作〈謝滕王集序啓〉以致意，是年以疾去職。暨隋受周禪（581），庾信病卒，年六十九。

二、庾信之才識

（一）才　學

庾信才優學博，獨臻極峰。才優故雋而彌絜，采不滯骨；〔註 122〕學博故華實布濩，情文相生。宇文逌謂其：「妙善文詞，尤工詩賦，窮緣情之綺靡，盡體物之瀏亮，誄奪安仁之美，碑有伯喈之情，箴似揚雄，書同阮籍。」〔註 123〕蓋攬摛文之筌蹄，通雕章之窔奧者。是以才子詞人，莫不師教；王公名貴，盡爲虛襟。今敷衽而論，以見其才學之深也。

並攜，明是江陵獻俘之日，信本江陵名士，特爲太祖所知，推恩禮送，故信老幼皆在長安。」〔北周〕庾信撰，〔清〕倪璠注，許逸民校點：《庾子山集注》，冊 1，頁 23。

〔註 122〕王文濡評庾信〈小園賦〉：「至於琢句之雋而彌絜，采不滯骨，尤非專尚浮藻者，所能望其項背也。」見氏著：《南北朝文評註讀本》（臺北：廣文書局，1981 年 12 月），冊 2，頁 53。

〔註 123〕〔北周〕庾信撰，〔清〕倪璠注，許逸民校點：《庾子山集注》，冊上，〈滕王逌原序〉，頁 53。

1、尤善《左氏》

《北史》立傳，酌事分目。爲教也大，利物也博，〔註 124〕即有「儒林」之篇；言之不文，行之不遠，〔註 125〕遂定「文苑」之類。觀「文苑」諸傳，若溫子昇「博覽百家，文章清婉」，李廣「博涉群書，有才思」，王褒「博覽史傳，七歲能屬文」，虞世基「博學有高才」〔註 126〕，並知其善文，率曰學博而已。唯庾信才優，則曰：「博覽群書，尤善《春秋左氏傳》。」是知文苑之霸，必廣儒術之功；詞中之英，不離經生之學也。信既妙善《左氏》，則《左氏》之學，塡塞胸膺；《左氏》之文，鎔裁手筆矣。

(1)《左氏》之學，就熟駕輕

南朝學風，雅重經典。先王舊章，往聖遺訓，莫不深造精微，博臻絕詣。史乘崇儒，恆曰博覽；而庾信才高，更標尤善者焉。若乃文崇器識，既符《左氏》之觀；辭尙體要，復愜《左氏》之意。

一曰言念民主：

《左氏》之學，特申民主。劉師培云：「《左氏》一書，責君特重，而責臣特輕。宣公四年，鄭公子歸生弒其君夷。《傳》云：『凡弒君稱君，君無道也。稱臣，臣之罪也。』杜注謂：『稱國以弒，言眾所共絕。』釋例申其說曰：『君所以繫民命也。』……《左氏傳》云：『不及其民也。凡君不道於其民，諸侯討而執之，……』何一非警戒人君之詞乎？」〔註 127〕至於庾信既逢喪亂，藐是流離。建康蕭條，盡謂流矢之兵；廣漢陰寒，偏因夜哭之鬼。言念民主之情，不覺而露之無遺也。

〔註 124〕《北史・儒林傳序》：「儒者，其爲教也大矣，其利物也博矣。」〔唐〕李延壽：《北史》，冊 9，卷 81，頁 2703。

〔註 125〕《北史・文苑傳序》：「至於制禮作樂，騰實飛聲，善乎，言之不文，行之豈能遠也。」〔唐〕李延壽：《北史》，冊 9，卷 83，頁 2777。

〔註 126〕以上諸人並見《北史・文苑傳》。

〔註 127〕劉師培：《讀左劄記》，見氏著：《劉師培全集》（北京：中共中央黨校出版社，1997 年 6 月），冊 1，頁 290。

蓋聞樹彼司牧，既懸百姓之命；及乎厭世，復傾天下之心。
（〈擬連珠〉其十九）

此章喻梁之興亡，皆由武帝。〔註 128〕觀其「樹彼司牧，既懸百姓之命」者，即《左傳‧襄十四》：「天生民而立之君，使牧司之，勿使失性。」之意也。

雖復兼能共治，未遣渡河之獸；烽柝是警，實擾移關之民。是以法王御世，天人論道，汲引四流，周圓五怖，故能調伏怨憎，消除結縛。（〈陝州弘農郡五張寺經藏碑〉）

此言廉能之吏，不能施恩澤於民也。觀其揄揚所念，恭頌所指，殆同《左傳‧莊三十二》「國將興，聽於民」者。

二曰習於禮教：

左氏世掌史官，習於禮教，褒貶人物，一準諸禮。如《左傳‧隱五》：「公矢魚於棠，非禮也。」《左傳‧隱八》：「鄭伯以齊人來朝，禮也。」《左傳‧桓四》：「公狩於郎，書，時，禮也。」《左傳‧莊三十》：「齊侯來獻戎捷，非禮也。」鄭玄云：「《左氏》善於禮。」洵篤論矣。至於庾信摛辭，亦慎用其義。若乃朝聘會盟之禮，祭祀婚喪之儀，皆確於其文矣。

飲其琉璃之酒，賞其虎豹之皮。（〈哀江南賦〉）

此謂侯景內附，梁朝納降。《左傳‧襄四》：「無終子嘉父使孟樂如晉，因魏莊子納虎豹之皮，以和諸戎。」

天子以大臣之喪，躬輟聽訟；東朝以師傅之尊，親臨攢祭。詔贈大將軍，謚某公，禮也。（〈周太子太保步陸逞神道碑〉）

銘功贊德，雖碑文之所職；述行記言，則咨度於禮制。〔註 129〕庾信累德述尊，以禮爲本，固嫻於《左氏》之學矣。

〔註 128〕〔清〕倪璠注：「此章喻梁之興亡皆由武帝，一敗之後，不復振也。」〔北周〕庾信撰，〔清〕倪璠注，許逸民校點：《庾子山集注》，冊中，頁 606～607。

〔註 129〕〔漢〕蔡邕：〈太尉橋公廟碑〉：「三孤故臣門人，相與述公言行，咨度禮制，文德銘于三鼎，武功勒于鉦鉞。」〔明〕張溥輯：《漢魏六朝百三名家集》，冊 1，《蔡中郎集》，頁 539。

三曰賦合史筆：

《左氏》記載，傳之史事；庾信作賦，思合史筆。故云：「信身世等於龍門，辭親同於河洛，奉立身之遺訓，受成書之顧託。」〔註 130〕觀其哀江南之賦，擬於談、遷，方之史臣。述家風則先陳世德，隸事典則偏多《傳》文。史家意識，其有由也。

> 天子方删詩書，定禮樂。設重雲之講，開士林之學。談劫燼之灰飛，辨常星之夜落。地平魚齒，城危獸角。臥刁斗於滎陽，絆龍媒於平樂。宰衡以干戈爲兒戲，縉紳以清談爲廟略。（〈哀江南賦〉）

此言梁武沉溺釋教，忘情干戚。大盜潛移，無復武備之修；清談預禍，寧有政事之濟？觀其敷事昭情，善入史筆，敘理成論，識見獨高。

> 中宗之夷凶靖亂，大雪冤恥。去代邸而承基，遷唐郊而纂祀。反舊章於司隸，歸餘風於正始。沉猜則方逞其欲，藏疾則自矜於己。天下之事沒焉，諸侯之心搖矣。既而齊交北絕，秦患西起。況背關而懷楚，冀端委而開吳。驅綠林之散卒，拒驪山之叛徒。營軍梁漾，蒐乘巴渝。問諸淫昏之鬼，求諸厭劾之符。荊門遭廪延之戮，夏口濫逵泉之誅。蔑因親以教愛，忍和樂於彎弧。既無謀於肉食，非所望於《論都》。未深思於五難，先自擅於二端。登陽城而避險，臥砥柱而求安。既言多於忌刻，實志勇而形殘。但坐觀於時變，本無情於急難。地惟黑子，城猶彈丸。其怨則黷，其盟則寒。豈冤禽之能塞海，非愚叟之可移山。（〈哀江南賦〉）

此言梁元中興，敗德失政，沉猜逞忌，藏疾矜己。偏安江陵，無心建鄴之復；拔擢逆黨，多事鬼神之求。乍搆釁於兄弟，或結怨於強鄰。是以眾叛親離，國亡身死。若乃皇帝膺器，咸有蒼生之仰；而史家述

〔註 130〕〔北周〕庾信：〈哀江南賦〉。《漢書・司馬遷傳》：「（司馬談）太史公既掌天官，不治民。有子曰遷。遷生龍門，太史公留滯周南，病且卒，而子遷適反，見父子於河洛之間。太史公執其手而泣曰：『予先，周室之太史也。予死，爾必爲太史。爲太史，毋忘吾所著論矣。且夫孝始於事親，中於事君，終於立身。』」〔東漢〕班固：《漢書》，冊 9，卷 62，頁 2714。

事，非無褒貶之論。夫庾信去故，思哀江南，直書其事，〔註 131〕譽爲「賦史」，〔註 132〕固無待泛說也。

（2）《左氏》之文，得心應手

史稱庾信「尤善《左氏》」，其故何哉？豈庾氏先人，頗能著述？南陽世族，咸有家學？徵之史籍，未見其載。然則善《左氏》者，謂其隸事者乎？〔註 133〕夫南朝學盛，文士競才。膏腴之子，摛文之徒，莫不博涉群書，爭價繁典。若乃豔富之《傳》，已聞范寧之說；〔註 134〕文質之史，裁見杜預之序。〔註 135〕庾信含才，左宜右有，豔富則飾羽尚畫，文質則奇偶相生。〔註 136〕倪璠云：「觀其序出師之名，則靈

〔註 131〕〔晉〕杜預：《春秋左傳注・序》：「四曰盡而不汙，直書其事。」〔晉〕杜預集解，〔唐〕孔穎達正義：《春秋左傳正義》，《十三經注疏》，頁 14。

〔註 132〕〔清〕倪璠注〈哀江南賦〉：「此賦記梁朝之興亡治亂及己世之飄颻播遷，古有『詩史』，此可謂『賦史』矣。」〔北周〕庾信撰，〔清〕倪璠注，許逸民校點：《庾子山集注》，冊 1，頁 98。

〔註 133〕中國研究者羅玲雲以〈哀江南賦并序〉及〈擬詠懷〉二十七首爲例統計，知《左傳》隸事最多，共 120 次。試將其統計表迻錄於下：

	〈哀江南賦并序〉	〈擬詠懷〉二十七首	總計
《左傳》	102 次	18 次	120 次
《漢書》	94 次	15 次	109 次
《後漢書》	42 次	9 次	51 次
《史記》	37 次	32 次	69 次
《戰國策》	8 次	3 次	11 次
《國語》	4 次		4 次
《尚書》	8 次	1 次	9 次

見氏著：〈庾信與《左傳》〉，《牡丹江教育學院學報》2006 年第 2 期（總第 96 期），頁 8。

〔註 134〕〔晉〕范寧：《穀梁傳・序》：「左氏豔而富。」〔晉〕范寧集解，〔唐〕楊士勛疏：《春秋穀梁傳注疏》，《十三經注疏》，頁 7。

〔註 135〕〔晉〕杜預：《春秋左傳注・序》：「史有文質。」〔晉〕杜預集解，〔唐〕孔穎達正義：《春秋左傳正義》，《十三經注疏》，頁 10。

〔註 136〕《庾子山集注・注釋庾集題辭》：「子山之文，雖是駢體，間多散行。」故謂「奇偶相生」。〔北周〕庾信撰，〔清〕倪璠注，許逸民校點：《庾

釬金僕；稱兆亂之子，則蜂目狼心。星紀庚辰，以志亡滅之期；紀侯鄅子，以記出奔之狀。車絓覆而馬旋濘，甲裳去而餘皇棄。包胥依牆於七日，辛有感祭於百年。……組織《傳》文，庾爲甲矣。」〔註137〕觀其言如泉湧，思若飈發，《左氏》之文，得心應手。

一曰直引片語：

夫思緒初發，辭采苦雜，此通人之病也。至於《左氏》豔富，不殊麗辭；庾才優高，足菀鴻裁。片語斯拈，適成伏采之發；美材既斲，乃有負聲之飛。

▲〈陝州弘農郡五張寺經藏碑〉：「既而南風不競，北道言旋。」

《左傳．襄十八》：「晉人聞有楚師，師曠曰：『不害，吾驟歌北風，又歌南風，南風不競，多死聲，楚必無功。』」

▲〈周上柱國齊王憲神道碑〉：「自爾承基纂冑，保受姓氏。」

《左傳．襄廿四》：「保姓受氏，以守宗祊。」

▲〈周上柱國齊王憲神道碑〉：「太祖撥亂，喪君有君。」

《左傳．僖廿五》：「諸侯聞之，喪君有君。』」

▲〈周太子太保步陸逞神道碑〉：「鳳凰于飛，實興齊國。」

《左傳．莊廿二》：「陳公子完奔齊。初，懿氏卜妻敬仲，其妻占之，曰：『吉。是謂"鳳凰于飛，其鳴鏘鏘。"』」

▲〈周大將軍司馬裔神道碑〉：「反旆南轅，途窮北略。」

《左傳．宣十二》：「令尹反旆南轅。」

▲〈周柱國大將軍大都督同州刺史爾綿永神道碑〉：「蒙犯霜露，旗鼓驅馳。」

《左傳．襄廿八》：「跋涉山川，蒙犯霜露。」

▲〈周上柱國宿國公河州都督普屯威神道碑〉：「紀裂繻來，卿爲君逆；稱族而行，尊君命也。」

子山集注》，冊1，頁3。

〔註137〕〔北周〕庾信撰，〔清〕倪璠注，許逸民校點：《庾子山集注》，冊1，〈注釋庾集題辭〉，頁2。

《左傳・隱二》：「紀裂繻來逆女，卿爲君逆也。」

二曰截取成詞：

《左氏》至道恆久，豔辭可傳。且夫經典成詞，方冊古語，淵源有自，截取足喜。是以麗辭鎔句，必須揀擇。庶使經籍片言，皆成至寶。

▲〈周柱國大將軍長孫儉神道碑〉：「長城拔本，十族分源。」

《左傳・昭九》：「拔本塞源。」

▲〈周柱國大將軍長孫儉神道碑〉：「幸得千畝不同，二山無廢。」

《左傳・桓二》：「晉穆侯之夫人姜氏，以條之役生太子，命之曰仇。其弟以千畝之戰生，命之曰成師。」

▲〈周柱國大將軍長孫儉神道碑〉：「表求立廟，陳請象魏，有詔許焉。」

《左傳・哀三》：「命藏象魏。」

▲〈周柱國大將軍長孫儉神道碑〉：「憑軾下齊，凌江入楚。」

《左傳・僖廿八》：「憑軾而觀之。」

▲〈周柱國大將軍大都督同州刺史爾綿永神道碑〉：「兵受脤偏師，一月三捷。」

《左傳・成十三》：「戎有受脤。」

▲〈周車騎大將軍賀婁公神道碑〉：「既得師不疲勞，兵無怨讟。」

《左傳・宣十二》：「君無怨讟。」

三曰援用其事：

不引傳文，但援其事，或節縮以見意，或融化而成詞，此麗辭用事之徵也。至於庾信精敏，尤善《左氏》，捃摭經史，援古證今，才學相輝，乃成鴻采。

▲〈周上柱國齊王憲神道碑〉：「觀彼車絓槐本，馬驚旋濘。」

《左傳・僖十五》：「戰於韓原，晉戎馬還濘而止。秦獲晉侯以歸。」

▲〈周上柱國齊王憲神道碑〉：「季友之亡，魯可知矣；齊喪子

雅，姜其危哉！」

《左傳・閔二》:「季氏亡則魯不昌。」又:「成季生而有文在其手，曰友，遂以命之。」

《左傳・昭三》:「齊公孫竈卒。司馬竈見晏子，曰:『又喪子雅矣。』晏　子曰:『惜也，子旗不免，殆哉！姜族弱矣，而嬀將始昌。二惠競爽，猶可，又弱一個焉，姜其危哉！』」

▲〈周上柱國齊王憲神道碑〉:「隨會爲卿，民無群盜！」

《左傳・宣十六》:「晉侯以黻冕命士會將中軍，且爲太傅。於是晉國之盜逃奔於秦。」

▲〈周上柱國齊王憲神道碑〉:「宋人獻玉，不貪爲寶。」

《左傳・襄十五》:「宋人或得玉，獻諸子罕，子罕弗受。獻玉者以示玉人，玉人以爲寶也，故敢獻之。子罕曰:『我以不貪爲寶，爾以玉爲寶。若以與我，皆喪寶也，不若人有其寶。』」

▲〈周太子太保步陸逞神道碑〉:「鳳凰于飛，實興齊國。」

《左傳・莊廿二》:「初，懿氏卜妻敬仲，其妻占之，曰:『吉。是謂「鳳凰于飛，其鳴鏘鏘。有嬀之後，將育於姜。五世其昌，並於正卿。八世之後，莫之與京。」』及陳之初亡也，陳桓子始大於齊。其後亡也，成子得政。」

▲〈周柱國大將軍長孫儉神道碑〉:「匡贊官雲，謀猷紀鳳。」

《左傳・昭十七》:「昔者黃帝氏以雲紀，故爲雲師而雲名。……我高祖少皞，摯之立也，鳳鳥適至，故紀於鳥，爲鳥師而鳥名。」

四曰融會字樣：

經典沉深，載籍浩瀚，或有才穎學博，動輒取融。夫其縱意伐柯之際，任力取資之餘，權衡損益，斟酌濃淡。於是舊者新之，然後偉詞鑄矣。

▲〈陝州弘農郡五張寺經藏碑〉:「爣烽並照，象馬單奔。」

《左傳·定四》:「王使執燧象,以奔吳師。」《左傳·成二》:「不介馬而馳之。」按:象馬所以驅戰,故云象馬單奔。

▲〈周上柱國齊王憲神道碑〉:「觀彼車絓槐本,馬驚旋濘。」

《左傳·襄廿三》:「欒射之不中,又注,則乘槐本而覆。」

▲〈周太子太保步陸逞神道碑〉:「有聞箴盥,無廢紘綖。」

《左傳·僖廿三》:「奉匜沃盥。」《左傳·桓二》:「衡紞紘綖,昭其度也。」

▲〈周柱國楚國公岐州刺史慕容公神道碑〉:「總秦人之銳士,兼荊戶之廣卒。」

《左傳·宣十二》:「其君之戎,分爲二廣,廣有一卒,卒偏之兩。」

庾信組織《左氏》,碑誄尤多,筆具鑪錘,文摭經史,故稟之以製式,取之以富言。或直引片語,或截取成詞,或援用其事,或融會字樣。觀其規範本體,剪截浮詞,才學之優,實稱宗師;鎔裁之善,克光後進矣。

2、伏膺陸機

陸機咀嚼英華,厭飫膏澤。才高辭贍,遂爲八俊之首;〔註138〕規矩綺錯,〔註139〕即是麗辭之祖。松雄先生謂其:「麗壇木鐸,響窮千里之濱;藝林席珍,貴逾萬金之價。」〔註140〕然則麗壇木鐸,作翰苑之金針;藝林席珍,即文章之淵泉。文章淵泉,才士取則之範;翰苑金針,後生循蹈之方。杜子美云:「清新庾開府。」〔註141〕劉師培云:「今觀士衡文之作法,大致不出『清新相接』四字。」〔註142〕

〔註138〕陳師松雄以三張二陸兩潘一左爲「太康八俊」,而陸機爲其首,故曰「八俊之首」。見陳師松雄:〈陸機之家世及其在麗壇之地位〉,《東吳中文學報》第16期(2008年11月),頁16。

〔註139〕〔梁〕鍾嶸《詩品》卷上評晉平原相陸機:「尚規矩,貴綺錯。」見王叔岷:《鍾嶸詩品箋證稿》(北京:中華書局,2007年7月),頁171。

〔註140〕陳師松雄:〈陸機之家世及其在麗壇之地位〉,頁13。

〔註141〕〔唐〕杜甫:〈春日憶李白〉,〔唐〕杜甫撰,〔清〕仇兆鰲注:《杜詩詳注》(北京:中華書局,2007年6月),冊1,頁52。

〔註142〕劉師培:《漢魏六朝專家文研究》,見《中國中古文學史講義》(附

並體式清新，藻耀當時。庾子山又云：「未見陸機之文，久同燒硯。」〔註 143〕是知庾信伏膺陸機，窮力而追也。一曰循〈文賦〉之矩矱，二曰融陸文而模範，三曰擬連珠以頡頏。若乃捃其文論之際，掞其鴻辭之餘，復又新變其貌，偏開別格。固才學兼擅，博物不群也。

（1）循〈文賦〉之矩矱

昔子夏〈詩序〉，班固〈騷序〉，序哉論矣，蓋文論之始焉。或銓衡一經之詩，或揄揚一人之文。各有所偏，鮮達通論。及魏文述典，理深前修。泛論當時之才，略舉篇章之體。四科〔註 144〕之議，足光來學。至於陸機〈文賦〉，論才士之用心也。夫其植義純正，文理允備。先士盛藻之意，作文利害之由，莫不網羅檃括，洞微晰祕。操斧伐柯，實啓文士之心；放言遣辭，遂爲藝林之珍。松雄先生謂其：「鍊辭之士，莫不奉爲宗師；研術之人，率皆尊作共主。」〔註 145〕是以宗師鍊辭之論，騰聲六朝；共主研術之言，馳響後進。六朝後進，莫不循其矩矱。況庾信集六朝之大成，導四傑之先路〔註 146〕者乎！

陸機〈文賦〉：「詩緣情而綺靡，賦體物而瀏亮。」

《庾子山集注・滕王逌原序》：「妙善文詞，尤工詩賦，窮緣情之綺靡，盡體物之瀏亮。」

昔子夏序《詩》，以爲：「發乎情，止乎禮義。」〔註 147〕李善亦云：「詩

《漢魏六朝專家文研究》，〈九、蔡邕精雅與陸機清新〉，頁 122。又〔晉〕陸雲：〈與兄平原書〉：「兄文章之高遠絕異，不可復稱言，然猶皆欲微多，但清新相接，不以此爲病耳。」〔晉〕陸雲：《陸清河集》，見〔明〕張溥輯：《漢魏六朝百三名家集》，冊 2，頁 722。

〔註 143〕〔北周〕庾信：〈謝滕王集序啓〉。

〔註 144〕〔魏〕曹丕《典論・論文》：「蓋奏議宜雅，書論宜理，銘誄尚實，詩賦欲麗。此四科不同。」見〔梁〕蕭統編，〔唐〕李善注：《文選》，頁 720。

〔註 145〕陳師松雄：〈陸機之家世及其在麗壇之地位〉，頁 13。

〔註 146〕〔清〕紀昀總纂：《四庫全書總目提要・庾開府集箋注》，頁 1。

〔註 147〕《毛詩・大序》：「故變風發乎情，止乎禮義。發乎情，民之性也；止乎禮義，先王之澤也。」

以言志，故曰緣情。」〔註 148〕並「言志」所發也，措辭則異，所指則同。然而「緣情」之說既起，「言志」之論斯微。秦漢「言志」，尚多爲政之談；〔註 149〕六朝「緣情」，惟餘悲哀之感。〔註 150〕緣情綺靡，已不止於禮義；體物瀏亮，實有心於刻鏤。觀陸機緣情之詩，體物之賦，莫不綺靡欲麗，瀏亮爲妙。並發端鄉情，流連哀思。〈吳趨行〉則盛歌吳邑，〈述先賦〉則歸餘吳亡。家邦顚覆，方足語窮；胸臆悽悲，偏能喻苦。亡國之慟，還似子山；鄉關之情，皆因羈旅。陸則驚絕兩晉，振鐸後昆；庾則播譽六朝，繼聲先士矣。

陸機〈文賦〉:「曁音聲之迭代，若五色之相宣。」

許槤評〈玉臺新詠序〉:「駢語至徐庾，五色相宣，八音迭奏。」〔註 151〕

音聲之理，騰奮永明。松雄先生云:「歷來論韻，永明獨領風騷；永明談聲，沈侯擅睹祕旨。千載不悟之理，從此開朗；諸子難喻之懷，由茲暢達。」〔註 152〕是以略引其論，探尋其賾，知「五色相宣，八音協暢」〔註 153〕之言，蓋由陸機「曁音聲之迭代，若五色之相宣」所來。若乃陸機之論，以色飾聲；〔註 154〕庾信之文，聲色兼該，〔註 155〕故庾爲勝矣。然則徐庾私淑前式，實踐祕聞，〔註 156〕雖力辨聲病之理，亦發源

〔註 148〕〔梁〕蕭統編，〔唐〕李善注:《文選》，卷 17，〈文賦〉，頁 241。

〔註 149〕秦漢人所謂「志」多指其政治之理想抱負。如《左傳・襄廿七》:「武亦以觀七子之志。」

〔註 150〕〔梁〕蕭繹:《金樓子・立言》:「吟詠風謠，流連哀思者謂之文。」收入羅愛萍主編:《百子全書》，冊 23，頁 6929。

〔註 151〕〔清〕許槤評選，黎經誥注:《六朝文絜箋注》，頁 142。

〔註 152〕陳師松雄:〈陸機之家世及其在麗壇之地位〉，頁 15。

〔註 153〕〔梁〕沈約:《宋書》，冊 6，卷 67，〈謝靈運傳論〉，頁 1779。

〔註 154〕〔唐〕李善注《文選・文賦》「曁音聲之迭代，若五色之相宣」云:「言音聲迭代而成文章，若五色相宣而爲繡也。」按:有聲無色，以色飾聲。〔梁〕蕭統編，〔唐〕李善注:《文選》，頁 241。

〔註 155〕《周書・王褒庾信傳論》:「然則子山之文……煥乎若五色之成章，紛乎猶八音之繁會。」按:有聲有色，聲色兼該。〔唐〕:令狐德棻:《周書》，冊 3，卷 41，頁 744。

〔註 156〕陳師松雄:「徐庾私淑前式，翫繹浮切之規；實踐祕聞，馳騁馬蹄

陸機之論也。

（2）融陸文而模範

夫魏晉以降，文學勃興；南朝而來，麗辭鼎盛。一辭之巧，聲滿藝壇；一文之工，美傳翰苑。鴻風懿采，於時爭輝。然而江南競寫，河北程才，〔註 157〕文能軒翥，辭入煒燁者，其爲庾信乎！斯乃六朝渤澥，唐代津梁，〔註 158〕固學海之虯螭，作藝林之龍象。夫其滋潤後進學子，博成宗師；淈揚前修詞潭，深比渟澥。爲文通變，尙假英華；振藻鎔裁，必希膏液。膏液英華，陸機其濫觴乎？

昔吳郡陸機，才冠當世，《雕龍》云：「士衡才優，而綴辭尤繁。」〔註 159〕又云：「陸機才欲窺深，辭務索廣。」〔註 160〕然則「綴辭尤繁」，知取材之必富；「辭務索廣」，見隸事之多能。其於麗辭，蓋先覺也。加以國亡主辱，顚沛圖濟，〔註 161〕遭逢偃蹇，有似庾信。信既強記獨絕，博物不群，〔註 162〕乞靈假寵，時範陸文矣。

▲欲隕之葉，無所假烈風；將墜之泣，不足繁哀響也。（陸機〈豪士賦序〉）

凋殘殺翮，無所假於風飆；零落春枯，不足煩於霜露。（庾信〈思舊銘并序〉）

▲信松茂而柏悅，嗟芝焚而蕙歎。（陸機〈歎逝賦〉）

瓶罄罍恥，芝焚蕙歎。（庾信〈思舊銘並序〉）

之韻。」〈陸機之家世及其在麗壇之地位〉，頁 16。

〔註 157〕〔北周〕庾信撰，〔清〕倪璠注，許逸民校點：《庾子山集注．注釋庾集題辭》：「江南競寫，曾與徐陵齊名；河北程才，獨有王褒並埒。」冊 1，頁 5。

〔註 158〕〔清〕許槤曰：「駢語至徐庾，五色相宣，八音迭奏，可謂六朝之渤澥，唐代之津梁。」〔清〕許槤評選，黎經誥注：《六朝文絜箋注》，頁 142。

〔註 159〕見《文心雕龍．鎔裁》。

〔註 160〕見《文心雕龍．才略》。

〔註 161〕〔明〕張溥撰，楊家洛編：《漢魏六朝百三家集題辭注》（臺北：世界書局，1979 年 10 月），頁 132。

〔註 162〕〔北周〕庾信撰，〔清〕倪璠注，許逸民校點：《庾子山集注》，冊 1，〈滕王逌原序〉，頁 53。

▲城池無藩籬之固，山川無溝阜之勢。（陸機〈辨亡論〉）

江淮無涯岸之阻，亭壁無藩籬之固。（庾信〈哀江南賦序〉）

▲義兵雲合，無救劫弒之禍。（陸機〈五等諸侯論〉）

混一車書，無救平陽之禍。（庾信〈哀江南賦序〉）

▲墳前之樹，染淚先枯；庭際之禽，聞悲乃下。（陸機〈晉平西將軍孝侯周處碑〉）

墳前之樹，染淚者先枯；庭際之禽，聞悲者則下。（庾信〈周太子太保步陸逞神道碑〉）

陸機高詞迴映，疊意回舒，如朗月之懸光，若重岩之積秀。〔註163〕夫先代高蹈，唯繼踵者有功；前賢贍詞，能檃括者呈美。抑引隨時，變通會適，鎔範英采，則文其庶矣。桓譚稱：「文家各有所慕。」〔註164〕松雄先生亦云：「後進辭士，奉陸機爲聖神，陸機才情，成來學之典範。」〔註165〕泛覽前例，知庾信私淑前式，融陸文而得奇也。

（3）擬連珠以頡頏

連珠者，辭句連續，互相發明，若珠之排結也。〔註166〕揚雄覃思，始肇連珠之體；東京擬作，多同魚目之貫。〔註167〕班固、蔡邕之徒，賈逵、傅毅之輩，遞相增華，而體製未定。唯陸機才深，廣於舊篇。巧喻達旨，無非諷興之言；美句裁章，皆是駢麗之辭。是以東宮輯選，獨重〈演連〉之篇；〔註168〕逸士傳經，不遺陸機之體。〔註169〕

〔註163〕《晉書・陸雲傳》：「贊曰：『……高詞迴映，如朗月之懸光；疊意回舒，若重岩之積秀。』」〔唐〕房玄齡等：《晉書》（北京：中華書局，1974年11月），冊5，卷54，頁1487。

〔註164〕見《文心雕龍・定勢》。

〔註165〕陳師松雄：〈陸機之家世及其在麗壇之地位〉，頁13。

〔註166〕〔梁〕沈約：〈上注制旨連珠表〉，見〔明〕張溥輯：《漢魏六朝百三名家集》，冊4，《沈隱侯集》，頁489。

〔註167〕《文心雕龍・雜文》：「揚雄覃思文闊，……肇爲連珠。」「自連珠以下，擬者間出。杜篤賈逵之曹，劉珍潘勗之輩，欲穿明珠，多貫魚目。」

〔註168〕《昭明文選》設「連珠」一體，獨選陸機〈演連珠〉五十首。

〔註169〕《南齊書・高逸・沈驎士傳》：「隱居餘幹吳差山，講經教授，從學者數十百人，各營屋宇，依止其側。驎士重陸機〈連珠〉，每爲諸

臣聞頓網探淵，不能招龍；振綱羅雲，不必招鳳。是以巢箕之叟，不眄丘園之幣；洗渭之民，不發傅巖之夢。（陸機〈演連珠五十首其七〉）

臣聞衝波安流，則龍舟不能以漂；震風洞發，則夏屋有時而傾。何則？牽乎動則靜凝，係乎靜則動貞。是以淫風大行，貞女蒙冶容之悔；淳化殷流，盜跖挾曾史之情。（陸機〈演連珠五十首其三十九〉）

觀其隸事之繁，有踰昔賢之作；〔註 170〕用韻之密，不遜後俊之篇。〔註 171〕宛轉相承之句，磊磊如珠；四六隔聯之作，粲粲似錦。松雄先生云：「陸機爲連珠泰斗，體制宏深，言約而詞華，喻近而旨遠。」〔註 172〕然則體制宏偉，扇踵武者之慕風；連珠麗妍，樹取資者之師範。〈演連〉一出，法式完備，追摹不窮，有盛六朝矣。

詳夫六朝連珠，文用多門，或議談時政，或敷衍哲理，或品評人事，或寄言情志。總括其類，並遵陸機之方；甄別其型，盡效演連之制。然庾信繼起，翻耀前徽，擬連就成，竟光陸作，鏗鏘並奏，輝煥相華，足使吳俊寢聲，梁帝〔註 173〕變色。

蓋聞彼黍離離，大夫有喪亂之感；麥秀漸漸，君子有去國

生講之。」〔梁〕蕭子顯：《南齊書》，冊 2，卷 54，頁 943。

〔註 170〕據鍾濤統計，陸機〈演連珠〉五十首共 369 句，對句數 364，用典句數 110，故曰「駢文初成於陸機」。鍾濤：《六朝駢文形式及其文化意蘊》（北京：東方出版社，1997 年 6 月），頁 71。

〔註 171〕〔明〕徐師曾：《文體明辨序說・連珠》：「其體展轉，或二，或三，皆駢偶而有韻。」收入王水照編：《歷代文話》，冊 2，頁 2110。按：陸機以前，連珠之體，尚未有用韻繁密者。如上二例，前例鳳、夢皆《廣韻》去聲一送韻，下例傾、貞、情皆《廣韻》下平十四清韻，知陸機始用韻繁密。

〔註 172〕陳師松雄：〈陸機之家世及其在麗壇之地位〉，頁 25。

〔註 173〕南朝梁代君王好作連珠，據《隋書・經籍志四》著錄，沈約注《梁武帝連珠》一卷，邵陵王綸、陸緬注《梁武帝制旨連珠》十卷。又《金樓子》卷一：「（武帝）又作《聯珠》五十首，以明孝道云」（臺北：臺灣商務印書館，影印文淵閣《四庫全書》本，1986 年 3 月），頁 804 上。《南史・丘遲傳》：「時（梁武）帝著《連珠》，詔群臣繼作者數十人，遲文最美。」〔唐〕李延壽：《南史》，冊 6，卷 72，頁 1763。

之悲。是以建章低昂，不得猶瞻灞岸；德陽淪沒，非復能臨偃師。（庾信〈擬連珠〉其九）

蓋聞死別長城，生離函谷，遼東寡婦之悲，代郡霜妻之哭。是以流慟所感，還崩杞梁之城；灑淚所沾，終變湘陵之竹。（庾信〈擬連珠〉其十四）

陸機制作，篇辭或未相關；庾信擬式，段落頗能互連。陸作碎析哲理，聊供習駢之用；〔註 174〕庾辭喻梁興廢，〔註 175〕偏開別格〔註 176〕之體。梁朝殄悴，則悵望舊都；〔註 177〕江陵喪亡，則啼枯湘水。〔註 178〕觀其串散篇爲連簡，易說理爲抒情，韻調馬蹄，義歸隸事，〔註 179〕知庾信瞻望前轍，而欲以頡頏焉。

（二）器　識

信幼承家訓，長習典墳。貞心耿介，操守素定。器量侔瑚璉，志性甚松筠。〔註 180〕羈旅之作，時懷傷悲；雕龍之文，每見器識。遭

〔註 174〕王瑤以爲連珠簡短，假喻達旨，爲習駢文者屬文練習之用。王瑤：《中古文學史論》（北京：北京大學出版社，1998 年 1 月），頁 322。又，莫道才以爲公牘應用文大量駢化，作者有意練筆，必熟悉此種文體，故作爲練筆所用之連珠乃應運而生。莫道才：《駢文通論》（廣西：廣西教育出版社，1994 年 3 月），頁 223。

〔註 175〕〔清〕倪璠注〈擬連珠〉：「陸機復引舊義以廣之，謂之〈演連珠〉。信復擬其體以喻梁朝之興廢焉。」〔北周〕庾信撰，〔清〕倪璠注，許逸民校點：《庾子山集注》，冊中，頁 593。

〔註 176〕〔清〕李兆洛評庾信〈擬連珠〉：「但敘身世，無關理要，連珠之別格也。」〔清〕李兆洛輯，譚獻批校：《駢體文鈔》，（臺北：廣文書局，1963 年 8 月），卷 29，頁 7a。

〔註 177〕〔清〕倪璠注〈擬連珠〉其九：「此章喻梁國之亡。……此子山所以舊國舊都望之悵然者也。」〔北周〕庾信撰，〔清〕倪璠注，許逸民校點：《庾子山集注》，冊中，頁 599。

〔註 178〕〔清〕倪璠注〈擬連珠〉其十四：「此章喻江陵之陷。……所以啼枯湘水，哭壞杞城也。」〔北周〕庾信撰，〔清〕倪璠注，許逸民校點：《庾子山集注》，冊中，頁 603。

〔註 179〕據陳鵬統計，庾信〈擬連珠〉44 首共 348 句，用典句約達 245 句。陳鵬：《六朝駢文研究》（四川：巴蜀書社，2009 年 5 月），頁 230。

〔註 180〕〔北周〕庾信撰，〔清〕倪璠注，許逸民校點：《庾子山集注》，冊上，〈滕王逌原序〉，頁 53。

遇悽愴，則有天道之悲；含吐性靈，已標文學之論；期於簡靜，能修政治之略也。

1、人生觀：歎天道之悽愴

昔《周頌》維天，於穆不已，〔註181〕比德天道，故歸諸「形上」。蓋天道運行，有物有則。〔註182〕若庾信者，其尊天乎？〈皇夏〉言：「取法於天，降其永祚。」〔註183〕〈雲門舞〉稱：「人生於祖，物本於天。」〔註184〕若斯之言，似尊天之徵也。然信年始二毛，即逢喪亂，藐是流離，至於暮齒。〔註185〕望龍門而不見，詠南音以暢懷。故其沉憂結心，發言哀響。遂使鬱陶之散，止歎於天；忉怛之念，惟究於人。觀其悲天之憤，盈於篇中；感世之哀，溢於紙上。故曰：「諒天造兮昧昧，嗟生民兮渾渾。」〔註186〕可不痛哉！

天道周星，物極不反。（〈哀江南賦〉）

天道迴旋，生民賴焉。（〈哀江南賦〉）

天道斯慈，人倫此愛。（〈哀江南賦〉）

伏以性與天道，本絕尋求。（〈進象經賦表〉）

於時天道西北，既稟謀謨。（〈周使持節大將軍廣化郡開國公丘乃敦崇傳〉）

天道茫時，年齡倏忽。（〈周上柱國宿國公河州都督普屯威神道碑〉）

遂以天道在北，南風不競。（〈周大將軍懷德公吳明徹墓誌銘〉）

哀哉天道，遂當明哲。（〈周大將軍上開府廣饒公鄭常墓誌銘〉）

平原忽矣，天道何言。（〈周趙國公夫人紇豆陵氏墓誌銘〉）

原夫憤天之言，疾於馬遷，其云：「天道無親，常與善人，若伯夷、

〔註181〕《詩經・周頌・維天之命》：「維天之命，於穆不已。於乎不顯，文王之德之純。」

〔註182〕《詩經・大雅・烝民》：「天生烝民，有物有則。」

〔註183〕〔北周〕庾信：〈郊廟歌辭・皇夏〉。

〔註184〕〔北周〕庾信：〈郊廟歌辭・雲門舞〉。

〔註185〕〔北周〕庾信：〈哀江南賦〉。

〔註186〕〔北周〕庾信：〈小園賦〉。

叔齊，可謂善人者非邪？」〔註 187〕江淹亦云：「人生到此，天道寧論。」〔註 188〕並飲恨吞聲，拊心悽愴。至於庾信，征蓬長往，不無危苦之情；流水不歸，時有悲哀之恨。江陵之痛，人事之悲，假碑銘以述哀，歎天道之暗昧。所謂「天意人事，可以悽愴傷心者矣」。〔註 189〕

2、文學觀：吐文學於性靈

夫性情曰性，巫祝曰靈。靈者，能事無形，以舞降神。〔註 190〕若乃才識非凡，妙悟含弘，引申之言也。性則先天本情，靈則後天才賦。不順本性，其情非眞；無騁才靈，其賦非善。鍾嶸云：「陶性靈，發幽思。」〔註 191〕蓋性靈之說，始於茲矣。

六朝時風，率好文學，陸機以為：「佇中區以玄覽，頤情志於典墳。」〔註 192〕劉勰亦云：「洞性靈之奧區，極文章之骨髓。」〔註 193〕文學意識，於斯爲盛。王筠又云：「吟詠性靈，豈惟薄伎。」〔註 194〕於時辭人自覺，文論蠭起。且夫中州板蕩，戎狄交侵，庾信旅北，鄉關思歎。激憤胸膺之中，飛文魏闕之下。片言隻字，已窺性靈之眞；寸管尺書，即是文學之見。

昭日月之光景，乘風雲之性靈。（〈象戲賦〉）

〔註 187〕〔西漢〕司馬遷撰，〔日〕瀧川龜太郎編著：《史記會注考證》，卷 61，〈伯夷列傳〉，頁 847。。

〔註 188〕〔梁〕江淹：〈恨賦〉，見〔明〕張溥輯：《漢魏六朝百三名家集》，冊 4，《江醴陵集》，頁 366。

〔註 189〕〔北周〕庾信：〈哀江南賦〉。

〔註 190〕〔東漢〕許慎：《說文解字》：「巫，巫祝也，女能事無形，以舞降神者也。」〔東漢〕許慎撰，〔清〕段玉裁注：《說文解字注》（臺北：萬卷樓圖書股份有限公司，2002 年 8 月），頁 203。

〔註 191〕〔梁〕鍾嶸《詩品》卷上評晉步兵阮籍，王叔岷：《鍾嶸詩品箋證稿》，頁 165。

〔註 192〕〔晉〕陸機：〈文賦〉，見〔明〕張溥輯：《漢魏六朝百三名家集》，冊 2，《陸平原集》，頁 629。

〔註 193〕〔梁〕劉勰撰，楊明照校注：《文心雕龍校注》，冊上，〈宗經〉，頁 26。

〔註 194〕〔梁〕王筠：〈昭明太子哀策文〉，見〔明〕張溥輯：《漢魏六朝百三名家集》，冊 4，《王詹事集》，頁 732。

與夫含吐性靈，抑揚詞氣。(〈趙國公集序〉)

性靈造化，高風自然。(〈榮啓期三樂贊〉)

但年髮已秋，性靈久竭。(〈答趙王啓〉)

四始六義，實動性靈。(〈謝趙王示新詩啓〉)

蓋聞性靈屈折，抑鬱不揚，乍感無情，或傷非類。是以嗟怨之水，特結憤泉；感哀之雲，偏含愁氣。(〈擬連珠〉)

遠稱「情志」，則秦漢已詳；〔註195〕近說「性靈」，則齊梁爲盛。此文論主張之變也。鍾嶸吟詠，以直尋爲勝，無待於補假；〔註196〕庾信含吐，以抑揚爲奇，恆求於新逸。〔註197〕此「性靈」主張之別也。連珠傷苦，則云：「性靈屈折，抑鬱不揚。」〔註198〕江南哀賦，則云：「不無危苦之辭，惟以悲哀爲主。」〔註199〕此「性靈」表露之徵也。然則抑鬱而屈折，危苦而悲哀，乃情靈搖蕩之金科，風雅興寄之玉律矣。

3、政治觀：期為政之簡靜

昔江東世族，縉紳名閥，聞詩聞禮，多歷歲時；虛己虛心，無負箕裘。並重事功，修文武。若庾信者，家學清簡，宗人直道，故能府藏治譜，烈纘前徽。文章與政事俱通，學識共治才並茂。帷幄之謀，元胎中流；〔註200〕簡靜之治，〔註201〕萌芽祖德。知其襟期磊落，武

〔註195〕先秦兩漢之文論以「言志」「緣情」爲主。

〔註196〕〔梁〕鍾嶸：《詩品・序》：「至乎吟詠情性，亦何貴於用事？……觀古今勝語，多非補假，皆由直尋。」王叔岷：《鍾嶸詩品箋證稿》，頁93。

〔註197〕〔北周〕庾信：〈趙國公集序〉：「與夫含吐性靈，抑揚詞氣。……逸態橫生，新情振起。」抑揚詞氣，謂以永明調聲之法，使詞氣有聲韻之美。又〈謝趙王示新詩啓〉：「四始六義，實動性靈。落落詞高，飄飄意遠。」是知落落詞高，飄飄意遠，方能實動性靈。又〈謝滕王集序啓〉：「殿下雄才蓋代，逸氣橫雲。濟北顏淵，關西孔子。譬其毫翰，則風雨爭飛；論其文采，則魚龍百變。」凡此數則，可見庾信理想之文學，蓋爲以永明聲律抑揚詞氣，使詞高而意遠，即有逸氣也。

〔註198〕〔清〕倪璠注〈擬連珠其二十三〉：「此章喻己降魏之後，窮困愁苦也。」〔北周〕庾信撰，〔清〕倪璠注，許逸民校點：《庾子山集注》，冊中，頁608。

〔註199〕〔北周〕庾信：〈哀江南賦〉。

〔註200〕〔北周〕庾信撰，〔清〕倪璠注：《庾子山集注・滕王逌原序》：「仍

緯文經，固追風逐電之才，聳壑凌霄之志。

若乃簡靜之政，以鎮俗爲功；〔註 202〕吏人之安，以百姓爲心，〔註 203〕是其器量也。夫其才善《左氏》，見云本傳，〔註 204〕《左氏》云：「國將興，聽於民。」〔註 205〕又云：「無民而能逞其志者，未之有也。」〔註 206〕並有便國計，無妨民生。南朝四代，郊廟歌辭盈百餘首，而此言未睹。〔註 207〕庾信云：「百姓爲心，四海爲念。」〔註 208〕雖詞涉揄揚，嘉謀足觀也。

> 其爲郡也，惟取赤土封書；其爲州也，惟以青鹽換粟。留家則千樹無資，遺子則一經而已。(〈周太子太保步陸逞神道碑〉)
>
> 凡任四郡，歷八州，未嘗以貨殖經懷，去如始至。渭南千畝之竹，更懼盈滿；池陽二頃之田，常思止足。(〈周大將軍司馬裔神道碑〉)
>
> 蓋聞得賢斯在，不藉揮鋒；股肱良哉，無論應變。是以屈倪參乘，諸侯解方城之圍；干木爲臣，天下無西河之戰。(〈擬連珠〉其四)

爲郢州別駕。刺史之半，驥足斯展。於時江路有賊，梁先主使信與湘東王論中流水戰事，醜徒聞其名德，遂即散奔，深爲梁主所賞。」冊上，頁 57。〔北周〕庾信：〈哀江南賦〉：「論兵於江漢之君，拭玉於西河之主。」

〔註 201〕《北史・庾信傳》：「信爲政簡靜，吏人安之。」〔唐〕李延壽：《北史》，冊 9，卷 83，頁 2794。

〔註 202〕《文選・贈張華》：「鎮俗在簡約。」〔梁〕蕭統編，〔唐〕李善注：《文選》，頁 344。

〔註 203〕《老子・四十九章》：「聖人無常心，以百姓心爲心。」朱謙之：《老子校釋》(北京：中華書局，2000 年 9 月)，頁 194。

〔註 204〕《周書・庾信傳》：「信幼而俊邁，聰敏絕倫。博覽群書，尤善《春秋左氏傳》。」〔唐〕令狐德棻：《周書》，冊 3，卷 41，頁 747。

〔註 205〕見《左傳・莊三十二》。

〔註 206〕見《左傳・昭二十五》。

〔註 207〕參魯同群：《庾信傳論》(天津：天津人民出版社，1997 年 12 月)，頁 60。魯氏以爲宋齊梁陳四朝，《郊廟歌辭》盈一百餘首，未睹「國君以百姓爲心」之言，知庾信言論之珍也。

〔註 208〕〔北周〕庾信：〈三月三日華林園馬射賦〉。

蓋聞營魂不反，燐火宵飛。時遭獵夜之兵，或斃空亭之鬼。是以射聲營之風雨，時有冤魂；廣漢郡之陰寒，偏多夜哭。（〈擬連珠〉其十六）

觀其碑誌述德，則理尚棲約；連珠自敘〔註 209〕，則思懷反戰。然則棲約反戰，亦簡靜之徵也。

〔註 209〕〔清〕李兆洛評庾信〈擬連珠〉：「但敘身世，無關理要。」《駢體文鈔》，卷 29，頁 7a。

第三章　徐庾麗辭之形式

觀夫南朝文盛，作者紛紜，接縹緲於蓬山，協鏗玹於鈞奏。名士輩出，難以詳悉。若乃顏延、靈運之徒，傅亮、鮑照之輩，才氣可憑，文章足恃。及謝朓駿發，述作之楷模；王融焜燿，宮體之先路。〔註1〕沈約聲病之說，膏沐餘潤；任昉書札之妍，秀情超拔。簡文放蕩而程豔，梁元雕鏤而競奇。莫不並精思致，各妙推敲。其有瑰奇特出之彥，沉博絕麗之才，若徐庾者，必創爲新聲，懸爲矩矱矣。是以探其形式，一曰對偶見繽紛之貌，二曰聲律調馬蹄之韻，三曰隸事蘊巧密之方，四曰虛字有生氣之妙。

第一節　對偶見繽紛之貌

夫魏晉以來，藝林大盛；南朝而後，詞苑鼎興。齊梁錯采，徐庾鏤金。織偶語而見奇，賦眞情而騁豔。庾子山之染翰，巧借丹青；徐孝穆之鋪辭，妙諧鞶帨。至於笙簧在手，並奏鏗鏘之音；珠玉耀光，時增煇煥之采。辭如錦繡，音似球鍠。是以價重江南，譽高河北。文人爭與範寫，學者奉爲家傳。誠藝苑之山嶽，詞林之宗師。至於麗辭

〔註1〕劉師培：《漢魏六朝專家文研究》：「爲宮體導夫先路者，則永明時之王融也。今之談宮體者，但知推本簡文，而能溯及王融者殆鮮。」見劉師培：《中國中古文學史講義（附《漢魏六朝專家文研究》）》，頁136。

之對，由來多種，《文鏡祕府論》列「二十九種對」，張仁青（1939～2007）列「駢體文三十種對偶法」，〔註2〕王力（1900～1986）論對仗之類，又巧設名目，羅列多端。〔註3〕夫王力之論，本諸近體詩，即以〈玉臺〉一序衡之，則知其精彩絕豔，大開對偶法門矣。

凌雲概日。（天文門）

燃脂暝寫，弄墨晨書。（時令門）

南都石黛，最發雙蛾；北地燕支，偏開兩靨。（地理門）

青牛帳裏，餘曲未終；朱鳥窗前，新妝已竟。（宮室門）

玉樹以珊瑚作枝，珠簾以玳瑁爲押。（器物門）

驚鸞冶袖，時飄韓掾之香；飛燕長裾，宜結陳王之佩。（衣飾門）

琉璃硯匣，終日隨身；翡翠筆牀，無時離手。（文具門）

妙解文章，尤工詩賦。（文學門）

清文滿篋，非惟芍藥之花；新製連篇，寧止蒲萄之樹。（草木花果門）

驚鸞冶袖，時飄韓掾之香；飛燕長裾，宜結陳王之佩。（鳥獸蟲魚門）

楚王宮內，無不推其細腰；衛國佳人，俱言訝其纖手。（形體門）

纖腰無力，怯南陽之擣衣；生長深宮，笑扶風之織錦。（人事門）

周王璧臺之上，漢帝金屋之中。（人倫門）

庶得代彼皐蘇，蠲茲愁疾。（代名對）

〔註2〕張仁青：《駢文學》，冊上，頁98。

〔註3〕王力：《漢語詩律學》，（香港：中華書局，2003年1月），頁153。

西蜀豪家，託情窮於〈魯殿〉；東儲甲觀，流詠止於〈洞簫〉。（方位對）

五陵豪族，充選掖庭；四姓良家，馳名永巷。（數目對）

青牛帳裏，餘曲未終；朱鳥窗前，新妝已竟。（顏色對）

琵琶新曲，無待石崇；箜篌雜引，非因曹植。（人名對）

亦有潁川、新市，河間、觀津。（地名對）

不藉篇章，無由披覽。（同義連用字）

陪游馺娑，騁纖腰於《結風》；長樂鴛鴦，奏新聲於度曲。（雙聲連緜字）

既而椒房宛轉，柘館陰岑。（疊韻連緜字）

琉璃硯匣，終日隨身；翡翠筆牀，無時離手。（雙聲疊韻連緜字）

南都石黛，最發雙蛾；北地燕支，偏開兩靨。（副詞）

金星與婺女爭華，麝月共嫦娥競爽。（連介詞）

猗歟彤管，麗矣香奩。（助詞）

若斯之類，皆麗辭膏腴，衡諸王力所列，幾涵所有。〔註4〕夫齊梁雕藻，巧借繁華，極眼目之大觀，盡心靈之美感。蕭子顯云：「緝事比類，非對不發。」〔註5〕顏之推云：「今世音律諧靡，章句偶對，諱避精詳，賢於往昔多矣。」〔註6〕徐庾則又緝裁巧密，頗變舊法，多出新意。觀〈玉臺〉之序，極對偶之精華，創麗辭之惠巧，學者瞻望，文家效模，固如乘大輅於通衢，賞奇景於深壑，豈不快哉！今抽祕逞妍，見其獨到；洞鑒鑽響，探其法門。一曰四六相銜，隔聯互儷；二

〔註4〕徐陵此序衡諸王力所列對仗之類，僅少飲食門、干支對、反義連用字耳。

〔註5〕〔梁〕蕭子顯：《南齊書》，冊2，卷52，〈文學傳論〉，頁908。

〔註6〕王利器：《顏氏家訓集解》（北京：中華書局，2002年8月），卷4，〈文章第九〉，頁268。

曰迴盪重出，隔句復沓；三曰白描活潑，雙擬、散文、歎詞成對；四曰三對迭用，數字、彩色、方位交輝。

一、四六相銜，隔聯互儷

（一）徐庾以前，法律尚疏

四六之體，集成於徐庾之文；〔註7〕四六之名，始見乎義山之集。〔註8〕而徐庾以前，法律尚疏。觀兩漢工筆，率歸宏博，連類喻義，隨開即收，而四六零星，皆是無意。及曹魏愛文，建安才萃。雖文士云盛，鮮能備善；巧拙有素，不得兼美。然單複互出，儷古並存，寖淫而成四六。有晉高才，陸機特秀。〈演連珠〉則辭采競麗，〈豪士賦〉則序文爭華。四六隔聯，往往間出，蓋麗辭之先覺也。劉宋摛文，體歸遒宕，潛氣以內轉，節縮以藏詞。而神韻蕭疏，饒有逸趣，孫德謙以爲「別爲一格」。〔註9〕傅亮、顏延，則稍多四六也。降及齊梁，商搉前藻，宮羽低昂之論，浮聲切響之規，莫不取高前式，獨映當時。四言已密，恆有不足之感；六字既裕，復加調韻之功。〔註10〕於是四六鑫起，采縟前修矣。

1、兩　漢

枚乘〈上書諫吳王〉云：

舜無立錐之地，以有天下；禹無十户之聚，以王諸侯。〔註11〕

〔註7〕鍾濤以爲駢文至徐庾，可謂「裁對綿密，四六初成」。見氏著：《六朝駢文形式及其文化意蘊》，頁101。

〔註8〕孫德謙《六朝麗指》：「四六之名，當自唐始。李義山《樊南甲集序》云：『作二十卷，喚曰《樊南四六》。』知文以四六爲稱，乃起於唐，而唐以前則未之有也。」且序又申言之曰：「四六之名，六博格五，四數六甲之取也。」使古人早名駢文爲四六，義山亦不必爲之解矣。」收入王水照編：《歷代文話》，冊9，頁8425。

〔註9〕孫德謙：《六朝麗指》：「六朝之文，在齊、梁時繁縟極矣；晉、宋之間，往往神韻蕭疏，饒有逸趣。故論駢文，當以晉、宋爲一格。」收入王水照編：《歷代文話》，冊9，頁8486。

〔註10〕〔梁〕劉勰：《文心雕龍・章句》：「四字密而不促，六字格而非緩。」

〔註11〕〔梁〕蕭統編，〔唐〕李善注：《文選》，頁551。

揚雄〈劇秦美新〉云：

是以耆儒碩老，抱其書而遠遜；禮官博士，卷其舌而不談。〔註12〕

《詩》《書》則四言爲貴，兩漢則散文爲主。於時四六寂寥，無心之作也。

2、曹　魏

孔融〈薦禰衡表〉云：

鈞天廣樂，必有奇麗之觀；帝室皇居，必畜非常之寶。……昔賈誼求試屬國，詭係單于；終軍欲以長纓，牽致勁越。〔註13〕

曹丕〈漢文帝論〉云：

昔有苗不賓，重華舞以干戚；尉佗稱帝，孝文撫以恩德。〔註14〕

應璩〈與武帝薦賁琳牋〉云：

良哉之歌，興於唐堯之世；多士之頌，形於周文之朝。〔註15〕

應璩〈薦和模牋〉云：

方今海內企踵，欣慕捉髮之德；山林投褐，思望旌弓之招。〔註16〕

《文心》云：「促節四言，鮮有緩句。」〔註17〕然則四言所以促節矣。建安文家雲起，詩歌正盛。詩則五言七言，時有新作；文亦四字六字，

〔註12〕〔漢〕揚雄：《揚侍郎集》，見〔明〕張溥輯：《漢魏六朝百三名家集》，冊1，頁250。

〔註13〕〔魏〕孔融：《孔少府集》，見〔明〕張溥輯：《漢魏六朝百三名家集》，冊1，頁596。

〔註14〕〔魏〕曹丕：《魏文帝集》，見〔明〕張溥輯：《漢魏六朝百三名家集》，冊1，頁738。

〔註15〕〔魏〕應璩：《應休璉集》，見〔明〕張溥輯：《漢魏六朝百三名家集》，冊2，頁176。

〔註16〕〔魏〕應璩：《應休璉集》，見〔明〕張溥輯：《漢魏六朝百三名家集》，冊2，頁176。

〔註17〕見《文心雕龍・哀弔》。

或有間出。

3、晉　代

陸機〈與趙王倫薦戴淵牋〉云：

> 是以高世之主，必假遠邇之器；蘊匱之才，思託大音之和。……若得託跡康衢，則能結軌驥騄；曜質廊廟，必能垂光璵璠矣。〔註18〕

陸機〈豪士賦序〉云：

> 夫我之自我，智士猶嬰其累；物之相物，昆蟲皆有其情。……且好榮惡辱，有生之所大期；忌盈害上，鬼神猶且不免。……而時有袨服荷戟，立於廟門之下；援旗誓眾，奮於阡陌之上。且夫政由甯氏，忠臣所爲慷慨；祭則寡人，人主所不久堪。是以君奭鞅鞅，不悅公旦之舉；高平師師，側目博陸之勢。〔註19〕

陸機〈演連珠〉云：

> 日薄星迴，穹天所以紀物；山盈川沖，后土所以播氣。……百官恪居，以赴八音之離；明君執契，以要克諧之會。〔註20〕

陸機爲太康之英，東吳之俊。《雕龍》云：「士衡才優，而綴辭尤繁。」〔註21〕又云：「陸機才欲窺深，辭務索廣。」〔註22〕觀其四六隔對，不絕於篇，〔註23〕風氣漸開，足光來學。松雄先生云：「四六隔句爲聯，曾無先覺。連珠通篇營儷，乃成楷模。」〔註24〕

〔註18〕〔晉〕陸機：《陸平原集》，見〔明〕張溥輯：《漢魏六朝百三名家集》，冊2，頁645。

〔註19〕〔晉〕陸機：《陸平原集》，見〔明〕張溥輯：《漢魏六朝百三名家集》，冊2，頁638。

〔註20〕〔晉〕陸機：《陸平原集》，見〔明〕張溥輯：《漢魏六朝百三名家集》，冊2，頁648。

〔註21〕見《文心雕龍・鎔裁》。

〔註22〕見《文心雕龍・才略》。

〔註23〕據鍾濤統計，陸機〈演連珠五十首〉總句數369，四六隔對96。見氏著：《六朝駢文形式及其文化意蘊》，頁77。

〔註24〕陳師松雄：〈陸機之才學及其對南朝麗辭之影響〉，《魏晉六朝學術研討會論文集》（臺北：東吳大學中國文學系出版，2005年9月），頁266。

4、劉　宋

傅亮〈爲宋公修張良廟教〉云：

過大梁者，或佇想於夷門；游九原者，亦流連於隋會。〔註25〕

傅亮〈爲宋公修楚元王墓教〉云：

夫愛人懷樹，甘棠且猶勿翦；追甄墟墓，信陵尚或不泯。〔註26〕

顏延年〈三月三日曲水詩序〉云：

夫方策既載，皇王之迹已殊；鐘石畢陳，舞詠之情不一。……選賢建戚，則擇之於茂典；施命發號，必酌之於故實。〔註27〕

顏延年〈陶徵士誄〉云：

夫璿玉致美，不爲池隍之寶；桂椒信芳，而非園林之實。……灌畦鬻蔬，爲供魚菽之祭；織絇緯蕭，以充糧粒之費。〔註28〕

宋代極貌寫物，特重聲詞，罄思標能，精筆耀藻。觀傅亮摛文，起結頓挫，不蔓不支，可爲準式。顏延擅美，踵事增華，四六所繁，楷模攸繫。

5、齊　梁

謝朓〈辭隋王子隆牋〉云：

朓聞潢汙之水，願朝宗而每竭；駑蹇之乘，希沃若而中疲。……唯待青江可望，候歸艎於春渚；朱邸方開，效蓬心於秋實。〔註29〕

王融〈三月三日曲水詩序〉云：

臣聞出豫爲象，鈞天之樂張焉；時乘既位，御氣之駕翔焉。

〔註25〕〔南朝宋〕傅亮：《傅光祿集》，見〔明〕張溥輯：《漢魏六朝百三名家集》，冊3，頁310。

〔註26〕〔南朝宋〕傅亮：《傅光祿集》，見〔明〕張溥輯：《漢魏六朝百三名家集》，冊3，頁310。

〔註27〕〔南朝宋〕傅亮：《顏光祿集》，見〔明〕張溥輯：《漢魏六朝百三名家集》，冊3，頁406。

〔註28〕〔南朝宋〕顏延年：《顏光祿集》，見〔明〕張溥輯：《漢魏六朝百三名家集》，冊3，頁418。

〔註29〕〔南齊〕謝朓：《謝宣城集》，見〔明〕張溥輯：《漢魏六朝百三名家集》，冊3，頁674。

> 是以得一奉宸，逍遙襄城之域；體元則大，悵望姑射之阿。……至如夏后兩龍，載驅璿臺之上；穆滿八駿，如舞瑤水之陰。〔註30〕

王融〈永明九年策秀才文〉云：

> 訪遊禽於絕澗，作霸秦基；歌雞鳴於闕下，稱仁漢牘。〔註31〕

任昉〈爲范始興求爲太宰立碑表〉云：

> 然則配天之迹，存乎泗水之上；素王之道，紀於沂川之側。……故精廬妄啓，必窮鐫勒之盛；君長一城，亦盡刊刻之美。〔註32〕

齊梁新變，文士好奇，或練情以抒懷，或振采以耀藻。四六漸繁，而其調尚簡。松雄先生云：「四六之對，間出晉宋之編；恢弘之功，宜歸齊梁之士。然體無全豹，不有終篇之觀；辭雖雕龍，難成一藝之翫。」〔註33〕

（二）徐庾以後，典型已具

觀夫陸機連珠，發端競采；傅亮代教，〔註34〕頓挫成豔。顏延鏤玉，踵事而增華；謝朓雕瓊，變本而加厲。王融吐辭，含淫麗之勢；任昉搦翰，構煥華之風。凡此數家，並四六之英傑也。然其法律尚疏，四六未密。及徐庾追風，新變有餘。四六之句，結構多端；〔註35〕四

〔註30〕〔南齊〕王融：《王甯朔集》，見〔明〕張溥輯：《漢魏六朝百三名家集》，冊3，頁640。

〔註31〕〔南齊〕王融：《王甯朔集》，見〔明〕張溥輯：《漢魏六朝百三名家集》，冊3，頁635。

〔註32〕〔梁〕任昉：《任中丞集》，見〔明〕張溥輯：《漢魏六朝百三名家集》，冊4，頁632。

〔註33〕陳師松雄：〈徐庾麗辭同體異風說〉，《東吳中文學報》第15期（2008年5月），頁4。

〔註34〕指傅亮代宋高祖劉裕所作〈爲宋公修張良廟教〉、〈爲宋公修楚元王墓教〉諸文。

〔註35〕王力以爲四六之基本結構有五：（1）四四；（2）六六；（3）四四四四；（4）四六四六；（5）六四六四。見王力主編：《古代漢語》（北京：中華書局，2004年7月），冊3，頁1239。按：徐庾以前，法律尚疏，雖有四六，少見六四。及徐庾一出，結構多端，法式完備，堪稱典型矣。

六之文，連綿成篇矣。松雄先生云：「徐庾追風，創規矩以成體。於是連篇累牘，皆爲四六之型；數墨尋行，盡是隔聯之作。」〔註36〕故知徐庾以後，典型已具。當時後進，競相模範焉。

徐陵〈爲貞陽侯與太尉王僧辯書〉云：

昔自天狼炳曜，非無戰陣之風；參虎揚芒，便有干戈之務。……非日非月，蒼生仰其照臨；如雲如雨，天下蒙其恩蔭。……昔隆周徙播，皆憑晉鄭之功；強漢阽危，終假虛牟之力。……昔自軒農炎昊，曾無宣國之規；虞夏商周，非有伐戎之略。……雖復棧道木閣，田單之奉舊齊；綰璽將兵，周勃之扶隆漢。……所聞西浮夏首，便當險隘之衝；南捍巴陵，方拒窺窬之寇。……當使宗祊有主，余同小白之勳；家國無虞，公保阿衡之貴。

徐陵〈勸進梁元帝表〉云：

臣聞封唐有聖，還承帝嚳之家；居代維賢，終纂高皇之祚。無爲稱於革舄，至治表於垂衣，……至如金行重作，源出東莞；炎運猶昌，枝分南頓。豈得掩顯姓於軒轅，非才子於顓頊？……伏惟皇帝陛下出〈震〉等於勳、華，明讓同於旦、奭。握圖執鉞，將在御天；玉勝珠衡，先彰元后。神祇所命，非惟太室之祥；圖書斯歸，何止堯門之瑞。若夫大孝聖人之心，中庸君子之德，……一日二日，研覽萬機；允文允武，包羅群藝。……銅頭鐵額，興暴皇年；封豨修蛇，行災中國。……望紫極而長號，瞻丹陵而殞慟。家冤將報，天賜黃鳥之旗；國害宜誅，神奉玄狐之籙。克李軼於河津，征陶謙於海岱。滕公擁樹，雄氣方嚴；張繡交兵，風神彌勇。忠誠貫於日月，孝義感於冰霜。……既掛膽於西州，方然臍於東市。蚩尤三冢，寧謂嚴誅；王莽千剸，非云明罰。青羌赤狄，同畀狼豺；胡服夷言，咸爲京觀。邦畿濟濟，還見隆平；宗廟愔愔，方承多福。

庾信〈賀平鄴都表〉云：

〔註36〕陳師松雄：〈徐庾麗辭同體異風說〉，頁4。

> 沉雄內斷，不勞謀於力牧；天策勇決，無待問於容成。是以威風所振，烈火之遇鴻毛；旗鼓所臨，衝風之卷秋葉。……抱圖載籍，已歸丞相之府；銜玉繫綬，並詣中軍之營。百年逋誅，遂窮巢窟；三代敵怨，俄然掃蕩。昔周王鮪水之師，尚勞再駕；軒轅上谷之戰，猶須九伐。……二十八宿，止餘吳越一星；千二百國，裁漏麟洲小水。若夫咸康之年，四方始定；建武之代，諸侯並朝，不得同年而語矣。雖復八風並唱，未足頌其英聲；六樂俱陳，無以歌其神武。

庾信〈哀江南賦序〉云：

> 荊璧睨柱，受連城而見欺；連書橫階，捧珠盤而不定。鍾儀君子，入就南冠之囚；季孫行人，留守西河之館。申包胥之頓地，碎之以首；蔡威公之淚盡，加之以血。釣臺移柳，非玉關之可望；華亭鶴唳，豈河橋之可聞？……是知併吞六合，不免軹道之災；混一車書，無救平陽之禍。嗚呼！山嶽崩頹，既履危亡之運；春秋迭代，必有去故之悲。

四六隔對，徐庾登其極。大抵前承陸（機）、傅（亮），後沿顏（延）、謝（朓）。乍連綿而通篇，或宛轉而彌簡。若夫結構多端，時出新意；句法百變，別開巧思。允作駢體之俊物，〔註 37〕遂爲四六之宗匠。〔註 38〕如「金行重作，源出東莞；炎運猶昌，枝分南頓」，以四四隔聯；「掩顯姓於軒轅，非才子於顓頊」，以六六爲儷。「沉雄內斷，不勞謀於力牧；天策勇決，無待問於容成」，此時尚用四六；「申包胥之頓地，碎之以首；蔡威公之淚盡，加之以血」，然後已變六四。徐庾以前，此體未睹；徐庾以後，文士競摹。松雄先生云：

〔註 37〕〔明〕張溥輯：《漢魏六朝百三家集題辭・徐僕射集》：「歷觀駢體，前有江任，後有徐庾，皆以生氣見高，遂稱俊物。」見〔明〕張溥撰，殷孟倫注：《漢魏六朝百三家集題辭注》，頁 264。

〔註 38〕〔清〕紀昀總纂：《四庫全書總目提要・庾開府集箋註》：「其駢偶之文，則集六朝之大成，而導四傑之先路。自古迄今，屹然爲四六宗匠。」（臺北：臺灣商務印書館，影印文淵閣《四庫全書》本，1986 年 3 月），頁 1。

「逮徐庾搦筆，精雕其辭；梁宮迎風，美化其術。而四六規矩，方爲眾士同鑽；隔對體型，幾至通篇一律。」〔註 39〕

二、迴盪重出，隔句複沓

夫徐庾麗體，肇因千年之前；四六模型，垂範百世之後。觀其對偶多門，清新可愛，天機飆發，逸興霞騫。其有迴盪重出，隔句複沓者，蓋受才於《詩經》，拓宇於民歌也。昔《詩經》民歌，複沓疊唱，巧義迴環，《豳風．東山》云：「我徂東山，慆慆不歸。我來自東，零雨其濛。」隔句中以上句首字重出。《周南．漢廣》云：「南有喬木，不可休思。漢有游女，不可求思。」隔句中以下句首字重出。並能協音樂，發共鳴，加強主題，層層遞進也。高士麗辭，文用能廣，將以資議論，揚聲情，故宜迴盪以重出，隔句以複沓；文理從容，亦新變之蟠采也。如庾信英華特出，句法迴盪，則云「以法施民，必傳祀典；以勞定國，必有成家」、「存人之國，大於救人之災；立人之后，重於封人之墓」。〔註 40〕然庾信抒情爲歸，此法稍寡；徐陵書論見長，其方實多。

1、隔句對上句字重出

夫一言所感，凝暉照於魯陽；一志冥通，飛泉涌於疏勒。（徐陵〈在北齊與楊僕射書〉）

故鄉如此，誠爲衣繡；故人不見，還同宵錦。（徐陵〈為陳武帝作相時與嶺南酋豪書〉）

無君之譴，俾墜其師；無將之誅，已從司寇。（徐陵〈為陳主答周主論和親書〉）

法師未通返照，安悟賣花；未得他心，那知彼意。（徐陵〈諫仁山深法師罷道書〉）

若使鬼神有知，寧可斯背？鬼神無知，何用盟歃。（徐陵〈為陳武帝作相時與北齊廣陵城主書〉）

〔註 39〕陳師松雄：〈徐庾麗辭同體異風說〉，頁 5。

〔註 40〕〔北周〕庾信：〈功臣不死王事請門襲封表〉。

大經所説，當轉法輪；《大品》之言，皆紹尊位。（徐陵〈東陽雙林寺傅大士碑〉）

臣聞在天成象，咸池屬於五潢；在地成形，滄海環於四瀆。（徐陵〈丹陽上庸路碑〉）

何爲比吾，陪簿相懸；何惡諸君，身名俱滅。（徐陵〈為陳武帝作相時與北齊廣陵城主書〉）

故惟天爲大，陟配者欽明；惟王建國，翼輔者齊聖。（徐陵〈陳公九錫文〉）

豈直不聽雜樂，以變齊國之風；不食鮮禽，以斷荊王之獵。（庾信〈周大將軍贈小司空宇文顯和墓誌銘〉）

大哉乾元，資日月以貞觀；至哉坤元；憑山川以載物。（徐陵〈陳公九錫文〉）

夫至人無己，屈體申教；聖人無名，顯用藏跡。（徐陵〈東陽雙林寺傅大士碑〉）

證常住者，爰乞乳靡；補尊位者，猶假香飯。（徐陵〈長干寺眾食碑〉）

況復一枝踡曲，終危九層之臺；一股涔蹄，必傷千里之駕。（庾信〈為杞公讓宗師驃騎表〉）

豈直西河有守，智足抗秦；建平有城，威能動晉而已也。（庾信〈周大將軍懷德公吳明徹墓誌銘〉）

司木七工，既掌丘陵之賦；司會六典，乃均邦政之才。（庾信〈周大將軍崔説神道碑〉）

有子從政，猶無逸豫之心；有夫出征，自識山陵之兆。（庾信〈周大將軍隴東郡公侯莫陳君夫人竇氏墓氏銘〉）

一枝之上，巢父得安巢之所；一壺之中，壺公有容身之地。（庾信〈小園賦〉）

事親之道，孝以立身；事君之道，忠以立仁。（庾信〈周兗州刺史廣饒公宇文公神道碑）

2、隔句對下句字重出

華夷兆庶，豈不懷風；宗廟明靈，豈不相感。（徐陵〈為貞陽侯重答王太尉書〉）

昔李廣遺恨，不值漢初；甯戚自悲，不逢堯禪。（徐陵〈讓右僕射初表〉）

夫二儀大德，所貴曰生；六趣含靈，所重唯命。（徐陵〈東陽雙林寺傅大士碑〉）

夫海水揚塵，幾千年而可見；天衣拂石，幾萬歲而應平。（徐陵〈天台山徐則法師碑〉）

車轍馬跡，誰不率從？蟠木流沙，誰不懷德？（徐陵〈梁禪陳璽書〉）

天網之大，固無微而不擒；神武之師，本無征而不克。（徐陵〈移齊文〉）

謳歌所往，則攘袂以膺之；菁華已竭，乃褰裳而去之。（徐陵〈梁禪陳璽書〉）

自神麾所居，襁負斯歸；新屋方華，故田斯墾。（徐陵〈與王吳郡僧智書〉）

麗辭所尚，言練而典雅；徐庾所營，骨奇而句新。觀夫劉宋之簡質，特多韻致；齊梁之愛奇，競追繁麗。至於徐庾，則清氣漸出，漸趨便易矣。於是握管懷鉛，重出振其節奏；繪章絺句，複沓盪其聲情。隔句之中，或上句字重出，或下句字重出，莫不情韻兼得，華實相濟，因心振采，縱吻生瀾矣。

三、白描活潑：雙擬、散文、歎詞成對

若夫淫文破典，輿浮志弱，〔註41〕詆駢家之言也。但自徐庾發藻，

〔註41〕〔梁〕裴子野：〈雕蟲論〉：「閭閻年少，貴遊總角，罔不擯落六藝，……淫文破典，……其興浮，其志弱，巧而不要，隱而不深。」見〔清〕嚴可均輯：《全上古三代秦漢三國六朝文》（石家莊：河北教育出版社，1997年10月），冊9，《全梁文》，卷53，頁576。

文擅新變，於是靈響獨結，雅聲遠傳。蕭繹論文，則云：「吟詠風謠，流連哀思。」〔註42〕蕭子顯論新變，則云：「雜以風謠，輕脣利吻，不雅不俗，獨中胸懷。」〔註43〕然則風謠者，眞率自然，清新可喜也。文人瞻其容貌，觀其風俗，或仿其風格，或擬其形式。於是民歌入正統文學之區，麗辭雜民歌吟詠之性。徐庾則白描活潑，各含殊采，任靈動之氣，抒絛暢之情，閱之則妙悟自生，誦之則逸興遄飛。近人謝鴻軒有云：「駢文所以爲人指責者，無非餖飣堆垛，不能發抒眞情感、眞性靈。至駢文絕對不用典所謂出以自描者，亦爲文中難能可貴之事。」〔註44〕徐庾既善白描，或雙擬構句，而自具迴環；或散文作對，而造語自然；或歎詞成偶，而氣勢凌人。並寓物趣之大凡，極藝苑之奇致焉。

1、雙擬構句，而自具迴環

昔有王如、王莽，無關控鵠之宗；劉曜、劉淵，彌非偃龍之族。（徐陵〈在北齊與楊僕射書〉）

天大王大，詳於《道德》之言；天文人文，顯於爻象之說。（徐陵〈皇太子臨辟雍頌〉）

惟忠惟孝，自家刑國；乃武乃文，化成天下。（徐陵〈皇太子臨辟雍頌〉）

眞可謂傾國傾城，無對無雙者也。（徐陵〈玉臺新詠序〉）

一日二日，研覽萬機；允文允武，包羅群藝。（徐陵〈勸進梁元帝表〉）

爲風爲火，殪彼蒙衝；如霆如雷，擊其舟艦。（徐陵〈移齊文〉）

非日非月，蒼生仰其照臨；如雲如雨，天下蒙其恩澤。（徐陵〈為貞陽侯與太尉王僧辯書〉）

非貔非虎之卦，同心同德之勞。（徐陵〈為貞陽侯與太尉王僧辯書〉）

〔註42〕〔梁〕蕭繹：《金樓子・立言》，收入羅愛萍主編：《百子全書》，冊23，頁6929。

〔註43〕〔梁〕蕭子顯：《南齊書》，冊2，卷52，〈文學傳論〉，頁908～909。

〔註44〕謝鴻軒：《駢文衡論》，頁213。

與在與亡，期於體國；喪君有君，寧容無主。（徐陵〈為貞陽侯與太尉王僧辯書〉）

不稼不穡，多歷歲時；大東小東，全無機杼。（徐陵〈為貞陽侯重與王太尉書〉）

一則二則，唯在大賢；外相內相，終當相屈。（徐陵〈為貞陽侯重與王太尉書〉）

一兒一弟，無所遺吝；立志立義，無負上天。（徐陵〈為陳武帝作相時與北齊廣陵城主書〉）

識因識果，不以爲愆；知福知報，何由作罪。（徐陵〈諫仁山深法師罷道書〉）

可悲可惜，猶可優量；能忍難忍，方知其最。（徐陵〈諫仁山深法師罷道書〉）

萬恨萬悲，寧知遠及；自誤自錯，永棄一生。（徐陵〈諫仁山深法師罷道書〉）

居天上天中之極，處大任大姒之尊。（徐陵〈孝義尊碑〉）

若如本生本行，或示緣起；子長、子雲，自敘元系。（徐陵〈東陽雙林寺傅大士碑〉）

至如一相無相之懷，虛己虛心之德。（徐陵〈東陽雙林寺傅大士碑〉）

既損既益，尚或二天；爲離爲火，何妨兩日。（庾信〈賀傳位於皇太子表〉）

二分二至，行於司曆之官；九變九成，被於中和之職。（庾信〈為晉陽公進律秤尺斗升表〉）

有節有度，即是能平八風；愈唱愈高，殆欲去天三尺。（庾信〈謝滕王集序啓〉）

嘉石肺石，無以測量；舌端筆端，惟知繁擁。（庾信〈答趙王啓〉）

大則有鯨有鯢，小則爲梟爲獍。（庾信〈哀江南賦〉）

一寸二寸之魚，三竿兩竿之竹。（庾信〈小園賦〉）

從官不官，歸田不田。（庾信〈傷心賦〉）

公子公孫，有鎡基於天下；良弓良冶，有世業於家風。（庾信〈周車騎大將軍賀婁公神道碑〉）

上官儀《筆札華梁》論「屬對」，若「春樹春花，秋池秋日」者，目為「雙擬對」。〔註 45〕徐庾對偶多端，辭入煒燁。隔句復沓，則迴盪重出，此見之前論；當句自對，則雙擬構巧，此眾例足觀。故知駢文至徐庾，清新自然，無所拘束也。

2、散文作對，而造語自然

其佳麗也如彼，其才情也如此。（徐陵〈玉臺新詠序〉）

其文昭武穆，跗蕚也如彼；天平地成，功業也如此。（徐陵〈勸進梁元帝表〉）

是所不圖也，非所仰望也。（徐陵〈在北齊與楊僕射書〉）

非無明時也，非無明主也。（徐陵〈在吏部尚書答諸求官人書〉）

無思不服，無遠不屆。（徐陵〈梁禪陳策文〉）

既因之以泥塗，兼加之以疾疫。（徐陵〈為陳武帝作相時與北齊廣陵城主書〉）

於是鎮之以清靜，安之以惠和。（徐陵〈司空徐州刺史侯安都德政碑〉）

鼓之以雷霆，潤之以風雨。（徐陵〈梁禪陳璽書〉）

居之如馭朽索，去之如脫敝屣。（徐陵〈梁禪陳策文〉）

恐是叔世之姦謀，而非為邦之勝略也。（徐陵〈在北齊與楊僕射書〉）

若曰留之無煩於執事，遣之有費於官司。（徐陵〈在北齊與楊僕射書〉）

斯非貪亂之風邪？寧當今之高例也？（徐陵〈在北齊與楊僕射書〉）

尚何憂於共工，何畏於有苗哉？（徐陵〈為貞陽侯答王太尉書〉）

〔註 45〕〔唐〕上官儀：《筆札華梁》，見張伯偉：《全唐五代詩格彙考》（南京：江蘇古籍出版社，2002 年 4 月），頁 59。

陛下收臣以一心，任臣以獨掌。（庾信〈代人乞致仕表〉）

上黨居韓之西，常山在趙之北。（庾信〈周車騎大將軍贈小司空宇文顯墓誌銘〉）

象負之所未勝，龍藏之所不盡。（庾信〈陜州弘農郡五張寺經藏碑〉）

用之作宰，則萬方協和；用之撫軍，則四表懾伏。（庾信〈周上柱國齊王憲神道碑〉）

式遏寇虐，於是御之以寬猛；柔遠能邇，然後平之以沖和。（庾信〈周柱國楚國公岐州刺史慕容公神道碑〉）

此之樹碑，異乎洙泗之水；此之勒石，異乎燕然之山。（庾信〈周兗州刺史廣饒公宇文公神道碑〉）

陳平密謀，既非天子所見；荀彧上策，又非諸侯所聞。（庾信〈周太子太保步陸逞神道碑〉）

夫儷古相參，文章需要，松雄先生云：「唯虛散爲體，文氣沛然，苟一洩無遺，則涸竭爲患，若能間以儷辭，稍阻其勢，而休養生息，再見活力。此鋪摛之首術，製作之大端也。」〔註46〕曹丕〈與吳質書〉云：「昔伯牙絕絃於鍾期，仲尼覆醢於子路，痛知音之難遇，傷門人之莫逮。」觀其通篇古體，而忽間儷句，蓋古文皆散，氣盛易竭，既間儷偶，乃阻其勢。至於散文之對，鎔鈞儷古，高下相須，語有自然之勢；陰陽迭用，氣含奇偶之華。發吻親切，措詞明暢，所以能新耳目，顛邁前哲。

3、歎詞成偶，而氣勢淩人

康哉寶運，美矣良臣。（徐陵〈晉陵太守王勱德政碑〉）

大矣權跡，勞哉赴時。（徐陵〈東陽雙林寺傅大士碑〉）

赫矣高祖，悠哉上旻。（徐陵〈陳文帝哀策文〉）

信矣民天之言，誠哉國寶之義。（徐陵〈長干寺眾食碑〉）

逖矣水寓之鄉，悠哉火山之國。（徐陵〈陳公九錫文〉）

久矣夷羊之在牧，時哉蛟龍之出泉。（徐陵〈梁禪陳璽書〉）

〔註46〕陳師松雄：〈儷古並存之原因〉，《東吳中文學報》第11期（2005年5月），頁61。

上哉少昊，初命水官；邈矣高陽，爰重冥職。（徐陵〈丹陽上庸路碑〉）

懿哉少府，師儲皇於二京；盛矣司徒，傳儒宗於九世。（徐陵〈廣州刺史歐陽頠德政碑〉）

大哉乾元，資日月以貞觀；至哉坤元，憑山川以載物。（徐陵〈陳公九錫文〉）

巖巖天柱，大矣周山之峰；桓桓地軸，壯哉崑崙之阜。（徐陵〈司空徐州刺史侯安都德政碑〉）

法師蕭然道氣，卓矣仙才。（徐陵〈天台山徐則法師碑〉）

去矣黎民，哀哉仲仁。（庾信〈傷心賦〉）

德矣靈政，仁乎用心。（庾信〈湯解祝網讚〉）

季友之亡，魯可知矣；齊喪子雅，姜其危哉。（庾信〈周上柱國齊王憲神道碑）

悠哉朔方，邈矣窮陰。（庾信〈周上柱國齊王憲神道碑〉）

邈矣雄謀，悠哉霸轍。（庾信〈後魏驃騎將軍荊州刺史賀拔夫人元氏墓誌銘〉）

豈惟路鼓靈鼗，空桑孤竹，廣矣大矣，輪焉大焉。（庾信〈賀新樂表〉）

徐庾文每於長篇之中，作壯麗之勢，乍散文以作對，或歎詞以成偶。所以藻豔音暢，遒逸兼極。散文而口語自然，歎詞而氣凌剛健。靈動之句，並散文以參差；自然之情，近胸語其彷彿。此徐庾文之一特色也。

四、三對迭用：數字、彩色、方位交輝

時代遞降，麗辭日殊，在乎文章，彌厭凡舊。是以新變代雄，奇觀驚世，新變故穿鑿而競今，奇觀故回互而遠古。齊梁雕麗，徐庾構巧，至於綺豔，如有可言。夫麗辭營對，運裁多方，刻畫適變，在乎數字。空海論對屬，先標「數類」；〔註 47〕張夢機（1941～2010）言

〔註 47〕〔唐〕遍照金剛：《文鏡秘府論・北・論對屬》：「凡爲文章，皆須對

對法，更目特殊。〔註48〕觀夫數字之對，雖信手可拈，而臻美至難。劉宋無刻意之工，齊梁有增華之勢。謝朓〈爲明帝拜錄尚書表〉云：「妄屬負圖之寄，多謝五仁之績。」〔註49〕〈辭隨王子隆牋〉云：「褒采一介，抽揚小善。」〔註50〕此無刻意之工者也。梁簡文帝〈菩提樹頌〉云：「三界六趣，邃業障而自迷；八解十智，導歸宗而虛豁。」〔註51〕〈大愛敬寺刹下銘〉：「四將五龍，翹勤翼衛；八臂三目，頂帶護持。」〔註52〕此有增華之勢者也。齊梁以降，徐庾登峰，窮力潤雕，傾心刻鏤。

> 六延梁社，十翦強寇，黃帝與蚩尤七十戰，魏祖在軍中三十年，方厥劬勞，未爲勤苦。加以百神所感，明靈應期；萬里徂征，虯龍表瑞。（徐陵〈為陳武帝與周宰相書〉）

> 皇太子身貞萬國，道照四門，夙膺再命之符，實允基天之命。非關復子明辟，異於還虞事夏。既損既益，尚或二天；爲離爲火，何妨兩日。且平陽、蒲阪，賢臣則二十五人；顓頊、高辛，才子則一十六族。與此計事，何遽無成！鼗乎鼓之，軒乎舞之，自當八風通，慶雲聚，五老同游，三星運曜。豈直雙龍再賜，九雉重飛而已哉。（庾信〈賀傳位於皇太子表〉）

屬，……並須以類對之。一二三四，數之類也。東西南北，方之類也。青赤玄黃，色之類也。……」〔唐〕遍照金剛撰，盧盛江校考：《文鏡祕府論彙校彙考》，（北京：中華書局，2006年4月），冊4，頁1675。

〔註48〕當代學者張夢機論對偶之體用，特拈顏色對、方位對、數目對、干支對爲四種特殊對法。見氏著：《古典詩的形式結構》（臺北：駱駝出版社，1997年7月），頁150。

〔註49〕〔南齊〕謝朓：《謝宣城集》，見〔明〕張溥輯：《漢魏六朝百三名家集》，冊3，頁673。

〔註50〕〔南齊〕謝朓：《謝宣城集》，見〔明〕張溥輯：《漢魏六朝百三名家集》，冊3，頁674。

〔註51〕〔梁〕蕭綱：《梁簡文帝集》，見〔明〕張溥輯：《漢魏六朝百三名家集》，冊4，頁231。

〔註52〕〔梁〕蕭綱：《梁簡文帝集》，見〔明〕張溥輯：《漢魏六朝百三名家集》，冊4，頁235。

觀徐庾諸文，知算博士之稱，非獨駱賓也。〔註 53〕

飾羽尚畫，皆辭人之虛華；「綺縠紛披」，即梁元之篤論。〔註 54〕文尚綺麗，故彩色標焉。彩色對者，色彩相宣，煙霞交映之類也。齊梁以前，尚不多有；徐庾以後，必希巧製。原夫謝客鳳采，〔註 55〕窮力追新，體物山水之中，窺情風景之上。設色之奇，恆存乎其字；渲染之風，不絕乎其篇。〔註 56〕麗辭染色，此其濫觴乎？又魏晉風韻，藝文大昌，繪畫追工，理論鋒出。〔註 57〕謝赫論畫，先標六法，「隨類賦彩」〔註 58〕之說，後學之津逮也。畫理既備，足資文法。孫德謙云：「六朝駢文能得畫理者極多。」〔註 59〕然則文得畫理，漸開彩色之對矣。顏延鋪錦列繡，〔註 60〕錯采鏤金，〔註 61〕群倫莫逮其工，眾士難追其豔。任昉〈王貴嬪哀策文〉云：「青絇丹繶，辰衣素紗。」〔註 62〕彩色繽紛，而於其集中猶少。梁元帝〈上忠臣傳表〉云：「三

〔註 53〕〔宋〕尤袤《全唐詩話．卷一．駱賓王》：「賓王文好以數對，如『秦地重關一百二，漢家離宮三十六』，號爲『算博士』。」見〔清〕何文煥輯：《歷代詩話》（北京：中華書局，1982 年 8 月），冊上，頁 67。

〔註 54〕〔梁〕蕭繹：《金樓子．立言》：「至如文者，惟須綺縠紛披，宮徵靡曼，唇吻遒會，情靈搖蕩。」收入羅愛萍主編：《百子全書》，冊 23，頁 6930。

〔註 55〕《文心雕龍．時序》：「顏、謝重葉以鳳采。」

〔註 56〕張仁青：《駢文學》：「大謝詩力求表現，故描寫極其刻肖，……其最著者，則大謝常用色彩字以渲染其辭是也。按古今文士各有其習用之字，……大謝則諸色字悉用之，而皆得其妙。」冊上，頁 211。

〔註 57〕章啓群以爲魏晉南北朝爲中國繪畫本質轉換之時期，並謂中國繪畫實現由技而藝，由實用而藝術之歷史性跨越在此時。見氏著：《經世與玄思：秦漢魏晉南北朝的精神文明》（北京：北京大學出版社，2009 年 1 月），頁 149～150。

〔註 58〕〔齊〕謝赫：《古畫品錄．序》：「六法者何？……四，隨類賦彩是也。」（北京：人民美術出版社，1962 年 6 月），頁 1。

〔註 59〕孫德謙：《六朝麗指》，收入王水照編：《歷代文話》，冊 9，頁 8430。

〔註 60〕〔唐〕李延壽：《南史》，冊 3，卷 34，〈顏延之傳〉，頁 881。

〔註 61〕王利器：《鍾嶸詩品箋證稿》，卷中，〈宋光祿大夫顏延之〉，頁 267。

〔註 62〕〔梁〕任昉：《任中丞集》，見〔明〕張溥輯：《漢魏六朝百三名家集》，冊 4，頁 649。

握再吐，夙奉紫庭之慈；春詩秋禮，早蒙丹扆之訓。」〔註63〕刻意雕鏤，而於其集中爲多。

望紫極而長號，瞻丹陵而殞慟。家冤將報，天賜黃鳥之旗；國害宜誅，神奉玄狐之籙。……青羌赤狄，同畀豺狼，……重以東漸玄兔，西逾白狼，……玄圭既錫，蒼玉無陳。（徐陵〈勸進梁元帝表〉）

況復全抽素繭，雪板疑傾；併落青鳧，銀山或動。是知青牛道士，更延將盡之命；白鹿眞人，能生已枯之骨。雖復拔山超海，負德未勝；垂露懸針，書恩不盡。蓬萊謝恩之雀，白玉四環；漢水報德之蛇，明珠一寸。（庾信〈謝明皇帝賜絲布等啓〉）

至於徐庾，文並綺豔，五色相宣之意也。

鋪采摛文，方位逐寫，此漢賦所長。故方位對者，源於此也。東南西北，恆有空間之感；上下左右，不無雄壯之格。徐庾則當句同出，自成對偶。徐陵〈梁禪陳璽書〉云：「東代西征，晻映川陸。」庾信〈周柱國楚國公岐州刺史慕容公神道碑〉云：「秦南隴西，每當矢石。」觀其跨越前修，陵轢眾製，所以聲馳陳周，價重南北也。齊梁雕藻，三對漸繁，徐庾則才華富有，三對迭用，新變之文生矣。

昔分鼇命鳥之世，觀河拜洛之年，則有日烏流災，風禽騁暴，天傾西北，地缺東南，盛旱坼三川，長波含五嶽。我大梁膺金圖而有亢，纂玉鏡而猶屯。何則？聖人不能爲時，斯固窮通之恒理也。（徐陵〈在北齊與楊僕射書〉）

三烏五鹿，時事無恒；東郭西門，遷訛非一。吾宗雖廣，未有駢枝，咸自騶王，同分才子。正以金衡委御，玉斗宵亡，胡賊憑陵，中原傾覆。我則供犧牲於東國，載主祏於南都。（徐陵〈在北齊與宗室書〉）

既掛膽於西州，方燃臍於東市。蚩尤三冢，寧謂嚴誅；王

〔註63〕〔梁〕蕭繹：《梁元帝集》，見〔明〕張溥輯：《漢魏六朝百三名家集》，冊4，頁311。

莽千剸，非云明罰。青羌赤狄，同畀狼豺；胡服夷言，咸爲京觀。邦畿濟濟，還見隆平；宗廟愔愔，方承多福。（徐陵〈勸進梁元帝表〉）

自東都紹漢，南亳興殷，修好徵兵，彌留星琯。韓宣、范武，方駕連鑣；蘇武、張儀，朱輪華轂。而孤子三危是擯，四罪同科，聽別馬而長號，杖歸旌而永慟。（徐陵〈在北齊與梁太尉王僧辯書〉）

豈圖天未悔禍，喪亂薦臻，強虜無厭，乘此多難。虔劉我南國，蕩覆我西京，奉問驚號，肝膽崩潰。雖復金行版蕩，火政淪亡，綠林青犢之群，黑山白馬之卒。八王故事，曾未混淆；九州春秋，誰云禍亂。（徐陵〈為貞陽侯與太尉王僧辯書〉）

自東京晚世，曠代無聞；西漢盛儀，復睹今日。金壺流十旬之氣，玉案備千品之羞。昔絳羅爲薦，既延王母；紫蓋爲壇，允招太一。（徐陵〈謝敕賜祀三皇五帝餘饌啓〉）

若夫固天將聖，垂意藝文，五色相宣，八音繁會。不移漏刻，纔命口占，御紙風飛，天章海溢，皆《紫庭》《黃竹》之詞，《晨露》《卿雲》之藻。漢之兩帝，徒有詠歌；魏之三祖，空云詩賦。以爲彭、老之教，終沒愛河；儒、墨之宗，方難火宅。豈如五時八會之殊文，天上人中之妙典。（徐陵〈丹陽上庸路碑〉）

南茨大麓，北眺清湘，得性於橘洲之間，披書於杏壇之上。三冬文史，五經縱橫，頻致嘉招，確乎難拔。既而帝啓黃樞，神亡赤伏，天地崩賈，川冢沸騰，群悍酋豪，更爲禍亂。（徐陵〈廣州刺史歐陽頠德政碑〉）

皇帝以上聖之姿，膺下武之運，通乾象之靈，啓神明之德。夷典秩宗，見之三禮；夔爲樂正，聞之九成。克己備於禮容，威風總於戎政。加以卑宮菲食，皂帳綈衣，百姓爲心，四海爲念。西郊不雨，即動皇情；東作未登，彌迴天眷。兵革無會，非有待於丹烏；宮觀不移，故無勞於白燕。銀甕金船，山車澤馬。豈止竹葦兩草，共垂甘露；青赤三氣，

同爲景星。雕題鑿齒，識海水而來王；烏弋黃支，驗東風而受吏。（庾信〈三月三日華林園馬射賦〉）

伏惟皇帝以下武嗣興，中陽繼業，運日月之明，動淵泉之慮。律曆著微，無煩於太史；陰陽晷度，躬定於天官。故得參考八音，研精六代，封晉、魏爲二王，序殷、周爲三恪。雖復朱干玉戚，尚識典刑，素鞍纁裳，猶因雄據。未若《山雲》特起，八卦成形；鳳凰于飛，九州觀德。改金奏於八列，合天元於六舞。（庾信〈賀新樂表〉）

伏惟皇帝陛下，德教百姓，孝刑四海，攝提從紀，天下文明。是以東海輸禽，乍改黔質；西山度羽，或變蒼精。（庾信〈齊王進蒼烏表〉）

紫微懸映，如傳闕里之書；青鳥遙飛，似送層城之壁。若夫甘泉宮裏，玉樹一叢；玄武闕前，明珠六寸，不得譬此光芒，方斯燭照。（庾信〈謝滕王集序啓〉）

東出藍田，則控灞乘滻；西連子午，則據涇浮渭。派別八溪，流分九谷。銅梁四柱，石關雙啓。青綺春門，溝渠交映；綠槐秋市，舟楫相通。蓄之則爲屯雲，泄之則爲行雨。青牛文梓，白鶴貞松，運以置宮，崇斯雲屋。（庾信〈終南山義谷銘序〉）

敬造一切德輪，見成三百餘部。琅笈雲書，金繩玉檢，削蒸栗之簡，裝酸棗之珠。並入香城，咸封禪閣。坐堂伏檻，羌非湘水之神；綠房紫的，足擬恭王之殿。高掌西望，長河北臨。（庾信〈陝州弘農郡五張寺經藏碑〉）

《青烏》甲乙之占，《白馬》星辰之變，九宮推步，三門伏起，天弧射法，太乙營圖，並皆成誦在心，若指諸掌。虜青犢之兵，甚有祕計；燒烏巢之米，本無遺策。西零賊退，屈指可知；南部兵迴，插標而待。（庾信〈周柱國大將軍紇干弘神道碑〉）

軍中受詔，非論北伐之兵；大將登壇，無待東歸之策。置陣太平，開陰晉之道；連兵廣武，納滎陽之城。校戰丹山，移營白壁，莫不勇冠三軍，名凌五將。（庾信〈周上柱國宿國公河州都督普屯威神道碑〉）

觀夫齊梁雕藻，已得馳聲；徐庾鋪辭，翻能驚世。高超之才，奕葉靡見；綺豔之體，曠世罕聞。滕王逌序云：「蓋聞五聲調應，則宮徵成其文；八音克諧，則絃管和其韻。所以〈周南〉、〈召南〉之篇，爲風人之首；〈小雅〉、〈大雅〉之作，實王政之由。復其《陽春白雪》之唱，郢中之曲彌高；『秋風』、『黃竹』之詞，伊上之才尤盛。」〔註64〕摩擬是出，生氣稍減。倪璠注子山集序云：「江南競寫，曾與徐陵齊名；河北程才，獨有王褒並埒。然而青衿初學，同時子服之班；白首無徒，且結桓譚之好。徐既未可齊驅，王亦安能並駕。是以寫片石於溫子，餘則無人；類一語於吳均，終須削札。」〔註65〕規模略具，情韻不逮。然則徐庾麗製，同成藝苑之珍；周陳逸才，並作學林之寶，不其然乎？

第二節　聲律調馬蹄之韻

《樂記》云：「凡音之起，由人心生也。人心之動，物使之然也。感於物而動，故形於聲。」又云：「樂者，音之所由生也，其本在人心之感於物也。」嵇康亦云：「心應感而動，聲從變而發，心有盛衰，聲亦隆殺。」〔註66〕然則音以情發，樂以表情。文論用聲，殆源於此乎？若乃吟詠流連之聲，含吐低昂之氣，斯文章關鍵，神明樞機也。以聲論文，在昔多矣。經緯宮商，相如成賦；〔註67〕音聲迭代，士衡

〔註64〕〔北周〕庾信撰，〔清〕倪璠注，許逸民校點：《庾子山集注》，冊上，頁49。

〔註65〕〔北周〕庾信撰，〔清〕倪璠注，許逸民校點：《庾子山集注》，冊上，頁5。

〔註66〕〔晉〕嵇康：〈聲無哀樂論〉，見〔明〕張溥輯：《漢魏六朝百三名家集》，冊2，《嵇中散集》，頁260。

〔註67〕《西京雜記・百日成賦》：「其（司馬相如）友人盛覽，字長通，牂牁名士，嘗問以作賦。相如曰：『合綦組以成文，列錦繡而爲質，一經一緯，一宮一商，此賦之跡也。賦家之心。苞括宇宙，總覽人物。斯乃得之於內，不可得而傳。』」〔晉〕葛洪輯，成林、陳章燦譯注：《西京雜記全譯》（貴陽：貴州人民出版社，1993年8月），頁65。

述文。〔註68〕范曄清濁之識，〔註69〕沈約浮切之方，〔註70〕彥和聲律之言，〔註71〕蕭繹宮徵之論，〔註72〕並闡祕旨，咸標矩矱。而徐庾繼起，重藝崇文，韻調馬蹄，聲諧鐘磬。

凡句有偶對，韻有馬蹄，偶對平仄而相映，馬蹄隔句而相黏。曾國藩云：「駢體文爲大雅所羞稱，以其不能發揮精義，并恐以蕪累而傷氣也。陸公則無一句不對，無一字不諧平仄，無一聯不調馬蹄。」〔註73〕馬蹄之名，蓋由此乎？究其微旨，凡平音結句，則頂句末字亦平；仄音結句，則頂聯末字亦仄。以此類推，音節暢達。〔註74〕又馬蹄之韻，務在調和。《說文》云：「韻，和也。」劉勰亦云：「異音相從謂之和，同聲相應謂之韻。」若以此爲彼，義則非矣。

一、永明論聲，早闡律呂

劉宋范曄，先識清濁；永明休文，盛論聲病。蓋范氏之論聲也，曰：「性別宮商，識清濁。」陳澧《切韻考・通論》云：「古無平上去

〔註68〕〔晉〕陸機：〈文賦〉：「曁音聲之迭代，若五色之相宣。」〔梁〕蕭統編，〔唐〕李善注：《文選》，頁241。

〔註69〕〔南朝宋〕范曄：〈獄中與諸甥侄書〉：「性別宮商，識清濁，斯自然也。」

〔註70〕《宋書・謝靈運傳論》：「欲使宮羽相變，低昂舛節，若前有浮聲，則後須切響。一簡之內，音韻盡殊；兩句之中。輕重悉異。」〔梁〕沈約：《宋書》，冊6，卷67，頁1779。

〔註71〕見《文心雕龍・聲律》。

〔註72〕〔梁〕蕭繹：《金樓子・立言》：「惟須綺縠紛披，宮徵靡曼，脣吻適合，情靈搖蕩。」收入羅愛萍主編：《百子全書》，冊23，頁6930。

〔註73〕〔湧〕曾國藩：〈評陸贄奉天請罷瓊林大盈二庫狀〉，見朱任生：《姚曾論文精要類徵》（臺北：臺灣商務印書館，1988年7月），頁82。

〔註74〕〔清〕孫萬春：《縉山書院文話》論馬蹄韻云：「古人作文無平仄一說，而一時興之所到，自合節奏，不講平仄而平仄皆諧。後人因其堅光切響，悟出平仄一說，雖失前人古傲氣象，而永無乖音啞韻矣。大約四字句，上二字仄，下二字平，若上平則下仄。六字句亦兩平兩仄兩平，對以兩仄兩平兩仄。推之八字句亦然。此一氣完，煞尾一字如係平聲，則下接第二氣，首句煞尾一字亦平。」可參看，收入王水照編：《歷代文話》，冊6，頁5890。

入之名，借宮商角徵羽以名之。」〔註 75〕然則宮商者，四聲也。陸法言《切韻・敘》云：「吳楚則時傷輕淺，燕趙則多傷重濁。」然則輕濁者，開合也。夫字之啞響，在調之抑揚，音之洪細。四聲調屬，開合聲屬，聲調之論，范曄其先覺也。范氏又云：「觀古今文人，多不全了此處。……年少中，謝莊最有其分。」范文瀾注《文心・聲律》，亦云：「謝莊深明聲律，故其所作〈赤鸚鵡賦〉，爲後世律賦之祖。」然則范曄有聲律之識，謝莊有調聲之文，殆無疑也。將探其文，又吁可怪者。何則？范曄文章，不曾令調馬蹄；謝莊諸賦，未聞韻黏平仄也。

謝莊〈赤鸚鵡賦〉

徒觀其柔儀所踐，頳藻所逝。華景夕映，容光晦鮮。
仄　仄　仄　平

惠性昭和，天機自曉。審國音於寰中，達方聲於裔表。
平　仄　平　仄

及其雲移霞峙，霰委雪翻。陸離翬漸，容裔鴻軒。
仄　平　仄　平

躍林飛岫，煥若輕電溢煙門；集場棲圃，曄若天桃被玉園。
仄　平　仄　平

至於氣淳體浮，霧下崖沉。月圖光於綠水，雲寫影於青林。
平　平　仄　平

遡還風而聳翮，霑清露而調音。〔註 76〕
仄　平

觀其句尾平仄，多用上去。夫上聲短言，去聲重言，短言故厲而舉，重言故清而遠。抑揚之間，雖趣旨幽深，而馬蹄未睹。

夫四聲之說，盛於永明。《梁書・庾肩吾傳》云：「齊永明中，文士王融、謝朓、沈約文章始用四聲，以爲新變。」然則四聲之用，始於此矣。夫平去爲揚，上入爲抑；揚多則調勻，抑多則調促。〔註 77〕

〔註 75〕〔清〕陳澧：《切韻考》（臺北：臺灣學生書局，1965 年 4 月），頁 290。

〔註 76〕〔南朝宋〕謝莊：《謝光祿集》，見〔明〕張溥輯：《漢魏六朝百三名家集》，冊 3，頁 520。

〔註 77〕〔明〕謝榛：《四溟詩話・卷三》云：「東字平平直起，氣舒且長，其聲揚也；董字上轉，氣咽促然易盡，其聲抑也；棟字去而悠遠，

蓋調用去入，古樸而板重，協用四聲，清新而條暢。沈氏乃著其譜，以爲獨得胸襟，窮其妙旨。其《宋書．謝靈運傳論》云：「欲使宮羽相變，低昂舛節，若前有浮聲，則後須切響。一簡之內，音韻盡殊；兩句之中，輕重悉異。」〔註 78〕故知音韻盡殊，宮羽相變之法；輕重悉異，低昂舛節之徵。沈約轉拘聲韻，立論擒藻，觀其所取，頗有奇工。

沈約〈爲始興王讓儀同表〉

徒塵翠渥，方降紫泥。以茲上令，用隔下情。
平平去入　平去上平　上平去去　去入去平

況高擬萬石，爰均八命。室等天潢，服加黼黻。
平上去入　平平入去　入上平平　入平上入

出則高陪千乘，入則仰司百揆。
平平平去　上平入上

坐下道苞九舜，明出十堯。
去平上去　平入入平

萬徽必理，一物興念。
去平入上　入入平去

有紆玄鏡，暫垂止水。〔註 79〕
上平平去　去平上上

雖音旨大暢，而馬蹄未調。〔註 80〕觀其一句之內，平仄互協，或平仄仄平，或仄平平仄。至於平上去入，參差遞用，莫不音韻盡殊，輕重悉異。惟「高擬萬石」之石應平而仄，「入則仰司百揆」之司應仄而平，「一物興念」之念應平而仄，「暫垂止水」之垂應仄而平，水應平

氣振愈高，其聲揚也；篤字下入而疾，氣收斬然，其聲抑也。」論四聲與音響之關係，以爲平去爲「揚」，上入爲「抑」。見周維德集校：《全明詩話》（濟南：齊魯書社，2005 年 6 月），冊 2，頁 1345。

〔註 78〕〔清〕何焯：《義門讀書記》：「浮聲切響，即是輕重。」（北京：中華書局，2006 年 6 月），冊下，頁 968。按：輕重即輕濁，故輕濁開合爲永明四聲立論之基。

〔註 79〕〔梁〕沈約：《沈隱侯集》，見〔明〕張溥輯：《漢魏六朝百三名家集》，冊 4，頁 490。

〔註 80〕據郭紹虞《永明聲病說》，永明體與律體之異，其一在於永明體僅講究一句二句之聲律，未達通篇，且未專注於黏。見盧盛江：《文鏡祕府論彙校彙考》，冊 1，頁 244。

而仄。若斯之類，蓋初用四聲，其法未密也。

二、徐庾製作，精調馬蹄

永明以降，齊梁以往，調聲之論鬱起，犯病之名爭興。《南史・陸厥傳》云：「約等文皆用宮商，將平上去入四聲以此制韻，有平頭、上尾、蜂腰、鶴膝。五字之中，輕重悉異；兩句之內，角徵不同。不可增減，世呼爲永明體。」〔註 81〕然則平頭、上尾、蜂腰、鶴膝者，永明體之特色也。夫文患凡舊，苟無新變，焉能代雄？雖祕旨獨發，而實踐未易，然輕重音韻之說，足沾來學。徐庾生當梁世，學本家傳，沿永明之餘旨，飫音韻之精微。加以字協平仄，音調馬蹄。麗辭結六朝之局，體勢開三唐之派。近人陳含光（1879～1957）云：「齊永明中，玄暉、休文用四聲之法而音調益精，梁末孝穆、揔持又變四聲而爲平仄相對，則侵尋唐調成矣。」〔註 82〕然則平仄互諧之規，鏗鏘並奏矣。

徐陵〈勸進梁元帝表〉

臣聞封唐有聖，還承帝嚳之家；
平　仄　　平　仄　平

居代維賢，終纂高皇之祚。
仄　平　　仄　平　仄

無爲稱於革舄，至治表於垂衣，
平　　仄　　仄　　平

而撥亂反正，非間前古。

至如金行重作，源出東莞；
平　仄　　仄　仄

炎運猶昌，枝分南頓。
仄　平　　平　仄

豈得掩顯姓於軒轅，非才子於顓頊？
仄　　平　　仄　　仄

莫不因時多難，俱繼神宗者也。伏惟皇帝陛下，

〔註 81〕〔唐〕李延壽：《南史》，冊 4，卷 48，頁 1195。

〔註 82〕陳含光：《含光儷體文稿》（臺北：正中書局，1956 年 2 月），〈自序〉，頁 2。

出〈震〉等於勳、華，明**讓**同於旦、奭。
仄　　平　仄　　仄

握圖執鉞，將在御天；
平　仄　仄　平

玉勝珠衡，先彰元后。
仄　平　平　仄

神祇所命，非惟太室之祥；
平　仄　平　仄　平

圖諜斯歸，何止堯門之瑞。
仄　平　仄　平　仄

若夫大孝聖人之心，中庸君子之德，
仄　平　平　平　仄　仄

固以作訓生民，貽風多士。
仄　平　平　仄

一**日**二日，研覽萬機；
仄　仄　仄　平

允**文**允**武**，包羅群藝。
平　仄　平　仄

擬茲三大，賓是四門，
平　仄　仄　平

歷試諸**難**，咸熙庶績，
仄　仄　平　仄

斯無得而稱也。

自〈無妄〉爲象，鍾禍上京，

梟獍虔劉，宗**社**蕩墜。
仄　平　仄　仄

銅頭鐵額，與暴皇年；
平　仄　仄　平

封豨修蛇，行災中國。
仄　平　平　仄

靈心所宅，下武其興，
平　仄　仄　平

望紫極而長號，瞻丹陵而殞慟。
仄　平　平　仄

家冤將報，天**賜**黃鳥之旗；
平　仄　仄　仄　平

國害宜誅，神奉玄狐之籙。
仄　平　　仄　平　仄

剋李軼於河津，征陶謙於海岱。
仄　平　　平　仄

滕公擁樹，雄氣方嚴；
平　仄　　仄　平

張繡交兵，風神彌勇。
仄　平　　平　仄

忠誠貫於日月，孝義感於冰霜。
平　　仄　仄　　平

如雷如霆，非貔非虎，
平　平　　平　仄

前驅效命，元惡斯殲。
平　仄　　仄　平

既掛膽於西州，方然臍於東市。
仄　平　　平　仄

蚩尤三塚，寧謂嚴誅；
平　仄　　仄　平

王莽千剸，非云明罰。
仄　平　　平　仄

青羌赤狄，同畀狼豺；
平　仄　　仄　平

胡服夷言，咸爲京觀。
仄　平　　平　仄

邦畿濟濟，還見隆平；
平　仄　　仄　平

宗祀愔愔，方承多福。
仄　平　　平　仄

觀其詞組節奏之上，隔聯句腳之處，莫不平仄相對，馬蹄相銜。雖六朝黏於馬蹄，僅諧句腳；而徐陵精於調聲，幾達通篇。唯其不拘舊體，隨變適會，若「一日二日，研覽萬機；允文允武，包羅群藝」，若易爲「允武允文」，則馬蹄諧調，然文武連稱，未曾顛倒，將遂其意，不以詞害也。又錢大昕曰：「聲音在文字之先，而文字必假聲音以成。綜其要，無過疊韻、雙聲二端。……《詩》三百篇興而斯祕大啓。……

『允文允武』，……隔字而成雙聲。」〔註 83〕夫隔字雙聲，其音多舛，若此類者，偏感新奇，實聯緜對之特色也。

庾信〈思舊銘序〉

歲在攝提，星居監德。
仄　平　　平　仄

梁故觀寧侯蕭永卒。嗚呼哀哉！

人之戚也，既非金石所移；
平　仄　　平　仄　平

士之悲也，寧有春秋之異？
平　仄　　仄　平　仄

高臺已傾，稷下有聞琴之泣；
平　平　　仄　　平　仄

壯士一去，燕南有擊筑之悲。
仄　仄　　平　　仄　平

項羽之晨起帳中，李陵之徘徊歧路，
仄　　仄　平　　平　　平　仄

韓王孫之質趙，楚公子之留秦，
平　　仄　　仄　　平

無假窮秋，於時悲矣！

況復魚飛武庫，預有棄甲之徵；
平　仄　　仄　仄　平

烏伏翟泉，先見橫流之兆。
仄　平　　仄　平　仄

星紀吳亡，庚辰楚滅。
仄　平　　平　仄

紀侯大去，鄅子無歸。
平　仄　　仄　平

原隰載馳，轘轅長別。
仄　平　　平　仄

甲裳失矣，餘皇棄焉。
平　仄　　平　平

〔註 83〕〔清〕錢大昕：〈音韻答問〉，見〔清〕錢大昕撰，陳文和主編：《嘉定錢大昕全集》（南京：江蘇古籍出版社，1997 年 12 月），冊 9，《潛研堂文集》，頁 235。

河傾酸棗，杞梓與橊櫟俱流；
平　仄　仄　仄　平

海淺蓬萊，魚鱉與蛟龍共盡。
仄　平　仄　平　仄

焚香複道，詎斂遊魂？
平　仄　仄　平

載酒屬車，寧消愁氣？
仄　平　平　仄

芝蘭蕭艾之秋，形殊而共瘁；
平　仄　平　平　仄

羽毛鱗介之怨，聲異而俱哀。
平　仄　仄　仄　平

所謂天乎？乃曰蒼蒼之氣；
仄　仄　平　平　仄

所謂地乎？其實摶摶之土。
仄　仄　仄　平　仄

怨之徒也，何能感焉！

凋殘殺翮，無所假於風飆；
平　仄　仄　平

零落春枯，不足煩於霜露。
仄　平　平　仄

幕府昔開，賢俊翹首，
仄　平　仄　仄

爲羈終歲，門人謝焉。
平　仄　平　平

至於東首告辭，西陵長往。
仄　平　平　仄

山陽車馬，望別郊門；
平　仄　仄　平

潁川賓客，遙悲松路。
平　仄　平　仄

嵇叔夜之山庭，尚多楊柳；
仄　平　平　仄

王子猷之舊徑，唯餘竹林。
平　仄　平　平

王孫葬地，方爲長樂之宮；
平　仄　　平　仄　平

烈士埋魂，即是將軍之墓。
仄　平　　仄　平　仄

昔嘗歡宴，風月留連，
平　仄　　仄　平

追憶平　生，宛然心目。
仄　平　　平　仄

及乎垂翅秦川，關河羈旅，
仄　平　　平　仄

降乎悲谷之景，實有憂生之情。
仄　仄　仄　　仄　平　平

美酒酌焉，猶思建業之水；
仄　平　　平　仄　仄

鳴琴在操，終思華亭之鶴。
平　平　　平　平　仄

重爲此別，嗚呼哀哉！

麟亡星落，月死珠傷，
平　仄　　仄　平

瓶罄罍恥，芝焚蕙歎。
仄　仄　　平　仄

所望鐘沉德水，聲出風雲；
平　仄　　仄　平

劍沒豐城，氣存牛斗。
仄　平　　平　仄

庾信長篇之中，除散行分段處不計，餘則馬蹄調韻，平仄相黏。偶有不諧者，如「人之戚也，既非金石所移；士之悲也，寧有春秋之異？」此散文之對，徐庾特色。又如「山陽車馬，望別郊門；潁川賓客，遙悲松路。」客字應平而仄，然川字調平，蓋所謂「左礙而尋右，末滯而討前」，〔註 84〕類詩家之拗救。

同時如周弘讓、王褒等，亦有盛名。周弘讓〈復王少保書〉云：「禽尚之契，各在天涯。永念生平，難爲胸臆。正當視陰數箭，排愁破涕。

〔註 84〕見《文心雕龍・聲律》。

人生樂耳！憂戚何爲？豈能遽悲次房，遊魂不返；遠傷金產，骸匱無託。但願愛玉體，珍金相，保期頤，享黃髮。猶冀蒼鴈頳鯉，時傳尺素；清風朗月，俱寄相思。」〔註85〕尙遺劉宋之調。王褒〈上祥瑞表〉云：「明王孝治，岳瀆所以效靈；至人澤及，風雲以之懸感。是以若霧非霧，天道叶至德之符；似煙非煙，觸石表嘉祥之氣。」〔註86〕未極馬蹄之韻也。

徐庾文中，又有用「頭韻」〔註87〕者，如庾信〈小園賦〉：「管寧藜牀，雖穿而可坐；嵇康鍛竈，既暖而堪眠。」管、嵇首字爲見母。〔註88〕「連闥洞房，南陽樊重之第；綠墀青瑣，西漢王根之宅。」連、綠首字爲來母。「晏嬰近市，不求朝夕之利；潘岳面城，且適閑居之樂。」市、城皆禪母之用，利、樂乃來母之聲。然其調聲之術，非止馬蹄；平仄之餘，時有頭韻也。

第三節　隸事蘊巧密之方

《南史・王擒傳》云：「尙書令王儉嘗集才學之士，總校虛實，類物隸之，謂之隸事，自此始也。儉嘗使賓客隸事多者賞之，事皆窮，唯廬江何憲爲勝，乃賞以五花簟、白團扇。坐簟執扇，容氣甚自得。」隸事競勝之風，蓋由此乎！夫直抒胸臆，不無性靈之語；屬篇比事，甚有華實之趣。《南史・劉峻傳》云：「武帝每集文事策經史事，時范雲、沈約之徒皆引短推長，帝乃悅，加其賞賚。」鍾嶸《詩品・序》則云：「觀古今勝語，多非補假，皆由直尋。」然則隸事與否，時致

〔註85〕〔清〕許槤評選，黎經誥注：《六朝文絜箋注》，頁122。

〔註86〕〔北周〕王褒：《王司空集》，見〔明〕張溥輯：《漢魏六朝百三名家集》，冊5，頁529。

〔註87〕竺師家寧：《語言風格與文學韻律》（臺北：五南圖書出版公司，2005年5月），頁152。按：竺先生以爲西方詩歌韻律中，往往有以同類聲母於一句中連續出現，以達音韻美感，謂之頭韻，中國詩歌雖無刻意追求，然時而有之。

〔註88〕聲母以陳新雄先生系聯之《廣韻》四十一聲紐爲主。見陳新雄先生：《聲韻學》（臺北：文史哲出版社，2005年9月），頁55。

紛爭。若乃眾美輻輳，表裏發揮，固麗辭之特色也。

劉勰云：「明理引乎成辭，徵義舉乎人事。」〔註89〕明理、徵義，並申文章之功；人事、成辭，即是典實之本。夫經籍剪截，足光文采；古事鎔化，庶求類義。剪截、鎔化，隸事之法也。〔註90〕清王闓運〈復莊臯臺〉云：「闓運獺祭已疲，錦割都盡，不能駢四麗六，對白妃青。」〔註91〕錦割獺祭，即剪截鎔化之謂也。詳觀用事之法門多矣：至如明用、暗用、活用、反用、連用者，〔註92〕各表論述，鮮有定見。若文有明用者，詩亦有焉；文有暗用者，詞何無之？必由形式，其例乃明矣。

是以隸事之道，必經三目：履端於始，成詞與人事共取；舉正於中，剪截與鎔化俱運；歸餘於終，明用與暗用並陳。故曰成詞人事者，隸事之本源；剪截鎔化者，隸事之方法；明用暗用者，隸事之結果也。來源方法，必作者用之；隸事結果，由讀者觀之。夫離章合句，實有形式；觀瀾索源，先探組織。孫德謙論六朝文之運典，開此五例：一曰陳古況今，并足文氣；二曰借以襯託，用彰今美；三曰別引他物，取以佐證；四曰義頗相符，反若未稱；五曰無涉本題，盡力描摹。〔註93〕此就形式組織論之也。夫隸事之後，必由纂組，乃能成章。故知文章隸事，亦修辭之一法。又孫德謙云：「吾讀六朝駢文，觀其遣辭用意，深得風詩比興之旨。」〔註94〕故知六朝文之隸事，初緣比興而來也。執此以

〔註89〕見《文心雕龍·事類》。

〔註90〕本書第二章第二節論庾信「《左氏》之文，得心應手」一節，已述其剪截鎔化之法。

〔註91〕〔清〕王闓運：《湘綺樓詩文集》，冊3，〈箋啓〉，卷7，頁1080。

〔註92〕元代陳繹曾撰《文說》，其「用事法」分正用、反用、借用、暗用、對用、扳用，比用、倒用、泛用等。收入王水照編：《歷代文話》，冊2，頁1343。明代高琦《文章一貫》有「用事十四法」，分正用、歷用、列用、衍用、援用、評用、反用、活用、設用、借用、假用、藏用、暗用等。同前書，頁2177。張仁青〈庾信詩文之用典藝術〉一文，亦分明用、暗用、活用、反用、連用。見《魏晉六朝學術研討會論文集》（臺北：東吳大學中國文學系出版，2005年9月），頁285～316。

〔註93〕孫德謙：《六朝麗指》，收入王水照編：《歷代文話》，冊9，頁8451。

〔註94〕孫德謙：《六朝麗指》，收入王水照編：《歷代文話》，冊9，頁8427。

觀夫徐庾，亦多巧密，而尤有慣用技法者。一曰以比況隸事，二曰以夸飾隸事，三曰以映襯隸事。

一、以比況隸事

夫麗辭欲巧，必待隸事。或引爲理據，或省其贅字。以之比況，自入含蓄之懿；以之寄託，必歸典雅之旨。乍言彼而含此，或述甲而實乙。古事今事，既得相合；古情今情，還成對比。原夫時人愛奇，巧構形似，劉勰云：「日用乎比，月忘乎興。」〔註95〕皎然論用事，則云：「詩人皆以徵古爲用事，不必盡然也。今且於六義之中，略論比興。取象曰比，取義曰興，義即象下之意。」〔註96〕然則取象、取義，即號比興；徵古、用事，初無細分。自新詩騰沸，句圖鼎興，賞者摘句，比、興始判。至於麗辭運典，論法者多，隸事爲凡，比況爲目，首尾組織，裁見隸事之方；前後宏觀，方得巧密之術。

（一）「如」、「似」、「若」、「同」例

徐庾麗辭中，有以「如、似、若、同、類、等、譬」之類字者，以爲比況，此其隸事之一法。如、似、若、同者，乃文中喻詞，麗體用偶，漸不孤立。如梁武善文，賦云：「如英媒之在摘，若駿馬之帶羈。」〔註97〕又云：「慈如河海，孝若涓塵。」〔註98〕刻畫形容，借彼喻此。庾肩吾〈謝東宮賜宅啓〉則云：「況乃交垂五柳，若元亮之居；夾植雙槐，似安仁之縣。」〔註99〕以比況作偶語，隸事存焉。徐庾繼起，清詞不窮。

嵯峨容與，若漢水之仙槎；搖漾波濤，似新亭之龍餘。（徐

〔註95〕見《文心雕龍・比興》。

〔註96〕〔唐〕釋皎然：《詩式》，見張伯偉：《全唐五代詩格彙考》，頁230。

〔註97〕〔梁〕蕭衍：〈淨業賦〉，見〔明〕張溥輯：《漢魏六朝百三名家集》，冊4，《梁武帝集》，頁46。

〔註98〕〔梁〕蕭衍：〈孝思賦〉，見〔明〕張溥輯：《漢魏六朝百三名家集》，冊4，《梁武帝集》，頁48。

〔註99〕〔梁〕庾肩吾：《度度支集》，見〔明〕張溥輯：《漢魏六朝百三名家集》，冊5，頁9。

陵〈太極殿銘〉）

軒車滿路，如看太學之碑；街巷相塡，無異華陰之市。（徐陵〈與李那書〉）

棄捨恩愛，非梁鴻之並游；拜辭親老，如蘇耽之永別。（徐陵〈東陽雙林寺傅大士碑〉）

擢本相對，似雙槐於俠門；合榦成陰，類雙桐於空井。（徐陵〈東陽雙林寺傅大士碑〉）

每至鮮雲藹藹，披玉女之衣；明月團團，似班姬之扇。（徐陵〈裴使君墓誌銘〉）

降火飛精，似入公車之府；流金成製，若上凌雲之臺。（庾信〈齊王進赤雀表〉）

紫微懸映，如傳闕里之書；青鳥遙飛，似送層城之璧。（庾信〈謝滕王集序啓〉）

貫藏文馬，如燒安息之銀；帶插通犀，似獵雲南之獸。（庾信〈謝趙王賚犀帶等啓〉）

郅支抱馬，如聞耿秉之戰；單于願識，似畏王商之威。（庾信〈周柱國大將軍長孫儉神道碑〉）

若晉侯之折白水，如蕭王之推赤心。（徐陵〈陳公九錫文〉）

卿雲似蓋，晨映姚鄉；甘露如珠，朝垂原寢。（徐陵〈勸進梁元帝表〉）

濤如白馬，既礙廣陵之江；山曰金牛，用險梅湖之路。（徐陵〈丹陽上庸路碑〉）

著書天祿，雖如劉向；朔望登朝，轉同王隱。（徐陵〈讓五兵尚書表〉）

是以井陘之兵，如鴻毛之遇火；長平之卒，若秋草之中霜。（庾信〈擬連珠〉）

江川盡滿，譬睢水之無流；原隰窮胡，等陰山之長哭。（徐陵〈移齊文〉）

莫不如彼建瓴，同斯破竹。（庾信〈周上柱國齊王憲神道碑〉）

等子頹而爲暴，同劉芳而入關。（徐陵〈為貞陽侯與太尉王僧辯書〉）

同冰魚之不絕，似蟄蟲之猶蘇。（徐陵〈與王僧辯書〉）

凡此數聯，纂組人事，鋪排成辭，意象明切，比擬精工，不失《詩經》比興之遺意。

（二）「方之」、「譬彼」例

徐庾麗辭，有以「方之、譬彼、方諸、方乎、方此、譬以、比此、儔之」之類字者，以爲比況。此其隸事之一法。魏晉以後，辭人競騖，觀其時文，由古趨駢，而「譬彼」之詞，善入麗體，或方於貌，或譬於事，陸機云：「守局下列，譬彼飛塵。」〔註100〕又云：「視彼浮遊，方之僑客；眷此黃壚，譬之斃宅。」〔註101〕方之、譬之，巧密成對，然而染翰之子，猶無先覺，徐庾以之爲偶，始變前式，非唯比況之喻詞，遂爲麗句之典型。

方之鷲島，迹遁三禪；譬彼鶴鳴，虛飛六甲。（庾信〈秦州天水郡麥積崖佛龕銘〉）

方之珪璧，塗山之會萬重；譬彼雲霞，赤城之巖千丈。（庾信〈趙國公集序〉）

方之驂乘，霍去病爲侍中；譬彼將兵，公孫敖爲驃騎。（庾信〈周大將軍聞嘉公柳遐墓誌〉）

方之劉寔，道高於大邦；譬以山濤，榮深於小輦。（庾信〈周太子太保步陸逞神道碑〉）

方衛青之張幕，冊重元勳；譬韓信之登壇，榮高獨拜。（庾信〈周大將軍趙公墓誌銘〉）

楚之柱國，方之南火；軒之司寇，譬以西雲。（庾信〈周上柱

〔註100〕〔晉〕陸機：〈贈弟士龍〉，見〔明〕張溥輯：《漢魏六朝百三名家集》，冊2，《陸平原集》，頁682。

〔註101〕〔晉〕陸機：〈贈弟士龍〉，見〔明〕張溥輯：《漢魏六朝百三名家集》，冊2，《陸平原集》，頁683。

國宿國公河州都督普屯威神道碑〉）

信可以方諸堅固，譬彼娑羅。（徐陵〈東陽雙林寺傅大士碑〉）

譬彼晨昏，方乎晷刻。（徐陵〈天台山徐則法師碑〉）

假矣生民，何其夭脆；譬彼風電，同諸泡沫。（徐陵〈天台山徐則法師碑〉）

歸於有德，譬彼河圖；傳我休明，義同商鼎。（徐陵〈太極殿銘〉）

哀哀噍類，譬彼窮牢；悠悠上天，莫云斯極。（徐陵〈陳公九錫詔〉）

臥薪待火，方此弗危；繫草從風，儔之非切。（徐陵〈為貞陽侯重與王太尉書〉）

魯柝聞邾，方之尚遠；胡桑對蓟，比此爲遙。（徐陵〈為貞陽侯重與王太尉書〉）

泛觀前例，庾信慣以喻詞在首聯上句，徐陵慣以喻詞在首聯下句，並成典型，咸爲句法。

（三）「等於」、「同於」例

徐庾麗辭，有以「等於、同於、方於、比於、擬於」之類字者，以爲比況，此其隸事之一法。蓋比況隸事，務在喻詞，綴字屬篇，日新殊致。各競代字，既謝文累之瑕；多欲效奇，終免重出之病。

出《震》等於勳、華，明讓同於旦、奭。（徐陵〈勸進梁元帝表〉）

軒、項比於諸王，湯、武方於兒戲。（徐陵〈為貞陽侯與太尉王僧辯書〉）

覓之者等若牛毛，得之者譬猶麟角。（徐陵〈諫仁山深法師罷道書〉）

卓富擬於公侯，班佃必於旌鼓。（徐陵〈司空州刺史侯安都德政碑〉）

開府同於馬駿，秩擬六卿；驃騎等於劉蒼，位高三事。（庾信〈周上柱國齊王憲神道碑〉）

延閣擬於叢臺，岷山方於代郡。（庾信〈周大將軍司馬裔神道碑〉）

昔者受律赤符，韓信當乎千里；治兵白帝，張飛擬於萬人。

（庾信〈周上柱國宿國公河州都督普屯威神道碑〉）

銀青、金紫，方於溫羨、傅祗；鎮南、征東，比於劉弘、荀顗。（庾信〈周兗州刺史廣饒公宇文公神道碑〉）

賓客之敘，方於阼階；田獵之禽，同於君膳。（徐陵〈報尹義尚書〉）

此例與「方之」「譬彼」例不同者，在前例以喻詞爲句首，此例以喻詞爲句中。南朝以來，麗辭浮新；徐庾以後，句法垂範。

二、以夸飾隸事

夫以鋪張揚厲之辭，而述難得激昂之狀，豈不讀者聳動，竟遂初心哉？況乃「譽人不增其美，則聞者不快其意；毀人不益其惡，則聽者不愜於心」，〔註102〕將欲駭耳目，壯聲貌，增感人之力，表眞切之情，舍夸飾而何？《雕龍》云：「神道難摹，精言不能追其極；形器易寫，壯辭可得喻其眞。」〔註103〕徐庾比物連類，而夸飾運之。

（一）「某甚」、「某深」例

徐庾麗辭，有以「某甚、某深、某壯、某重、某高、某輕」爲例者，以爲夸飾，此其隸事之一法。蓋比較優劣，彰主體之絕特；夸飾聲貌，顯文意之彪炳。高士運典，猶成辭、人事之間；徐庾隸事，軼比較、夸飾而上。

養孤之恩，愛甚鄧攸；少子之懷，情深張禹。（徐陵〈又為貞陽侯答王太尉書〉）

才壯風雲，義深淵海。（徐陵〈與李那書〉）

服冕乘軒，其猶桎梏；朱庭紫閣，事甚樊籠。（徐陵〈天台山徐則法師碑〉）

每以閒輕簞籜，義重嵩衡。（徐陵〈裴使君墓誌銘〉）

〔註102〕黃侃：《文心雕龍札記》（北京：中華書局，2006年5月），〈夸飾第三十七〉，頁218。

〔註103〕見《文心雕龍・夸飾》。

通中陷刃，疾甚曹參；刮骨傅藥，事同關羽。（庾信〈周柱國大將軍紇干弘神道碑〉）

迴茲翠蓋，事重劉基之恩；降此青驪，榮深李忠之賜。（庾信〈謝趙王賚馬并繖啓〉）

監儲甲觀，事重史丹；侍講桂宮，名高張禹。（庾信〈周大將軍聞嘉公柳遐墓誌〉）

漢王改婁敬之族，事重論都；魏后變程昱之名，恩深捧日。（庾信〈周大將軍崔說神道碑〉）

户封八縣，恩深寇恂之功；邑啓萬家，事極曹參之賞。（庾信〈周大將軍趙公墓誌銘〉）

呂子明之疾甚，歎軫吳王；阮元瑜之長逝，悲深魏主。（庾信〈周車騎大將軍賀婁公神道碑〉）

孫子荊之傷逝，怨起秋風；潘安仁之悼亡，悲深長簟。（庾信〈周趙國夫人紇豆陵氏墓誌銘〉）

方衛青之張幕，冊重元勳；譬韓信之登壇，榮高獨拜。（庾信〈周大將軍趙公墓誌銘〉）

名高廣武，功重長平。（庾信〈周譙國公夫人步陸孤氏墓誌銘〉）

章武開國，名高外戚之右；安豐入朝，位在功臣之上。（庾信〈周大將軍隴東郡公侯莫陳君夫人竇氏墓誌銘〉）

觀其「某甚」、「某深」之例，方爲夸飾；「事重」、「名高」之詞；還成慣技。

（二）「不得同年而語」例

徐庾麗辭，有以「不得同年而語」、「豈可同年而語」綰合，以爲夸飾者，此其隸事之一法。賈誼〈過秦論上〉云：「試使山東之國，與陳涉度長絜大，比權量力，則不可同年而語矣。」〔註 104〕王儉〈請解

〔註 104〕〔漢〕賈誼：《賈長沙集》，見〔明〕張溥輯：《漢魏六朝百三名家集》，冊 1，頁 20。

僕射表〉云：「豈與庸流之人，憑含弘之澤者，同年而語哉。」〔註105〕蕭統〈與何胤書〉云：「豈與口厭芻豢，耳聆絲竹之娛者，同年而語哉。」〔註106〕「同年而語」，即出此乎？觀此數家，蓋無意而用之，徐庾攀採，遂爲程式。

> 若夫咸康之年，四方始定；建武之代，諸侯並朝，不得同年而語矣。（庾信〈賀平鄴都表〉）
>
> 昔者降居弱水，登庸有優劣之殊；來朝櫟陽，繼體有君臣之異。不得與夫天之兩日，日之再中，並耀聯輝，重明雙照，同年而語矣。（庾信〈賀傳位於皇太子表〉）
>
> 雖復東過小縣，夏雨逐其輕輪；南渡滄江，秋濤弭其張蓋，固不得同年而語矣。（徐陵〈司空徐州刺史侯安都德政碑〉）
>
> 固非論經於白虎之殿，應詔於金馬之門，說義雲臺，受釐宣室，可同年而語矣。（徐陵〈東陽雙林寺傅大士碑〉）
>
> 成都有文翁之祠，非謂生前；漢陽有諸葛之碑，止論身後。比之今日，豈可同年而語哉。（庾信〈周上柱國齊王憲神道碑〉）
>
> 柏梁高宴，有大將軍之詩；幕府初開，有平陵侯之國。比之今日，豈可同年而語哉。（庾信〈周大將軍上開府廣饒公鄭常墓誌銘〉）
>
> 與夫含吐性靈，抑揚詞氣，曲變《陽春》，光迴白日，豈得同年而語哉。（庾信〈趙國公集序〉）
>
> 此於齊都豪門貴戚，周行匪例，事義相懸，豈與大弟同年而語。（徐陵〈報尹義尚書〉）

觀其典實相接，意象鋪繡，比物連類，足句體夸。末例「豈與大弟同年而語」，蓋「不得同年而語」例而變者。

（三）「未足」、「無以」例

〔註105〕〔齊〕王儉：《王文憲集》，見〔明〕張溥輯：《漢魏六朝百三名家集》，冊3，頁597。

〔註106〕〔梁〕蕭統：《梁昭明集》，見〔明〕張溥輯：《漢魏六朝百三名家集》，冊4，頁133。

徐庾麗辭，有以「未足、無以、未足以、不得」等字綰合者，以爲夸飾，此其隸事之一法。凡用此法，必先撮錄;典實，正昭敷述之情；練擇美言，足稱吐玉之書。然後主客對比，方騁隸事之能；褒貶夸飾，乃集綴藻之巧。

雖復六代之舞，陳於總章；九州之歌，登於司樂。虞夔拊石，晉曠調鍾，未足頌此英聲，無以宣其盛德者也。（徐陵〈在北齊與楊僕射書〉）

雖復華陰砥柱，帶地窮深，嵩高維嶽，極天爲重，未可以方斯盛典，譬此洪恩。（徐陵〈與王僧辯書〉）

雖復東漢之末，區宇沸騰；西晉之亡，生民蕩覆，未足以方其禍亂，譬彼虔劉者也。（徐陵〈為陳武帝與周宰相書〉）

若夫甘泉宮裏，玉樹一叢；玄武闕前，明珠六寸，不得譬此光芒，方斯燭照。（庾信〈謝滕王集序啓〉）

觀其典贍體夸，清麗輻輳，隸事之法，由纂組而圓融；運典之餘，由夸飾而意顯。

三、以映襯隸事

映襯者，相映相襯也。二事相對，映照襯托。或取相似，以襯正意；或取相反，以襯本事。於是正襯、反襯，既彰感官之差；相對、相比，乃合虛實之情。

(一)「方之於公，差無慚德」例

庾信文中，有以「方之於公，差無慚德」、「以公方之，差無慚德」、「以此連類，差無慚德」、「異代同榮，差無慚德」、「方之今日，異代同風」、「以今方之，彼有慚德」、「方之今日，彼獨何人」、「公之此比，綽有餘榮」等足句，以爲正襯者，此其隸事之一法。

王武子以上將開府，未滿立年；荀中郎爲十州都督，才踰弱冠。方之於公，已爲老矣。（庾信〈周上柱國齊王憲神道碑〉）

中軍之司，既舉魏絳；上卿之佐，實用荀林。以公方之，

差無慚德。(庾信〈周大將軍崔說神道碑〉)

衛青受詔，未入玉門之關；竇憲當官，猶在燕山之下。公之此受，差無慚德。(庾信〈周柱國大將軍紇干弘神道碑〉)

公孫敖下光祿之塞，諸葛誕勒丸都之山，公之處焉，差無慚德。(庾信〈周兗州刺史廣饒公宇文公神道碑〉)

王祥佩刀，世爲卿族；鮑永驄馬，家傳司隸。以此連類，差無慚德。(庾信〈周大將軍聞嘉公柳遐墓誌〉)

趙儼之爲驃騎，正駕單車；張湛之拜光祿，長乘白馬。以斯連類，朝野榮之。(庾信〈周驃騎大將軍開府侯莫陳道生墓誌銘〉)

漢王聞立義之婦，邑以延鄉；齊侯見有禮之妻，封之石窌。異代同榮，差無慚德。(庾信〈周趙國夫人紇豆陵氏墓誌銘〉)

常伯位重，霍去病之登朝；上將官尊，公孫敖之出塞。以今方昔，異代同榮。(庾信〈周大將軍襄城公鄭偉墓誌銘〉)

黃公衡之決事，魏后是以推心；潘承明之忠壯，吳王爲之降禮。異代同榮，見之今日。(庾信〈周車騎大將軍贈小司空宇文顯和墓誌銘〉)

刑澹之所，文命動其大威；雷門之間，勾踐行其嚴戮。英規聖跡，異代同風。(徐陵〈陳公九錫文〉)

見金於路，指以示人；得錢於道，持留掛樹。方之今日，異代同風。(庾信〈周太子太保步陸逞神道碑〉)

昭陽以功高見用，項梁以名將當官。以今方之，彼有慚德。(庾信〈周大將軍趙公墓誌銘〉)

宋微子《麥穟》之歌，周大夫《黍離》之歎，方之於斯，未足爲悲矣。(徐陵〈陳公九錫文〉)

杜鎮南之作牧，當世樹碑；竇車騎之臨戎，生年刻石。方之今日，彼獨何人。(庾信〈周柱國大將軍長孫儉神道碑〉)

相如西喻，鏤石於靈山；武侯南征，浮船於瀘水。方之今日，彼獨何人。(庾信〈周車騎大將軍賀婁公神道碑〉)

魏侯之見劉廙，不覺斂容；漢主之觀田鳳，遂令題柱。比

之今日，曾何足云。（庾信〈周大將軍聞嘉公柳遐墓誌〉）

委鹿輅而論都，入鴻門而舞劍，方之吹律，綽有餘榮。（庾信〈周太子太保步陸逞神道碑〉）

太和之中，曹眞於府內受冊；元封之末，衛青於軍中即拜。公之此比，綽有餘榮。（庾信〈周柱國大將軍長孫儉神道碑〉）

婁敬上書於鹿輅，項伯舞劍於鴻門，公之此榮，足爲連類。（庾信〈周兗州刺史廣饒公宇文公神道碑〉）

穰侯魏冉，居咸陽之宮；曲陽王根，借明光之殿。語其貴戚，差足擬倫。（庾信〈周驃騎大將軍開府儀同三司冠軍伯柴烈李夫人墓誌銘〉）

昔者受律赤符，韓信當乎千里；治兵白帝，張飛擬於萬人。比跡今日，公之謂也。（庾信〈周上柱國宿國公河州都督普屯威神道碑〉）

冠軍侯之用兵，未必師古；武安君之養士，能得人心。擬於其倫，公之謂矣。（庾信〈周大將軍懷德公吳明徹墓誌銘〉）

錢鍾書《管錐篇》云：「庾信碑誌，有兩慣技。一：駢文儷事，本借古比今。……信敘墓中人生平時，每於儷事後，亟自評所儷事之切當抑參差，藉作頓挫。」〔註 107〕若斯之類，辭入煒燁，絕妙驚心，已開後世駢文之法。

（二）「不無」例

徐庾麗辭，有以「不無、非無」等字綰合，以爲正襯者，此其隸事之一法。賈誼〈過秦論下〉云：「當此時也，世非無深慮知化之士也。」〔註 108〕嵇康〈明膽論〉云：「此理坦然，非無疑滯。」〔註 109〕「非無」一詞，僅爲無心之語。陸機〈演連珠五十首〉云：「臣聞遯世之士，非

〔註 107〕錢鍾書：《管錐篇》（北京：新華書店，2007 年 12 月），冊 4，頁 1527。

〔註 108〕〔漢〕賈誼：《賈長沙集》，見〔明〕張溥輯：《漢魏六朝百三名家集》，冊 1，頁 22。

〔註 109〕〔魏〕嵇康：《嵇中散集》，見〔明〕張溥輯：《漢魏六朝百三名家集》，冊 2，頁 276。

受瓠瓜之性；幽居之女，非無懷春之情。」〔註 110〕又〈辨亡論下〉下：「夫四州之萌，非無眾也；大江之南，非乏俊也。」〔註 111〕「非無」隔句，仍無隸事之用。徐庾始裁成對偶，搆爲隸事，觀之眾例，的爲特色。

> 眷眷吏民，不無河内之請；依依故老，實念黎陽之別。（庾信〈周太子太保步陸逞神道碑〉）
>
> 不無秋氣之悲，實有途窮之恨。（庾信〈謝滕王集序啓〉）
>
> 始遊庠塾，不無儒者之榮；或見兵書，遂有風雲之志。（庾信〈周太子太保步陸逞神道碑〉）
>
> 長久於節，不無秋菊之銘；履端於始，或有椒花之頌。（庾信〈周趙國夫人紇豆陵氏墓誌銘〉）
>
> 漬而爲種，不無霜雪之情；取以論兵，即有山川之勢。（庾信〈謝趙王賚米啓〉）
>
> 東都馬鳴，不無見日之歎；北陵車過，終憶平生之言。（庾信〈周驃騎大將軍開府侯莫陳道生墓誌銘〉）
>
> 遂使馬首懷燕，不無樂毅；蕃臣疑漢，或多田叔。（庾信〈周隴右總管長史贈太子少保豆盧公神道碑〉）
>
> 受圖黃石，不無師表之心；學劍白猿，遂得風雲之氣。（庾信〈序文盛墓誌銘〉）
>
> 九日登高，時有緣情之作；萬年公主，非無誄德之辭。（徐陵〈玉臺新詠序〉）
>
> 非無北闕之兵，猶有雲臺之仗。（庾信〈哀江南賦〉）
>
> 雲師火帝，非無戰陣之風；堯誓湯征，咸用干戈之道。（徐陵〈勸進梁元帝表〉）
>
> 昔者雲師火帝，非無戰陣之風；堯誓湯征，咸用干戈之道。

〔註 110〕〔晉〕陸機：《陸平原集》，見〔明〕張溥輯：《漢魏六朝百三名家集》，冊 2，頁 650。

〔註 111〕〔晉〕陸機：《陸平原集》，見〔明〕張溥輯：《漢魏六朝百三名家集》，冊 2，頁 657。

（徐陵〈與王僧辯書〉）

天狼炳曜，非無戰陣之風；參虎揚芒，便有干戈之務。（徐陵〈為貞陽侯與太尉王僧辯書〉）

當塗錫舍，非無董昭之誠；典午禪文，不降張華之實。（徐陵〈讓右僕射初表〉）

但忘年之款，昔有張、裴；鄰國之交，非無嬰、札。（徐陵〈答李顒之書〉）

既有崔琰之鬚眉，非無鄭玄之腰帶。（徐陵〈晉陵太守王勱德政碑〉）

差有黃門啓封，非無青紙詔書。（徐陵〈與王僧辯書〉）

差有弄玉之俱仙，非無孟光之同隱。（徐陵〈答周處士書〉）

遊魂冤結，非無廣漢之城；久客思歸，惟有東平之樹。（庾信〈周使持節大將軍廣化郡開國公乃敦崇傳〉）

穎川從我，並有鄉里之親；新豐故人，非無布衣之舊。（庾信〈周柱國大將軍大都督同州刺史爾綿永神道碑〉）

山臨鶴塞，非無陶侃之賓；氣連牛斗，即有張華之劍。（庾信〈周大將軍義興公蕭公墓誌銘〉）

常山刺舉，非無取代之符；龍驤總戎，或似平吳之號。（庾信〈周柱國大將軍長孫儉神道碑〉）

屈產、垂棘，既有滅虢之兵；王官、羈馬，非無絕秦之路。（庾信〈周大將軍趙公墓誌銘〉）

河洛之地，即有民人；虢鄶之君，非無郡邑。（庾信〈周大將軍襄城公鄭偉墓誌銘〉）

夫其據事類義，本言「實有」；借彼言此，偏書「非無」，篆吐鴻辭，錦心脫穎。言泉之富，既播於清藻；腹笥之華，復徵於篇什。

（三）「無待」、「非勞」例

徐庾麗辭，有以「無待、不待、非待、不問、不用、無用、無假、不勞、非勞、無勞、非資、無謀、無情、非有待、故無勞、非有意、本無心」等字綰合，以爲反襯者，此其隸事之一法。蓋「無待」入文，盛於王融，其〈上北伐圖疏〉云：「若試馳咫尺之書，具甄戎旅之卒，徇其隳城，納其降虜，可弗勞弦鏃，無待干戈。」〔註 112〕〈議給虜書疏〉云：「無待八百之師，不期十萬之眾。」〔註 113〕〈永明十一年策秀才文五首其四〉云：「豈非療飢不期於鼎食，拯溺無待於規行。」〔註 114〕又〈其五〉云：「無待干戈，聊用辭辯。」〔註 115〕凡此數種，頗變新調。江淹含才，〈奏記南徐州新安王〉云：「淹聞齊石既撫，無待巴人之唱；柏臺已構，寧俟不才之木。」〔註 116〕陸倕摛豔，〈爲豫章王慶太子出宮表〉云：「不藉審諭之功，無待溫文之輔。」〔註 117〕並以賓襯主，用彰隸事。徐庾乃活捃典實，騰新意於毫端；妙引故事，吐偉詞於胸臆。「無待」、「非勞」，肇爲程式。

> 琵琶新曲，無待石崇；箜篌雜引，非因曹植。（徐陵〈玉臺新詠序〉）
>
> 獲傅泰不勞於一箭，擒歐陽無待於尺兵。（徐陵〈為陳武帝作相時與嶺南酋豪書〉）
>
> 陽烏馭日，寧懼武貴之弓；飛雨彌天，無待期門之蓋。（徐陵〈丹陽上庸路碑〉）
>
> 公台輔之量，便著綺紈；瑚璉之姿，無待雕琢。（徐陵〈司空章昭達墓誌〉）

〔註 112〕〔齊〕王融：《王甯朔集》，見〔明〕張溥輯：《漢魏六朝百三名家集》，冊 3，頁 631。

〔註 113〕〔齊〕王融：《王甯朔集》，見〔明〕張溥輯：《漢魏六朝百三名家集》，冊 3，頁 632。

〔註 114〕〔齊〕王融：《王甯朔集》，見〔明〕張溥輯：《漢魏六朝百三名家集》，冊 3，頁 636。

〔註 115〕〔齊〕王融：《王甯朔集》，見〔明〕張溥輯：《漢魏六朝百三名家集》，冊 3，頁 637。

〔註 116〕〔梁〕江淹：《江醴陵集》，見〔明〕張溥輯：《漢魏六朝百三名家集》，冊 4，頁 409。

〔註 117〕〔梁〕陸倕：《陸太常集》，見〔明〕張溥輯：《漢魏六朝百三名家集》，冊 4，頁 695。

一朝揃撲，無待旬師；萬里澄清，非勞新息。（徐陵〈陳公九錫文〉）

沉雄內斷，不勞謀於力牧；天策勇決，無待問於容成。（庾信〈賀平鄴都表〉）

不勞獅子之亭，即勝雷池之長。（庾信〈謝趙王賚乾魚啓〉）

蓋聞意氣難干，非資扛鼎；風神自勇，無待翹關。（庾信〈擬連珠〉）

軍中受詔，非論北伐之兵；大將登壇，無待東歸之策。（庾信〈周上柱國宿國公河州都督普屯威神道碑〉）

所冀節移陰管，無勞河內之灰；氣動陽鐘，不待金門之竹。（庾信〈為晉陽公進玉律秤尺斗升表〉）

芝房感德，咸出銅池；蓂莢伺辰，無勞銀箭。（徐陵〈勸進梁元帝表〉）

自興王啓霸，無勞委劍之鋒；開國承家，實饗彤弓之賜。（徐陵〈在北齊與宗室書〉）

升堂濟濟，無勞四輩之類；高廩峨峨，恒有千食之備。（徐陵〈長干寺眾食碑〉）

曳練且觀，無勞白馬之望。（庾信〈謝趙王賚絲布等啓〉）

無勞神策，不問靈龜。（庾信〈蔡澤就唐生相讚〉）

六韜九法，不用吳起舊書；三令五申，無勞孫武先誡。（庾信〈周上柱國齊王憲神道碑〉）

燉煌實錄，宛在胸襟；玉門亭障，無勞圖畫。（庾信〈周大將軍崔說神道碑〉）

富貴自取，豈資唐舉之言；聲名有聞，無勞李膺之識。（庾信〈周柱國大將軍長孫儉神道碑〉）

輕裝獨宿，非勞聚橐之儀；微騎間行，寧望輜軒之禮。（徐陵〈在北齊與楊僕射書〉）

宗王啓霸，非勞陽武之侯；清蹕無虞，何事長安之邸。（徐

陵〈勸進梁元帝表〉）

何彼途甚易，非勞於五丁；我路爲難，如登於九折？（徐陵〈在北齊與楊僕射書〉）

未騁三略，非勞六奇。（徐陵〈與章司空昭達書〉）

京坻歲積，非勞楚堰之泉；倉廩年豐，無用秦渠之水。（徐陵〈司空徐州刺史侯安都德政碑〉）

皇季之重，非待歷階；王爵之隆，自高群辟。（徐陵〈安成王讓錄尚書表後啓〉）

兵革無會，非有待於丹烏；宮觀不移，故無勞於白燕。（庾信〈三月三日華林園馬射賦〉）

非有心於蜓翼，豈留情於戟枝。（庾信〈三月三日華林園馬射賦〉）

黃鶴戒露，非有意於輪軒；爰居避風，本無情於鐘鼓。（庾信〈小園賦〉）

但山梁飲啄，非有意於樊籠；江海飛浮，本無情於鐘鼓。（徐陵〈在北齊與楊僕射書〉）

即無謀於肉食，非所望於《論都》。（庾信〈哀江南賦〉）

放勳、重華之世，咸無意於受終；當塗、典午之君，雖有心於揖讓。（徐陵〈為陳武帝即位告天文〉）

精誠有感，無假沉鈎。（庾信〈王祥扣冰魚躍讚〉）

觀其大抵所歸，莫不以賓襯主，以常襯奇，窮襯映之奧妙，極隸事之聲色。故知文非隸事，不足闡其義理；事非映襯，何能體其神情哉？

（四）「非惟」、「何止」例

徐庾麗辭，有以「非惟、非徒、非止、非有、何止、寧止」等字組合，以爲反襯者，此其隸事之一法。觀其隸事成聯，或類聚相似之情，或連接典言之裁，數事綜採，鎔鑄多方，既求篇體之美，彌創新變之調。

神祇所命，非惟太室之祥；圖牒斯歸，何止堯門之瑞。（徐陵〈勸進梁元帝表〉）

祥圖遠至，非唯赤伏之符；靈命昭然，何止黃星之氣。（徐陵〈梁禪陳璽書〉）

清文滿篋，非惟芍藥之花；新製連篇，寧止蒲萄之樹。（徐陵〈玉臺新詠序〉）

蕭勃干紀，非唯趙倫；侯景滔天，逾於劉載。（徐陵〈陳武帝下州郡璽書〉）

櫟陽居民，非惟景丹之封；曲逆户口，豈但陳平之國。（庾信〈周柱國大將軍長孫儉神道碑〉）

皇運已殆，何殊贅旒；中國搖然，非徒如綫。（徐陵〈陳公九錫文〉）

是知漢陽郡前，非徒武侯之廟；臨淄城下，豈獨樂公之社。（庾信〈周柱國大將軍長孫儉神道碑〉）

非止湯羅，豈知堯德。（徐陵〈為護軍長史王質移文〉）

來獻白環，豈直皇虞之世；入貢素雉，非止隆周之日。（徐陵〈梁禪陳詔〉）

愚謂大庭、少昊，非有定居；漢祖、殷宗，皆無恒宅。（徐陵〈勸進梁元帝表〉）

昔自軒農炎昊，曾無宣國之規；虞夏商周，非有代戎之略。（徐陵〈為貞陽侯與太尉王僧辯書〉）

夫以受爲寇，非有晉邦；不送爲讎，終無楚國。（徐陵〈又為貞陽侯答王太尉書〉）

鳴笳鳳管，非有或聞；僊女歌姬，空勞反歃。（徐陵〈諫仁山深法師罷道書〉）

觀其述古事以申今事，寫古情以表今情，雖曰一句，鎔庶美而熠燿；言僅數詞，聚眾義而煒燁。

（五）「豈直」例

徐庾麗辭，有以「豈直、豈惟、豈如、豈若、豈止、豈但、豈徒、豈圖、豈獨、豈得」等字綰合，以爲反襯者，此其隸事之一法。

鮑照〈河清頌〉云:「豈徒世無窮人,民獲休息,朝呼韓、罷酤鐵而已哉。」〔註118〕王儉〈太宰文簡褚彥回碑文〉云:「豈唯哀纏一國,痛深一主而已哉。」〔註119〕沈約〈齊故安陸昭王碑〉云:「豈唯僑終蹇謝,興謠輟相而已哉。」〔註120〕任昉〈齊竟陵文宣王行狀〉云:「豈徒舂人不相,傾鄽罷肆而已哉。」〔註121〕並「豈」字領起,以爲反襯。有唐韓翃〈爲田神玉謝茶表〉云:「吳主禮賢,方聞置茜;晉臣愛客,纔有分茶。豈如澤被三軍,仁加十乘。」蔣士銓評:「六朝人慣用此法。」〔註122〕其時藝文大昌,作者輻輳。雖復緣情造端,而方冊之載猶是;摛文染翰,而縹囊之詠已先。徐庾乃目窮五嶽,知取材之必富;胸闢九淵,見隸事之多能。蓋所謂能攀於前修,克光於後進者歟!

> 豈直西河女子,獨見銀臺;東海婦人,先逢金闕。(庾信〈周譙國公夫人步陸孤氏墓誌銘〉)
>
> 豈直雲中太守,見赤心之奉主;蓬萊童子,知白環之報恩。(庾信〈齊王進赤雀表〉)
>
> 豈直不聽雜樂,以變齊國之風;不食鮮禽,以斷荊王之獵。(庾信〈周車騎大將軍贈小司空宇文顯和墓誌銘〉)
>
> 豈直童子明經,書生說卦而已。(庾信〈周車騎大將軍賀婁公神道碑〉)
>
> 豈直西河有守,智足抗秦;建平有城,威能動晉而已也。(庾信〈周大將軍懷德公吳明徹墓誌銘〉)

〔註118〕〔宋〕鮑照:《鮑參軍集》,見〔明〕張溥輯:《漢魏六朝百三名家集》,冊3,頁455。

〔註119〕〔齊〕王融:《王文憲集》,見〔明〕張溥輯:《漢魏六朝百三名家集》,冊3,頁617。

〔註120〕〔梁〕沈約:《沈隱侯集》,見〔明〕張溥輯:《漢魏六朝百三名家集》,冊4,頁528。

〔註121〕〔梁〕任昉:《任中丞集》,見〔明〕張溥輯:《漢魏六朝百三名家集》,冊4,頁652。

〔註122〕〔明〕王志堅編,〔清〕蔣士銓評:《評選四六法海》,頁101。

豈直吟嘯谿谷，回翔鸞鳳而已哉。（庾信〈為晉陽公進玉律秤尺斗升表〉）

豈直雙龍再賜，九雉重飛而已哉。（庾信〈賀傳位於皇太子表〉）

豈直謂之鶉火，稱之縉雲而已哉。（庾信〈周上柱國宿國公河州都督普屯威神道碑〉）

豈直允諧上將，匡贊中軍而已哉。（庾信〈周大將軍聞嘉公柳遐墓誌〉）

豈直白石開渠，青鹽換粟，祥雲入境，行雨隨軒而已哉。（庾信〈周兗州刺史廣饒公宇文公神道碑〉）

豈直熊熊旦上，增城抱日月之光；緂緂宵飛，南斗觸蛟龍之氣。（庾信〈趙國公集序〉）

豈直皋繇爲士，國無不仁；隨會爲卿，民無群盜。（庾信〈周上柱國齊王憲神道碑〉）

豈直六郡良家，五營騎士，懸知正正之旗，遙識堂堂之陣。（庾信〈周柱國大將軍大都督同州刺史爾綿永神道碑〉）

豈直鄧攸清白，見稱五鼓之歌；齊寵廉能，名爲一錢之郡。（庾信〈周大將軍義興公蕭公墓誌銘〉）

豈惟更盈毀璧，宜僚下丸而已哉。（徐陵〈東陽雙林寺傅大士碑〉）

豈惟寶積獻蓋，文成七言；釋子彈琴，歌爲千偈而已。（徐陵〈東陽雙林寺傅大士碑〉）

豈惟桓氏之鳴玉，張家之珥貂，袁姓之朱衣，楊宗之華轂。（徐陵〈晉陵太守王勱德政碑〉）

豈惟晉皇寵悼，重琅邪之贈官；魏后高文，制蒼舒之哀誄。（徐陵〈河東康簡王墓誌〉）

豈惟路鼓靈鼗，空桑孤竹。廣矣大矣，輪焉奐焉。（庾信〈賀新樂表〉）

豈惟立義之婦，邑以延鄉；有禮之妻，封之石窌。（庾信〈周安昌公夫人鄭氏墓誌銘〉）

豈如張陵弟子，自墜高巖；孫泰門人，競投滄海。（徐陵〈答周處士書〉）

豈如鄧學《春秋》，儒者之功難習；竇傳黃老，金丹之術不成。（徐陵〈玉臺新詠序〉）

豈如五時八會之殊文，天上人中之妙典。（徐陵〈丹陽上庸路碑〉）

豈如運石裔泉，纔通櫟陽之殿；穿渠穀水，直繞金墉之城。（庾信〈終南山義谷銘序〉）

豈若盡在輿地，書茲里門；仰述天經，光臨父母。（徐陵〈孝義守碑〉）

豈若醴泉消疾，聞乎建武之朝；神水蠲痾，在乎咸康之世。（庾信〈溫湯碑〉）

豈若五王登朝，必司賓主之禮；六龍御轡，取定鸞和之節。（庾信〈周太子太保步陸逞神道碑〉）

豈止千兵五校，白雀黃龍而已哉。（徐陵〈陳公九錫文〉）

豈止悲聞帝瑟，泣望羊碑；一詠歌梁之言，便掩盈懷之淚。（徐陵〈與李那書〉）

豈止金門桴竹，玉尺調鍾，公帶獻明堂之圖，匡衡建后土之議，若斯而已矣。（徐陵〈丹陽上庸路碑〉）

豈止竹葦兩草，共垂甘露；青赤三氣，同爲景星。（庾信〈三月三日華林園馬射賦〉）

豈止莊姬掩口，楚相知慚；定姜問兆，齊兵不入。（庾信〈周趙國夫人紇豆陵氏墓誌銘〉）

豈止郊天祀地，龍門嶰谷之聲；贊鼓頒旗，白露涼風之月。（庾信〈周太子太保步陸逞神道碑〉）

豈但商頌十篇，得諸太師之室；虞書五禮，取於恭王之宮。（庾信〈賀新樂表〉）

豈徒豳王徙雍，朞月爲都；姚帝遷河，周年成邑。（徐陵〈在北齊與楊僕射書〉）

豈圖蒼旻不弔，國步艱難，皇嗣元良，藐在崤渭。（徐陵〈陳文帝登祚尊皇太后詔〉）

豈獨司隸之臺，鮑宣累葉；丞相之府，韋賢重代。（庾信〈周大將軍趙公墓誌銘〉）

豈得掩顯姓於軒轅，非才子於顓頊。（徐陵〈勸進梁元帝表〉）

豈得稱族而行尊君之命。（庾信〈周大將軍趙公墓誌銘〉）

豈以鄉名穀熟，邑號禾興而已哉。（徐陵〈與王僧辯書〉）

以上眾例，皆關係聲情，音轉瀏亮，或以「豈直」、「豈惟」等字撇開，或以「而已哉」挫下，是以金石聲流，波濤吻縱。

夫辭采欲巧，用事欲繁，此麗辭之特色也。是以句之構也，隸事與焉；章之成也，修辭含焉。隸事所以構句，修辭所以成章。隸事爲賓，修辭爲主，賓主合觀，法門必現。是以微而察之，無非鎔鑄之功；宏而觀之，即是虛實之倚。虛字實字，俱能相銜；明典暗典，並得鋪展。然後知徐庾隸事，多得虛實相倚之法。蔣士銓云：「隸事之法，以虛活反側爲上，平正者下矣。……試觀庾氏之文，類皆一虛一實，一反一側，而正用者絕少。」〔註 123〕虛活反側者，即活法之謂也。孫梅《四六叢話》云：「文章一技，自有活法。若膠古人之成跡，而不能點化其語句，此乃謂之死法。」〔註 124〕徐庾頗變舊體，風調常新，由其用典能活也。孫德謙亦云：「文章之妙，不在事事徵實，若事事徵實，易傷板滯。後之爲駢文者，每喜使事，而不能行清空之氣，非善法六朝者也。」〔註 125〕

若乃一虛一實者，或以虛字領實字，或以暗典銜實典。觀其甫合即開，乍即旋離，篇有勁氣，文成活法，所以夷猶蕩漾，曲折生姿。至於正用與反用之例，前人論矣；虛字領實字之法，上文詳焉。

〔註 123〕〔明〕王志堅編，〔清〕蔣士銓評：《評選四六法海》，〈總論〉，頁 12。

〔註 124〕〔清〕孫梅：《四六叢話》（臺北：世界書局，1984 年 9 月），頁 73。

〔註 125〕孫德謙：《六朝麗指》，收入王水照編：《歷代文話》，冊 9，頁 8479。

第四節　虛字有生氣之妙

劉宋以降，駢文肇興，化語渾成，潛氣內轉，雖少虛字，而似斷非斷，以其駢中寓散，氣體古質。齊梁而來，四六漸採，散句稍無，而虛字行焉。夫文章結構，虛實相生，實字之為形體，虛字之為血脈。虛字領實，遂暢生活之氣；實字銜虛，乃有動宕之情。宋樓昉謂〈北山移文〉「當看節奏紆徐，虛字轉折處」。〔註 126〕許槤亦云：「此六朝中極雕繪之作，……其妙處尤在數虛字旋轉得法。」〔註 127〕若虛字之用，實文家之功，譬寸轄制輪，尺樞運關。劉知幾云：「夫人樞機之發，亹亹不窮，必有徐音足句，為其始末。是以伊、惟、夫、蓋，發語之端也；焉、哉、矣、兮，斷句之助也。去之則言語不足，加之則章句獲全。」〔註 128〕若乃麗壇元祖，〔註 129〕已開虛字之能；〔註 130〕徐庾宗師，即用新變之體。觀其文中，常見虛字逞奇，生氣遠出者。

一、虛字表現為連詞

夫世代屢改，摛文之術非一；時事遷移，屬詞之體或異。何以明其然耶？昔劉宋作者，英采雲搆，傅亮之徒，音有抗墜。文章隱秀以入化，潛氣內轉〔註 131〕而無迹。是以句句貫通，字字相銜。齊梁之間，文士輩出。徐摛、肩吾，並擅雕章。染翰造端，唯務瀏亮之音；驅辭斧藻，不離虛字之能。劉師培云：「使後人為之，不用虛

〔註 126〕〔宋〕樓昉：《崇古文訣評文》，收入王水照編：《歷代文話》，冊 1，頁 469。

〔註 127〕〔清〕許槤評選，黎經誥注：《六朝文絜箋注》，頁 137。

〔註 128〕〔唐〕劉知幾著，〔清〕浦起龍通釋：《史通通釋》，〈浮詞〉，頁 146。

〔註 129〕陳師松雄以陸機為麗壇元祖。見〈陸機之家世及其在麗壇之地位〉，《東吳中文學報》第 16 期（2008 年 11 月），頁 13。

〔註 130〕陸機〈弔魏武帝文〉，百餘字中，用「夫」表發語，「亦」表承接，「然」表轉折，「豈不」表反問，「而」表遞進，「已而」表感嘆。見陳鵬：《六朝駢文研究》（成都：巴蜀書社，2009 年 5 月），頁 285。

〔註 131〕孫德謙：《六朝麗指》：「文章承轉，上下必有虛字，六朝則不然，往往不加虛字，而其文氣已轉入後者。」收入王水照編：《歷代文話》，冊 9，頁 8459。

字則不能轉折（如事之較後者必用『既而』『然後』，另起一段者必用『若夫』之類）。不分段落則不能清晰，未有能如漢人之一氣呵成，轉折自如者也。」〔註 132〕又云：「自魏晉以後，文章之轉折，雖名手如陸士衡亦輒用虛字以明層次。降及庾信，迹象益顯。」〔註 133〕清人張謙宜則云：「古人承接轉合，全在虛字。」〔註 134〕劉大櫆亦云：「文必虛字備而後神態出。」〔註 135〕然則漸用虛字，促文體之新變。夫音轉瀏亮，遂成圓美之調；辭尚虛字，漸入纖巧之塗。若乃徐庾文體，清新自然。循其金石之音，不外律呂之奉。駕虛字以承轉，鍊勁氣以生活。松雄先生云：「文章巧拙，在乎篇意晦明；篇意晦明，繫乎連詞靈滯。」〔註 136〕積句之妙，託虛字以開闔；裁章之工，貫生氣而頓挫。

徐陵〈長干寺眾食碑〉

昔炎皇肇訓，稷正修官，信矣民天之言，誠哉國寶之義。自非道登正覺，安住於大般涅槃；行在眞空，深入於無爲般若。則菩薩應化，咸同色身；諸佛淨土，皆爲揣食。證常住者，爰乞乳糜；補尊位者，猶假香飯。亦有三心未滅，七反餘生，應會天宮，就齋龍海。況復纔居地轉，咸憩珠庭，固以皆種仙禾，並資靈粟者矣。法師常願以智慧火，燒煩惱薪，普施眾生，同餐甘露。況復安居自恣，願學高年，或次第於王城，猶棲遑於貧里。迦留乞䴵，苦用神通；須達請飯，致貽豪貴。於是思營眾業，願造坊廚，庶使應供之僧，皆同自然之食。升堂濟濟，無勞四輩之類；高廩

〔註 132〕劉師培：《漢魏六朝專家文研究》，見《中國中古文學史講義（附《漢魏六朝專家文研究》）》，頁 115。

〔註 133〕劉師培：《漢魏六朝專家文研究》，見《中國中古文學史講義（附《漢魏六朝專家文研究》）》，頁 116。

〔註 134〕〔清〕張謙宜：《絸齋論文》，收入王水照編：《歷代文話》，冊 4，頁 3887。

〔註 135〕〔清〕劉大櫆：《論文偶記》，收入王水照編：《歷代文話》，冊 4，4113。

〔註 136〕陳師松雄：〈徐庾麗辭同體異風說〉，頁 7。

峨峨，恒有千食之備，其外鐵市銅街，青樓紫陌，辛家黑白之里，甲第王侯之門，莫不供施相高，資儲轉眾。法師善巧方便，漚和舍羅，教授滋生，隨年增長。假使桑林不雨，郗水揚波，猶厭稻粱，永無饑乏。加以五鹽具足，七菜芳軟，餅類天廚，果同香樹。爨鼎之大，般王未逢；糜鑊之深，齊都非擬。昆吾在次，皆鳴鷲嶺之鐘；暘谷初升，同洗龍池之缽。

庾信〈爲晉陽公進玉律秤尺斗升表〉

臣某言：臣聞三才既立，君臣之道已陳；六位時成，禮樂之功斯正。故以叶和日月，測度陰陽，悦豫兆人，儀刑萬國者也。伏惟皇帝，應籙馭天，披圖受命，據太陽而懸象，履文昌而建極。白環表讓德之符，玄珪告成功之瑞。太階既平，升中可習。必當水逮千年，山稱萬歲。伏見敕旨，刊正音律，平章曆象。奏黃鐘而歌大呂，變孤竹而舞《雲門》，莫不遠取疏通，聲從安樂。四分既明，三微且定。是以聞鐘於洛浦，即辨聲乖；聽鐸於邯鄲，先知響韻。二分二至，行於司曆之官；九變九成，被於中和之職。足以動天地，感鬼神，被風俗，平寒暑。豈直吟嘯谿谷，回翔鸞鳳而已哉！是知零陵廟前，徒尋舜管；始平城下，空論周尺。臣聞上制其禮，下習其儀，君定其法，臣行其事。謹造玉律一具，並玉秤、尺、斗、升、合等，始得成功。至於分粟絫黍，量絲數龠，實以仰稟聖規，詳參神思。所冀節移陰管，無勞河内之灰；氣動陽鐘，不待金門之竹。而琬琰事輕，般倕慮淺，不足展采成均，增輝度量。賫器奉表以聞。

觀其妙用虛字，轉折裕餘；巧鍊氣體，舒卷靈利，加以隨開隨合，忽頓忽挫。離之謂也，倏然颺開；合之謂也，旋復折轉。氣能曲，筆能折。如蜻蜓之點水，往復弄姿；似蛺蝶之穿花，翩韆起舞。是以玉屑爭飛，金丸迸落。而文章之生氣出矣。蔣士銓評：「千百年來，風調常新，由其熟於避實就虛之法，開合斷續之機也。」〔註 137〕朱一新

〔註 137〕〔明〕王志堅編，〔清〕蔣士銓評：《評選四六法海》，頁 137。

云：「駢文自當以氣骨爲主，其次則詞旨淵雅，又當明於向背斷續之法。向背之理易顯，斷續之理則微。語語續而不斷，雖悅俗目，終非作家。惟其藕斷絲連，乃能迴腸蕩氣。」〔註 138〕

二、虛字表現爲詞彙

蓋麗辭之造，字有定準，四字密而不促，六字格而非緩，〔註 139〕四字六字，用句之權衡也。徐庾屬辭比事，皆有次第，妙運虛字，相接成用。一句之中，虛實相倚。觀其幽深窈眇之處，潔靜精微之旨，即虛字領實字也。夫實字健句，典故所以鎔鑄；虛字行氣，血脈所以流轉。鎔鑄之句，待虛字而義顯；流轉之氣，運實字而用大。隸事之法，前言論矣：或以比況隸事，或以夸飾隸事，或以映襯隸事。至如「無待」、「非勞」，「不無」、「非惟」，並成詞彙，即是特色。其虛字成詞者，或以副詞飾動詞，或以副詞飾形容詞，或以副詞飾副詞，於是風格生焉，體製新矣。

【足笑】

遊斯隱士，足笑皷皮；入彼春林，方誇笋籜。（庾信〈謝滕王賚巾啓〉）

翻驚河伯，足笑任公；終年垂釣，獨不愛人。（庾信〈謝趙王賚乾魚啓〉）

按：此庾信所用，徐陵無之。

【足光】

有美河魴，足光形史。（庾信〈周大將軍隴東郡公侯莫陳君夫人竇氏墓誌銘〉）

七子賦詩，足光賓客；三卿從政，實靜諸侯。（庾信〈周冠軍公夫人烏石蘭氏墓誌銘〉）

〔註 138〕〔清〕朱一新：《無邪堂答問》（北京：中華書局，2003 年 6 月），頁 91。

〔註 139〕見《文心雕龍・章句》。

按：此庾信所用，徐陵無之。其他有「足起」、「足驚」、「足擬」、「足傷」等，以足字飾動詞。

【惟知】

嘉石肺石，無以測量；舌端筆端，惟知繁擁。（庾信〈答趙王啓〉）

況復驚鴻別水，但見徘徊；黃鶴去關，惟知反顧。（庾信〈謝趙王賚馬并繖啓〉）

按：此庾信所用，徐陵無之。其他有「惟遲」、「惟擬」、「惟餘」、「惟以」、「惟謀」等，以惟字飾動詞。

【偏蒙】

上天降雨，特垂深澤；若水流光，偏蒙私照。（庾信〈謝趙王賚馬并繖啓〉）

昔陽平太守，別降紅粟之恩；荊州刺史，偏蒙衮衣之賜。（庾信〈周使持節大將軍廣化郡開國公丘乃敦崇傳〉）

按：此庾信所用，徐陵無之。其他有「偏開」、「偏多」、「偏知」、「偏爲」等，以偏字飾動詞、形容詞。

【或表】

外戚列傳，既聞建武之書；仲山古鼎，或表單于之獻。（庾信〈周趙國夫人紇豆陵氏墓誌銘〉）

凌波青麥，儻逢貞女之墳；隴首白楊，或表賢姬之墓。（庾信〈周冠軍公夫人烏石蘭氏墓誌銘〉）

按：此庾信所用，徐陵無之。其他有「或舞」、「或似」、「或以」、「或用」、「或吟」、「或辨」等，以或字飾動詞。

【更入】

聲含擊石，更入登歌，調起初鍾，還參玉管。（庾信〈賀新樂表〉）

仙人重返，更入桂陽之城；龍種復歸，還尋白沙之路。（庾信〈周柱國大將軍紇干弘神道碑〉）

開新安之鄉，還移楊僕之關；解弘農之圍，更入劉昆之郡。（庾信〈周隴右總管長史贈太子少保豆盧公神道碑〉）

長沙楚鐵，更入兵欄；洞浦藏犀，還輸甲庫。（庾信〈周大將軍懷德公吳明徹墓誌銘〉）

按：此庾信所用，徐陵無之。其他有「更開」、「更紀」、「更延」、「更入」等，以更字飾動詞。

【尚想】

眷言潁水，徒抱素心；尚想汾陽，無因高蹈。（徐陵〈為陳武帝與周宰相書〉）

丘園版築，尚想來儀；公室皇枝，豈不虛遲。（徐陵〈為貞陽侯答王太尉書〉）

按：此徐陵所用，庾信無之。

【尚得】

昔淵魚聽曲，尚得聳鱗；櫪馬聞絃，猶能仰秣。（庾信〈賀新樂表〉）

對天山之積雪，尚得開襟；冒廣樂之長風，猶當揮汗。（庾信〈謝趙王賚白羅袍袴啓〉）

按：此庾信所用，徐陵無之。

【獨見】

豈直西河女子，獨見銀臺；東海婦人，先逢金闕。（庾信〈周譙國公夫人步陸孤氏墓誌銘〉）

未飛玄鶴，先聞金石之聲；不上赤城，獨見煙霞之氣。（庾信〈進象經賦表〉）

按：此庾信所用，徐陵無之。

【咸為】

而孫、甯之黨，翻啓狄心；伊、洛之間，咸爲虜戍。（徐陵〈陳公九錫文〉）

胡服縵纓，咸爲戎俗；高冠厚履，希復華風。（徐陵〈陳公九錫文〉）

按：此徐陵所用，庾信無之。陵一篇之中兩用之。

【咸能】

並有著書，咸能自序。（庾信〈哀江南賦〉）

離經辨志，並是成名；入室生光，咸能顯德。（庾信〈陝州弘農郡五張寺經藏碑〉）

按：此庾信所用，徐陵無之。其他有「咸預」、「咸高」、「咸憩」等，以咸字飾動詞。

【即用】

秦皇餘石，仍爲鴈齒之階；漢武舊陶，即用魚鱗之瓦。（庾信〈溫湯碑〉）

尋盟出境，即用和鄰之儀；入國聞喪，仍從會葬之禮。（庾信〈周車騎大將軍賀婁公神道碑〉）

按：此庾信所用，徐陵無之。

【即有】

纔臨都尉之境，即有樓船之役。（庾信〈陝州弘農郡王張寺經藏碑〉）

昔者繁昌祠前，即有黃金之碣；德陽墓下，猶傳青石之碑。（庾信〈周車騎大將軍賀婁公神道碑〉）

漬而爲種，不無霜雪之情；取以論兵，即有山川之勢。（庾信〈謝趙王賚米啓〉）

河洛之地，即有民人；虢鄶之君，非無郡邑。（庾信〈周大將軍襄城公鄭偉墓誌銘〉）

按：此庾信所用，徐陵無之。

【即是】

郊禋楚翼，寧非祀夏之君；龕定京師，即是匡周之霸。（徐陵〈在北齊與楊僕射書〉）

有節有度，即是能平八風；愈唱愈高，殆欲去天三尺。（庾信〈謝滕王集序啓〉）

故知昔之東京，既稱炎漢再受；今之周曆，即是酆都中興。（庾信〈周上柱國齊王憲神道碑〉）

西入上書，仍爲秦王之相；東向問計，即是韓王之師。（庾信〈周驃騎大將軍開府儀同三司冠軍柴烈李夫人墓誌銘〉）

按：其他尚有「即起」、「即爲」、「即用」、「即受」、「即陪」、「即以」、「即變」、「即已」等，以即飾動詞、副詞。

【便是】

關中醜虜，寧非冒頓之鋒；齊國強兵，便是軒轅之陣。（徐陵〈為貞陽侯重與王太尉書〉）

湖陽之尉，既成爲喜之因；舂陵之侯，便是銷憂之地。（庾信〈謝滕王集序啓〉）

按：其他尚有「便須」、「便當」、「便從」、「便是」等，以便飾動詞。

【既成】

湖陽之尉，既成爲喜之因；舂陵之侯，便是銷憂之地。（庾信〈謝滕王集序啓〉）

思皇多士，既成西伯之功；俊德克明，乃定南巢之伐。（庾信〈周柱國大將軍長孫儉神道碑〉）

按：此庾信所用，徐陵無之。其他有既無」、「既非」、「既成」、「既封」、「既聞」、「既遭」、「既乏」、「既彰」等，以既字飾動詞。

【非云】

蚩尤三冢，寧謂嚴誅；王莽千剸，非云明罰。（徐陵〈勸進梁元帝表〉）

八王故事，曾未混淆；九州春秋，非云禍亂。（徐陵〈與王僧辯書〉）

非云背信，豈曰渝盟。（徐陵〈為貞陽侯答王太尉書〉）

立茲幼弱，非曰大勳；滅我宗祊，何所逃釁。（徐陵〈為貞陽侯重答王太尉書〉）

震維舉德，非曰尚年；若發居豐，猶莊在漢。（徐陵〈丹陽上庸路碑〉）

按：此徐陵所用，庾信無之。

【殊非】

階無玉璧，既異河間之碑；户不金鋪，殊非許昌之賦。（庾信〈三月三日華林園馬射賦〉）

北郭騷之長貧，是所甘愜；南宮敬之載寶，殊非念望。（庾信〈謝趙王賚犀帶等啓〉）

按：此庾信所用，徐陵無之。

【寧非】

郊禋楚翼，寧非祀夏之君；龕定京師，即是匡周之霸。（徐陵〈在北齊與楊僕射書〉）

宮闈祕事，皆若雲霄；英俊訏謨，寧非帷幄。（徐陵〈在北齊與楊僕射書〉）

河橋馬度，寧非宋典之姦；關路雞鳴，皆是田文之客。（徐陵〈在北齊與楊僕射書〉）

關中醜虜，寧非冒頓之鋒；齊國強兵，便是軒轅之陣。（徐陵〈為貞陽侯重與王太尉書〉）

諸侯釋位，寧非禍亂之朝；宗子維城，本濟殷憂之日。（徐陵〈為貞陽侯與陳司空書〉）

按：此徐陵所用，庾信無之。

【翻為】

荊、衡之賦千乘，莫敢加兵；虢、會之封十城，翻爲獻邑。（庾信〈周兗州刺史廣饒公宇文公神道碑〉）

山非宋國，翻爲節女之陵；地異荊臺，遂有賢妃之墓。（庾信〈周大都督陽林伯長孫瑕夫人羅氏墓誌銘〉）

按：此庾信所用，徐陵無之。其他有「翻若」、「翻爲」、「翻驚」、「翻能」、「翻臨」、「翻逢」等，以翻字飾動詞。

【直對】

況復松檟飄颻，方臨武威之戍；丘陵迴遠，直對臨洮之城。（庾信〈周車騎大將軍賀婁公神道碑〉）

樗里子之墳，正臨武庫；太史公之墓，直對臯門。(庾信〈周大將軍義興公蕭公墓誌銘〉)

按：此庾信所用，徐陵無之。其他有「直拜」、「直走」、「直問」、「直會」、「直推」、「直繞」等，以直飾動詞。

【無踰】

溟池九萬里，無踰此澤之深；華山五千仞，終愧斯恩之重。(庾信〈謝滕王集序啓〉)

天帝賜年，無踰此樂；仙童贈藥，未均斯喜。(庾信〈謝明帝賜絲布等啓〉)

從雲夢之田，不踰此樂；得豐城之劍，未均斯喜。(庾信〈謝趙王賚絲布等啓〉)

按：此庾信所用，徐陵無之。

【無由】

正恐南陽菊水，竟不延齡；東海桑田，無由佇望。(徐陵〈在北齊與楊僕射書〉)

黃石兵法，寧可再逢；三併茅廬，無由兩遇。(徐陵〈諫仁山深法師罷道書〉)

犍爲舍人，實有誠願；碧雞主簿，無由遂心。(庾信〈謝趙王示新詩啓〉)

【無復】

武皇之子，無復一人；藐是孤孫，還同三叛。(徐陵〈為貞陽侯與太尉王僧辯書〉)

空思出水之蓮，無復迴風之雪。(庾信〈擬連珠〉)

孟津以北，無復封畿；嵩山以南，即爲鋒鏑。(庾信〈周大將軍司馬裔神道碑〉)

廉頗眷戀，寧聞更用之期；李廣盤桓，無復前驅之望。(庾信〈周大將軍懷德公吳明徹墓誌銘〉)

況復仙臺永別，無復蕭聲；傅母長歸，惟留琴曲。(庾信〈周

趙國夫人紇豆陵氏墓誌銘〉）

【無異】

軒車滿路，如看太學之碑；街巷相塡，無異華陰之市。（徐陵〈與李那書〉）

兵車所獲，雖同長萬之來；恩澤從容，無異荀罃之禮。（徐陵〈報尹義尚書〉）

按：此徐陵所用，庾信無之。其他有「無時」、「無聞」、「無申」、「無關」、「無慚」、「無容」等，以無字飾名詞、動詞。

【未足】

雖復八風並唱，未足頌其英聲；六樂俱陳，無以歌其神武。（庾信〈賀平鄴都表〉）

張超之壁，未足贛風；袁安之門，無人開雪。（庾信〈謝趙王賚絲布啓〉）

按：其他有「未盡」、「未擬」、「未動」、「未知」、「未嘗」等，以未飾動詞。

【實有】

楚城鄰境，實有讓田；吳人對營，無妨贈藥。（庾信〈周柱國大將軍長孫儉神道碑〉）

犍爲舍人，實有誠願；碧雞主簿，無由遂心。（庾信〈謝趙王示新詩啓〉）

莊周車轍，實有涸魚；信陵鞭前，原非窮鳥。（庾信〈謝趙王賚絲布啓〉）

配於上相，即陪玄扈之圖；居於京師，實有杞橋之策。（庾信〈周上柱國宿國公河州都督普屯威神道碑〉）

按：其他尚有「實饗」、「實表」、「實貴」、「實允」、「實擾」、「實念」、「實秉」、「實掩」、「實思」等，以實飾動詞。

【必有】

山嶽崩頽，既履危亡之運；春秋迭代，必有去故之悲。（庾

信〈哀江南賦〉）

是以章華之下，必有思子之臺；雲夢之傍，應多望夫之石。（庾信〈擬連珠〉）

按：此庾信所用，徐陵無之。

【遂有】

始遊庠塾，不無儒者之榮；或見兵書，遂有風雲之志。（庾信〈周兗州刺史廣饒公宇文公神道碑〉）

山非宋國，翻爲節女之陵；地異荊台，遂有賢妃之墓。（庾信〈周大都督陽林伯長孫瑕夫人羅氏墓誌銘〉）

按：此庾信所用，徐陵無之。

【是所】

陸士衡聞而撫掌，是所甘心；張平子見而陋之，固其宜矣。（庾信〈哀江南賦序〉）

北郭騷之長貧，是所甘愜；南宮敬之載寶，殊非念望。（庾信〈謝趙王賚犀帶等啓〉）

蘭臺石室，是所洽聞；白馬飛狐，逾高詞氣。（庾信〈周大將軍聞嘉公柳遐墓誌〉）

按：此庾信所用，徐陵無之。

【之所】

馬援之所不屆，陶璜之所未聞。（徐陵〈陳公九錫文〉）

淩雲概日，由余之所未窺；萬户千門，張衡之所曾賦。（徐陵〈玉臺新詠序〉）

百樓不戰，雲梯之所未窺；萬弩齊張，高輣之所非敵。（徐陵〈陳公九錫文〉）

濟北移樹，累政之所未治；汝南爭水，連年之所無斷。（徐陵〈晉陵太守王勱德政碑〉）

按：此徐陵所用，庾信無之。

【所以】

時危所以貞固，運泰所以光熙。（徐陵〈陳公九錫詔〉）

至如嬀汭有禮，皇源所以前興；周女斯歸，陳宗所以流慶。（徐陵〈孝義寺碑〉）

五德更運，帝王所以御天；三正相因，夏殷所以宰世。（徐陵〈陳武帝即位詔〉）

五雲曖䨴，鱗宗所以效靈；六氣氛氳，柔和所以高氣。（徐陵〈殊物詔〉）

夫四王革代，商周所以應天；五勝相推，軒羲所以當運。（徐陵〈陳武帝下州郡璽書〉）

按：此徐陵所用，庾信無之。

泛覽眾例，或於句首，或於句中，句首有領實字之功，句中有當連詞之效，並成詞彙，咸有文法。後進爭相模範，競爲傳寫，或獵其豔辭，或拾其香草，豈不由此悟入哉？

三、虛字表現爲句法

蓋麗辭雙流，必窮並駕之巧；構句對比，亦盡聯想之用。正對反對，語義所以開合；正比反比，感知所以落差。凡屬文之人，常須作意，巧運言詞，精練意魄。郭紹虞論駢文文法，以爲揉虛實以造句。〔註 140〕對比之中，虛字逞能。近儒王葆心云：「手筆欲好，必先善用虛字，絕無他巧。」〔註 141〕徐庾篇體高華，其有慣用虛字者，如：已、即、並、俱、終、必、遂、既、實、才、止、未、無、猶、尚、恒、仍、或、彌、惟、方、時、足、先、獨、更、還、豈、頗、偏、特、愈、新、何、殆、翻、有、幾、共、殊、深、能、應、詎、直、宜、斯等字。又有相對舉出，衍爲句法者。察其虛實相生，既成麗辭之法；二字對舉，更開慣用之句。觀其張弛、正反之聯，順逆、抑揚之比，節奏斯出，韻律遂生。

〔註 140〕郭紹虞：〈駢文文法初探〉，《照隅室語言文字論集》（上海：上海古籍出版社，1985 年 4 月），頁 410。按：郭氏於此論駢文文法，重在虛詞如何配合實詞以造詞造句。

〔註 141〕王葆心：《古文詞通義》，收入王水照編：《歷代文話》，冊 8，頁 7587。

前人謂徐庾清新富麗，漸趨便易，〔註142〕語不誣也。

【既方對舉】

公既膺王聘，方啓六韜。（徐陵〈司空徐州刺史侯安都德政碑〉）

既挂膽於西州，方燃臍於東市。（徐陵〈勸進梁元帝表〉）

既見貶於桐宮，方謀危於漢閣。（徐陵〈陳公九錫文〉）

既景煥於圖書，方葳蕤於史牒。（徐陵〈陳公九錫文〉）

獻歲刑書，既應懸法；上春木鐸，方須徇人。（庾信〈答趙王啓〉）

東方朔之捧米，既息長饑；西門豹之墾田，方慚此賚。（庾信〈謝趙王賚米啓〉）

刺史賈逵之碑，既生金粟；將軍衛青之墓，方留石麟。（庾信〈周隴右總管長史贈太子少保豆盧公神道碑〉）

按：既，副詞，已經也。方，副詞，方才也。

【既還對舉】

南冠獲宥，既預禮延；稚子勝衣，還蒙拜謁。（庾信〈又謝趙王賚息絲布啓〉）

丹鳥銜穟，既集西周；黃雀隨車，還飛東市。（庾信〈謝趙王賚米啓〉）

東武亭之妻，既稱有秩；南城侯之婦，還聞受封。（庾信〈周譙國公夫人步陸孤氏墓誌銘〉）

陽陵之溢既奔，華陰之學還聚。（庾信〈周大將軍襄城公鄭偉墓誌銘〉）

合葬非古，既異三王之前；死則同穴，還同六載之始。（庾信〈周大將軍襄城公鄭偉墓誌銘〉）

衣其翟服，既得宗婦之儀；乘其魚軒，還從列國之禮。（庾信〈周儀同松滋公拓跋競夫人尉遲氏墓誌銘〉）

按：既，副詞，已經也。還，副詞，仍也。

〔註142〕〔清〕朱一新：《無邪堂答問》：「徐庾清新富麗，誠爲駢文正軌，然已漸趨便易。」頁90。

【既實對舉】

既言多於忌刻，實志勇而形殘。（庾信〈哀江南賦〉）

於時天道西北，既稟謀謨；馬首東南，實資匡贊。（庾信〈周使持節大將軍廣化郡開國公丘乃敦崇傳〉）

君子至止，既紹虞賓；鳳凰于飛，實興齊國。（庾信〈周太子太保步陸逞神道碑〉）

中軍之司，既舉魏絳；上卿之佐，實用荀林。（庾信〈周大將軍崔說神道碑〉）

雲南去來，既留連於楚后；光陰離合，實惆悵於陳王。（庾信〈周趙國夫人紇豆陵氏墓誌銘〉）

按：既，副詞，已經也。實，副詞，確實也。

【既彌對舉】

親鄰之道，既篤夙私；明發之懷，彌敦先好。（徐陵〈為貞陽侯與陳司空書〉）

既欣谷利，彌思青林。（庾信〈謝趙王賚絲布等啓〉）

既傷搖落，彌嗟變衰。（庾信〈哀江南賦〉）

是以器械填委，既包吳漢之功；宮殿崢嶸，彌壯蕭何之法。（庾信〈周上柱國齊王憲神道碑〉）

張坦直諫，既稱荀令之香；鄒湛知言，彌見羊公之德。（庾信〈周大將軍聞嘉公柳遐墓誌〉）

按：既，副詞，已經也。彌，副詞，更加也。

【既復對舉】

憂勞之重，既稟齊恩；忠義之情，復及梁貳。（徐陵〈為貞陽侯重答王太尉書〉）

蓋聞樹彼司牧，既懸百姓之命；及乎厭世，復傾天下之心。（庾信〈擬連珠〉）

臨晉橫船，既擒趙將；馬陵削樹，復下齊兵。（庾信〈周驃騎大將軍開府侯莫陳道生墓誌銘〉）

按：既，副詞，已經也。復，副詞，又也。

【既無對舉】

掌其北門，既爲鄭國所委；捍其西鄙，無懼秦亭之逼。（庾信〈周上柱國宿國公河州都督普屯威神道碑〉）

況復莊謀於衛，既爲社稷之臣；喜對於齊，無廢諸侯之職。（庾信〈周大將軍聞嘉公柳遐墓誌〉）

籍連帝譜，既同盤石；門稱通德，無廢儒林。（庾信〈周安昌公夫人鄭氏墓誌銘〉）

按：既，副詞，已經也。無，副詞，不也。

【既亦對舉】

五千步卒，既謝李陵；三千羸兵，亦等無忌。（徐陵〈又為貞陽侯答王太尉書〉）

楚頃襄之愛子，既布衣而戍谷；魏安釐之母弟，亦羈旅於邯鄲。（庾信〈周大將軍義興公蕭公墓誌銘〉）

按：既，副詞，已經也。亦，副詞，也是也。

【實乃對舉】

是知秦人所止，實漢祖而爲宮；吳都佳氣，乃元皇而斯宅。（徐陵〈太極殿銘〉）

臣聞間平就國，乃盛漢之常儀；郕霍無官，實宗周之明典。（徐陵〈安成王讓錄尚書表後啓〉）

是以素王之業，乃東門之貧民；孤竹之君，實西山之餓士。（庾信〈擬連珠〉）

邑於大亳，實定其居；封於小辛，乃成其姓。（庾信〈周上柱國宿國公河州都督普屯威神道碑〉）

若殷人受氏，乃承微子之封；梁運應圖，實啓延陵之國。（庾信〈周大將軍義興公蕭公墓誌銘〉）

嶓冢導漾，乃濟漢之東流；蔡蒙旅平，實華陽之西極。（庾信〈周大將軍趙公墓誌銘〉）

按：實，副詞，確實也。乃，動詞，是也。

【實遂對舉】

隨何遠至，實釋漢帝之憂；許攸夜來，遂定曹王之業。（庾信〈周柱國大將軍紇干弘神道碑〉）

而身遭禍機，遂爲季布所哭；獲存遺嗣，實賴程嬰之忠。（庾信〈周大將軍瑯邪定公司馬裔墓誌銘〉）

按：實，副詞，確實也。遂，副詞，於是也。

【實雖對舉】

是以譬彼交讓，實半死而言生；如彼梧桐，雖殘生而猶死。（庾信〈擬連珠〉）

雖借人之外力，實蕭牆之內起。（庾信〈哀江南賦〉）

按：實，副詞，確實也。雖，連詞，雖然也。

【實彌對舉】

山間湧水，實表忠誠；室內江流，彌彰純孝。（庾信〈溫湯碑〉）

三秋不沐，實荷今恩；十年一冠，彌欣此賚。（庾信〈謝滕王賚巾啓〉）

按：實，副詞，確實也。彌，副詞，更加也。

【實足對舉】

無雙對問，實踵武於丁鴻；多識舊章，足齊衡於王粲。（庾信〈周大將軍義興公蕭公墓誌銘〉）

七子賦詩，足光賓客；三卿從政，實靜諸侯。（庾信〈周太傅鄭國公夫人鄭氏墓誌銘〉）

按：實，副詞，確實也。足，副詞，値得也。

【還終對舉】

封唐有聖，還承帝嚳之家；居家維賢，終纂高皇之祚。（徐陵〈勸進梁元帝表〉）

是以流慟所感，還崩杞梁之城；灑淚所沾，終變湘陵之竹。（庾信〈擬連珠〉）

按：還，副詞，仍也。終，副詞，終究也。

【方終對舉】

孤骸不返，方爲漢北之塵；營魄知歸，終結江南之草。（徐陵〈與王僧辯書〉）

化雞在臂，方推理於自然；毒蛇傷體，終無擾於深定。（徐陵〈東陽雙林寺傅大士碑〉）

以爲彭、老之教，終沒愛河；儒、墨之宗，方難火宅。（徐陵〈丹陽上庸路碑〉）

按：方，副詞，方才也。終，副詞，終究也。

【皆終對舉】

一一刹土，皆由業緣；萬萬僧祇，終非常樂。（徐陵〈齊國宋司徒寺碑〉）

昔隆周徙播，皆憑晉、鄭之功；強漢阽危，終假盧、牟之力。（徐陵〈為貞陽侯與太尉王僧辯書〉）

按：皆，副詞，都也。終，副詞，終究也。

【猶終對舉】

天宮蹇產，猶傾四大之風；魔殿崔嵬，終懼三災之火。（徐陵〈齊國宋司徒寺碑〉）

胡夷總至，猶持子路之纓；鋒刃相交，終荷溫生之節。（徐陵〈裴使君墓誌銘〉）

按：猶，副詞，仍也。終，副詞，終究也。

【雖終對舉】

據鞍輟哭，雖紹霸圖；獨居掩泣，終討家怨。（徐陵〈為貞陽侯與太示王僧辯書〉）

雖髣髴於神儀，終纏綿於號擗。（徐陵〈陳文帝哀策文〉）

按：雖，連詞，雖然也。終，副詞，終究也。

【未不對舉】

潁陽巢父，不曾令薦許由；商洛園公，未聞求徵綺季。（徐

陵〈答周處士書〉）

善財童子，南行未窺；目連沙門，北遊不見。（徐陵〈齊國宋司徒寺碑〉）

雖復拔山超海，負德未勝；垂露懸針，書恩不盡。（庾信〈謝明皇帝賜絲布等啓〉）

移民下邑，未學邊韶；走馬章臺，不同張敞。（庾信〈周大將軍崔說神道碑〉）

至如官曹案牘，未嘗煩壅；戎馬交馳，不妨餘裕。（庾信〈周大將軍司馬裔神道碑〉）

既而中塗甚雨，未獲圍原；軍師聞喪，不成侵宋。（庾信〈周車騎大將軍賀婁公神道碑〉）

華蓋中天之峰，未階其峻；虞淵浴日之水，不盡其源。（庾信〈周大將軍趙公墓誌銘〉）

按：未，副詞，不也。不，副詞，否也。

【未無對舉】

河無冰而馬渡，關未曉而雞鳴。（庾信〈哀江南賦〉）

雖復八風並唱，未足頌其英聲；六樂俱陳，無以歌其神武。（庾信〈賀平鄴都表〉）

張超之壁，未足贛風；袁安之門，無人開雪。（庾信〈謝趙王賚絲布啓〉）

民知約法，未肯以獄吏爲尊；吏識刑名，無敢以死灰相懼。（庾信〈周柱國大將軍大都督同州刺史爾綿永神道碑〉）

按：未，副詞，不也，無，副詞，不也。沈約〈故齊安陸昭王碑文〉云：「南陽葦杖，未足比其仁；潁川時雨，無以豐其澤。」「弈思之微，秋儲無以競巧；取睽之妙，流睇未足稱奇。」〔註 143〕是其類也。

〔註 143〕〔梁〕沈約：《沈隱侯集》，見〔明〕張溥輯：《漢魏六朝百三名家集》，冊 4，頁 528。

【未猶對舉】

雖三會濟濟，華林之道未孚；千尺巖巖，穰佉之化猶遠。（徐陵〈東陽雙林寺傳大士碑〉）

蜀主的顱，未出檀溪之水；秦王飛雉，猶向南陽之城。（庾信〈周柱國大將軍長孫儉神道碑〉）

祈連猶遠，即受冠軍之侯；沙幕未開，元置長平之府。（庾信〈周柱國大將軍紇干弘神道碑〉）

衛青受詔，未入玉門之關；竇憲當官，猶在燕山之下。（庾信〈周柱國大將軍紇干弘神道碑〉）

柳谷未開，翻逢紫燕；陵源猶遠，忽見桃花。（庾信〈謝滕王賚馬啓〉）

按：未，副詞，不也。猶，副詞，仍也。

【無徒對舉】

眷言潁水，徒抱素心；尚想汾陽，無因高蹈。（徐陵〈為陳武帝與周宰相書〉）

是以扶風之高鳳，無故棄麥；中牟之甯越，徒勞不眠。（庾信〈擬連珠〉）

三世之術，無迨於醫門；百草之本，徒窮於藥性。（庾信〈周儀同松滋公拓跋競夫人尉遲氏墓誌銘〉）

按：無，副詞，不有也。徒，副詞，空也。

【無惟對舉】

無怡神於暇景，惟屬意於新詩。（徐陵〈玉臺新詠序〉）

嘉石肺石，無以測量；舌端筆端，惟知繁擁。（庾信〈答趙王啓〉）

況復仙臺永別，無復簫聲；傅母長歸，惟留琴曲。（庾信〈周趙國夫人紇豆陵氏墓誌銘〉）

按：無，副詞，不也。惟，副詞，只是也。

【無猶對舉】

況復追惟在楚，無忘玉帛之言；軫念過曹，猶感盤餐之惠。

（徐陵〈檄周文〉）

風雨之旦，猶救匹夫；宵夢之言，無欺幽壤。（徐陵〈為護軍長史王質移文〉）

曾耕雨雪，猶尚悲歌；蘇使幽囚，無馳哽噎。（徐陵〈與王僧辯書〉）

臣聞道階八地，猶見后妃；願生千佛，無匪賢聖。（徐陵〈孝義寺碑〉）

按：無，副詞，不也。猶，副詞，仍也。

【無不對舉】

是知并呑六合，不免軹道之災；混一車書，無救平陽之禍。（庾信〈哀江南賦〉）

姬旦封於曲阜，不廢居中；劉交國於彭陽，無妨常從。（庾信〈周上柱國齊王憲神道碑〉）

雖復瓶缶聽聲，無妨於地道；冠繩柴結，不卻於雲梯。（庾信〈周大將軍義興公蕭公墓誌銘〉）

周朝以楚材晉用，不停於平章；趙璧秦求，無論於羈遠。（庾信〈周大將軍義興公蕭公墓誌銘〉）

枚乘之望梁苑，不憚棄官；樂毅之求燕路，無辭千里。（庾信〈周大將軍趙公墓誌銘〉）

少陽用事，路不喘牛；仲秋以般，民無驚水。（庾信〈周上柱國齊王憲神道碑〉）

學不專經，略觀書籍；兵無師古，自得縱橫。（庾信〈周柱國大將軍紇干弘神道碑〉）

飛龜之散，遣疾無徵；畫龍之符，流年不驗。（庾信〈周驃騎大將軍開府儀同三司冠軍伯柴烈李夫人墓誌銘〉）

而飛鳶墮水，馬援去而無歸；金馬騁光，王褒行而不返。（庾信〈周大將軍司馬裔神道碑〉）

按：無，副詞，不也。不，副詞，否也。

【咸皆對舉】

巡方省化，咸問高年；東序西膠，皆尊耆耋。（徐陵〈在北齊與楊僕射書〉）

則菩薩應化，咸同色身；諸佛淨土，皆爲揣食。（徐陵〈長干寺眾食碑〉）

然而子孫皆其數世，鄉黨咸爲草萊。（徐陵〈天台山徐則法師碑〉）

按：咸，副詞，皆也。皆，副詞，都也。

【咸曾對舉】

億兆黎庶，咸蒙此恩；社稷宗祧，曾不相愧。（徐陵〈為貞陽侯答王太尉書〉）

一朝明決，曾不留滯；四民商販，咸用般阜。（徐陵〈晉陵太守王勱德政碑〉）

按：咸，副詞，皆也。曾，副詞，竟也。

【咸悉對舉】

於是咸俘僞帥，悉據高墉。（徐陵〈司空章昭達墓誌〉）

咸俘醜類，悉反高墉。（徐陵〈陳公九錫文〉）

按：咸，副詞，皆也。悉，副詞，全部也。

【咸俱對舉】

戎羯咸奔，鯨鯢俱剪。（徐陵〈與王僧辯書〉）

昔旦、奭分陝，俱爲保師；晉、鄭諸侯，咸作卿士。（徐陵〈陳公九錫文〉）

按：咸，副詞，皆也。俱，副詞，都也。

【爭俱對舉】

雲山羅漢，爭造論門；鷲嶺名僧，俱傳經藏。（徐陵〈丹陽上庸路碑〉）

楚人滿道，爭睹於葉公；漢老銜悲，俱歡於司隸。（徐陵〈陳松九錫文〉）

按：爭，動詞，競也。俱，副詞，都也。

【並咸對舉】

並咨四德，咸建五臣。（徐陵〈司空徐州刺史侯安都德政碑〉）

並濟含識，咸歸至眞。（徐陵〈孝義寺碑〉）

革運之兆咸徵，維新之符並集。（徐陵〈梁禪陳璽書〉）

並有著書，咸能自序。（庾信〈哀江南賦〉）

並存靈柩，咸可傷嗟。（庾信〈周大將軍聞嘉公柳遐墓誌〉）

並昜慈訓，咸遵母儀。（庾信〈周太傅鄭國公夫人鄭氏墓誌銘〉）

咸資巡警，並用司存。（庾信〈周車騎大將軍賀婁公神道碑〉）

離經辨志，並是成名；入室生光，咸能顯德。（庾信〈陝州弘農郡五張寺經藏碑〉）

長亭籍馬，並入武城；百里祖車，咸輸溫縣。（庾信〈周大將軍司馬裔神道碑〉）

按：並，副詞，俱也。咸，副詞，皆也。

【並俱對舉】

俱識還源，並知迴向。（徐陵〈東陽雙林寺傅大士碑〉）

並厲風霜，俱張鋒穎。（庾信〈周大將軍崔說神道碑〉）

並控鶴兵，俱張戎樂。（庾信〈周車騎大將軍贈小司空宇文顯和墓誌銘〉）

並爲大族，俱蒙賜姓。（庾信〈周冠軍公夫人烏石蘭氏墓誌銘〉）

豈直周召二南，並居師傅；晉鄭兩國，俱爲卿士而已哉。（庾信〈周上柱國齊王憲神道碑〉）

管絃入耳，則谿谷俱調；文雅沿心，則煙霞並韻。（庾信〈周上柱國齊王憲神道碑〉）

按：並，副詞，俱也。俱，副詞，都也。

【皆並對舉】

固以皆種仙禾，並資靈粟者矣。（徐陵〈長干寺眾食碑〉）

皆爲金色，並若金錢。（徐陵〈東陽雙林寺傅大士碑〉）

按：皆，副詞，都也。並，副詞，俱也。

【既遂對舉】

既傾蠡而酌海，遂測管而窺天。（庾信〈哀江南賦〉）

既官政而離逷，遂師言而泄漏。（庾信〈哀江南賦〉）

按：既，副詞，已經也。遂，副詞，於是也。

【遂更對舉】

更不遇於浮丘，遂無言於師曠。（庾信〈哀江南賦〉）

鱗翼更張，風飈遂遠。（庾信〈周大將軍懷德公吳明徹墓誌銘〉）

按：遂，副詞，於是也。更，副詞，又也。

【終遂對舉】

終報王官之師，遂舉咸陽之地。（徐陵〈司空徐州刺史侯安都德政碑〉）

越客文身，湛盧終去；吳人長鬣，艅艎遂遠。（庾信〈周兗州刺史廣饒公宇文公神道碑〉）

按：終，副詞，終究也。遂，副詞，於是也。

【已即對舉】

竹馬來迎，已知名於郭伋；羊車在道，即見賞於王澄。（庾信〈周車騎大將軍賀婁公神道碑〉）

青衿智勇，即埋雲夢之蛇；童子仁心，已愛中牟之雉。（庾信〈周兗州刺史廣饒公宇文公神道碑〉）

公暫臨江界，已悉南越之兵；裁泛樓船，即善昆彌之戰。（庾信〈周大將軍襄城公鄭偉墓誌銘〉）

雖復年猶小學，已為儒者所稱；位在偏裨，即入將軍之賞。（庾信〈周大將軍上開府廣饒鄭常墓誌銘〉）

都尉青旗，即時春色；將軍大樹，已復花開。（庾信〈答趙王啓〉）

按：已，副詞，已經也。即，副詞，當即也。

【即仍對舉】

韓信入關，即申軍令；陳農受詔，仍校兵書。（庾信〈周柱國

大將軍大都督同州刺史爾綿永神道碑〉）

檻前鑿柱，即取遺書；石上開松，仍求故劍。（庾信〈周大將軍司馬裔神道碑〉）

尋盟出境，即用和鄰之儀；入國聞喪，仍從會葬之禮。（庾信〈周車騎大將軍賀婁公神道碑〉）

圖牒帝系，即有內外之親；分裂山河，仍爲舅甥之國。（庾信〈周儀同松滋公拓跋競夫人尉遲氏墓誌銘〉）

是以城居趙信，仍名趙信之城；殿入蕭何，即號蕭何之殿。（庾信〈陝州弘農郡五張寺經藏碑〉）

是以衛青之塚，仍陪漢武之陵；管仲之墳，即接齊桓之墓。（庾信〈周柱國大將軍長孫儉神道碑〉）

秦皇餘石，仍爲雁齒之階；漢武舊陶，即用魚鱗之瓦。（庾信〈溫湯碑〉）

葛瞻始嗣兵戈，仍遭蜀滅；陸機纔論功業，即值吳亡。（庾信〈周大將軍懷德公吳明徹墓誌銘〉）

西入上書，仍爲秦王之相；東向問計，即是韓王之師。（庾信〈周驃騎大將軍開府儀同三司冠軍伯柴烈李夫人墓誌銘〉）

按：即，副詞，當即也。仍，副詞，仍舊也。

【即既對舉】

故知昔之東京，既稱炎漢再受；今之周曆，即是酆都中興。（庾信〈周上柱國齊王憲神道碑〉）

青衿學劍，既爲人主所稱；童子論兵，即佐中軍之策。（庾信〈周上柱國宿國公河州都督普屯威神道碑〉）

按：即，副詞，當即也。既，副詞，已經也。

【即還對舉】

故得上書於漢，即用同宗；爭長於周，還無異姓。（庾信〈周上柱國宿國公河州都督普屯威神道碑〉）

管仲有詞，即受下卿之禮；臧孫見德，還奉嘉賓之宴。（庾

信〈周大將軍聞嘉公柳遐墓誌〉)

錦濯江波，還臨織室；山明石鏡，即對妝樓。(庾信〈周趙國夫人紇豆陵氏墓誌銘〉)

按：即，副詞，當即也。還，副詞，仍也。

【必既對舉】

蓋聞三世用兵，既非貽厥；陰謀累葉，必以凶終。(庾信〈擬連珠〉)

山嶽崩頹，既履危亡之運；春秋迭代，必有去故之悲。(庾信〈哀江南賦〉)

按：必，副詞，必然也。既，副詞，已經也。

【空虛對舉】

是知零陵孝廉，空傳玉管；始平太守，虛稱銅尺。(庾信〈賀新樂表〉)

程據上表，空論雉頭；王恭入雪，虛稱鶴氅。(庾信〈謝趙王賚白羅袍袴啓〉)

按：空，副詞，僅也。虛，副詞，徒然也。

【徒空對舉】

骸骨之請，徒淹歲寒；顛沛之祇，空盈卷軸。(徐陵〈在北齊與楊僕射書〉)

仁壽之鏡徒懸，茂陵之書空聚。(庾信〈哀江南賦〉)

蓋聞邯鄲已危，徒思馬服；薊城去矣，空用荊軻。(庾信〈擬連珠〉)

蓋聞天方薦瘥，喪亂弘多，空思說劍，徒聞而戈。(庾信〈擬連珠〉)

是知零陵廟前，徒尋舜管；始平城下，空論周尺。(庾信〈為晉陽公進玉律秤尺斗升表〉)

按：徒，副詞，徒然也。空，副詞，僅也。

【無空對舉】

是以隋珠日月，無益驪山之火；雀臺絃管，空望西陵之松。（庾信〈擬連珠〉）

蓋聞無怨生離，恩情中絕，空思出水之蓮，無復迴風之雪。（庾信〈擬連珠〉）

是以扶風之高鳳，無故棄麥；中牟之甯越，徒勞不眠。（庾信〈擬連珠〉）

按：無，副詞，不也。空，副詞，僅也。

【尚猶對舉】

至如不死之草，猶稱南裔；長生之樹，尚挺西崑。（徐陵〈天台山徐則法師碑〉）

昔周王鮪水之師，尚勞再駕；軒轅上谷之戰，猶須九伐。（庾信〈賀平鄴都表〉）

雖復朱干玉戚，尚識典刑；素鼓纁裳，猶因雄據。（庾信〈賀新樂表〉）

昔淵魚聽曲，尚得聳鱗；櫪馬聞絃，猶能仰秣。（庾信〈賀新樂表〉）

臣聞飛南陽之雉，尚闡霸圖；下建章之鵠，猶調和氣。（庾信〈齊王進蒼烏表〉）

臣聞南陽雉飛，尚論秦霸；建章鵠下，猶明漢德。（庾信〈齊王進赤雀表〉）

昔仙人導引，尚刻三秋；神女將梳，猶期九日。（庾信〈為梁上黃侯世子與婦書〉）

昔張楷碩儒，尚移弘農之市；宜官妙篆，猶致酒壚之客。（庾信〈答移市教〉）

當今四郊多壘，尚有公卿之辱；鼓鼙不息，猶勞將帥之謀。（庾信〈周使持節大將軍廣化郡開國公丘乃郭崇傳〉）

對天山之積雪，尚得開襟；冒廣樂之長風，猶當揮汗。（庾信〈謝趙王賚白羅袍袴啓〉）

是以日南枯蚌，猶含明月之珠；龍門死樹，尚抱《咸池》

之曲。(庾信〈擬連珠〉)

嵇叔夜之山庭，尚多楊柳；王子猷之舊徑，惟餘竹林。(庾信〈思舊銘〉)

尚帶流星，猶乘奔電。(庾信〈三月三日華林園馬射賦〉)

觀於秦兵，尚稱童子；對於楚戰，猶在青衿。(庾信〈周隴右總管長史贈太子少保豆盧公神道碑〉)

扶風舊城，猶存鐵市；河陽故墅，尚餘金谷。(庾信〈周冠軍公夫人烏石蘭氏墓誌銘〉)

神光離合，尚在河湄；雲氣徘徊，猶歸樓下。(庾信〈周驃騎大將軍開府儀同三司冠軍伯柴烈李夫人墓誌銘〉)

猶臨赤水，尚復黃雲。(庾信〈周上柱國齊王憲神道碑〉)

猶垂雉服，尚駕魚軒。(庾信〈周趙國公夫人紇豆陵氏墓誌銘〉)

按：尚，副詞，仍也。猶，副詞，仍也。齊梁常用此法，如梁元帝〈內典碑銘集林序〉：「班固碩學，尚云贊頌相似；陸機鈎深，猶聞碑賦如一。」〔註 144〕徐庾用以議論，篇有勁氣。

【恒猶對舉】

尺波歸海，恒歎不居；爝火爲薪，猶假悲續。(徐陵〈為王儀同致仕表〉)

昔人迎門請盜，恒懷廢寢之憂；當挽輿櫬，猶有危途之懼。(徐陵〈與王僧辯書〉)

按：恒，副詞，經常也。猶，副詞，仍也。

【猶時對舉】

登封岱嶽，猶置明堂；巡狩荊州，時行司隸。(徐陵〈勸進梁元帝表〉)

昔人違齊處魯，時降徵求；亡晉奔秦，猶蒙招請。(徐陵〈與王僧辯書〉)

〔註 144〕〔梁〕蕭繹：《梁元帝集》，見〔明〕張溥輯：《漢魏六朝百三名家集》，冊 4，頁 328。

昔長平建策，猶聞蝕昴之徵；疏勒效忠，時致飛泉之感。(徐陵〈為貞陽侯重與王太尉書〉)

按：猶，副詞，仍也。時，副詞，常也。

【非異對舉】

雖非圖畫，入甘泉而不分；言異神仙，戲陽臺而無別。(徐陵〈玉臺新詠序〉)

既異乘鸞，翻然永去；雖非舞鶴，即掩泉門。(庾信〈後魏驃騎將軍荊州刺史賀拔夫人元氏墓誌銘〉)

階無玉璧，既異河間之碑；户不金鋪，殊非許昌之賦。(庾信〈三月三日華林園馬射賦〉)

山非宋國，翻爲節女之陵；地異荊臺，遂有賢妃之墓。(庾信〈周大都督陽林伯長孫瑕夫人羅氏墓誌銘〉)

文異水而湧泉，筆非秋而垂露。(庾信〈謝趙王示新詩啓〉)

非丹竈而流珠，異荊臺而炊玉。(庾信〈謝趙王賚米啓〉)

非夏日而可畏，異秋天而可悲。(庾信〈小園賦〉)

非神鼎而長沸，異龍池而獨湧。(庾信〈溫湯碑〉)

人非新市，何處尋家；別異邯鄲，那應知路。(庾信〈為梁上黃侯世子與婦書〉)

公子出身，非郎官而同品；中朝洗馬，異式道而前驅。(庾信〈周大將軍義興公蕭公墓誌銘〉)

按：非，副詞，不也。異，形容詞，不同也。

【非豈對舉】

非止湯羅，豈知堯德。(徐陵〈為護軍長史王質移文〉)

釣臺移柳，非玉關之可望；華亭鶴唳，豈河橋之可聞。(庾信〈哀江南賦〉)

非玉燭之能調，豈璿璣之可正。(庾信〈哀江南賦〉)

豈冤禽之能塞海，非愚叟之可移山。(庾信〈哀江南賦〉)

關中餽食，非直滎陽之師；河内供軍，豈但淇園之竹。(庾

信〈周太子太保步陸逞神道碑〉)

櫟陽居民，非惟景丹之封；曲逆户口，豈但陳平之國。(庾信〈周柱國大將軍長孫儉神道碑〉)

按：非，副詞，不也。豈，副詞，難道也。

【乍或對舉】

拳握之内，或吐異香；胸臆之間，乍表金色。(徐陵〈東陽雙林寺傅大士碑〉)

乍有去而不歸，或無期而遠客。(庾信〈擬連珠〉)

乍披圖而久玩，或開經而熟尋。(庾信〈象戲賦〉)

乍九光而連采，或雙花而並明。(庾信〈燈賦〉)

乍風驚而射火，或箭重而回舟。(庾信〈哀江南賦〉)

乍感無情，或傷非類。(庾信〈擬連珠〉)

鳥道乍窮，羊腸或斷。(庾信〈秦州天水郡麥積崖佛龕銘序〉)

是以東海輸禽，乍改黔質；西山度羽，或變蒼精。(庾信〈齊王進蒼烏表〉)

匡贊之士，或從漁釣；雲雨之才，乍歎幽谷。(庾信〈角調曲〉)

按：乍，副詞，忽也。或，副詞，或有也。孔稚珪〈北山移文〉云：「乍迴迹以心染，或先貞而後黷。」「或飛柯以折輪，乍低枝而掃跡。」〔註145〕觀其文有賦心，巧義迴環，徐庾句法殆由此化出歟？

【先始對舉】

潘岳之文采，始述家風；陸機之辭賦，先陳世德。(庾信〈哀江南賦〉)

咸池浴日，先應綠甲之圖；砥柱浮天，始受玄夷命命。(庾信〈溫湯碑〉)

朝廷以晉剋夏陽，先通滅虢之政；秦開武遂，始問吞韓之謀。(庾信〈周柱國大將軍紇干弘神道碑〉)

〔註145〕〔南齊〕孔稚珪：《孔詹事集》，見〔明〕張溥輯：《漢魏六朝百三名家集》，冊4，頁29～30。

按：先，副詞，早先也。始，副詞，初始也。

【先獨對舉】

況復郊門致騎，先迎內史之賓；南宮旦朝，獨識尚書之履。（庾信〈周兗州刺史廣饒公宇文公神道碑〉）

豈直西河女子，獨見銀臺；東海婦人，先逢金闕。（庾信〈周譙國公夫人步陸孤氏墓誌銘〉）

未飛玄鶴，先聞金石之聲；不上赤城，獨見煙霞之氣。（庾信〈進象經賦表〉）

按：先，副詞，早先也。獨，副詞，獨自也。

【更還對舉】

聲含擊石，更入登歌，調起初鍾，還參玉管。（庾信〈賀新樂表〉）

更炙笙簧，還移箏柱。（庾信〈春賦〉）

還迎故老，更召歌童。（庾信〈漢高祖置酒沛宮讚〉）

信珪則更受司勳，穀璧則還輸典瑞。（庾信〈周大將軍崔說神道碑〉）

宜陽上地，更有秦兵；熊耳山前，還逢積杖。（庾信〈周大將軍崔說神道碑〉）

河內之借，寇恂更慚謁帝；交州之請，士燮還著上表。（庾信〈周柱國大將軍長孫儉神道碑〉）

南陽文學，更遇王基；章華袞衣，還迎郭賀。（庾信〈周柱國大將軍長孫儉神道碑〉）

仙人重返，更入桂陽之城；龍種復歸，還尋白沙之路。（庾信〈周柱國大將軍紇干弘神道碑〉）

更立九十九姓，還存三十六國。（庾信〈周柱國大將軍大都督同州刺史爾綿永神道碑〉）

襄陽龍種，更反池臺；桂陽仙人，還歸故里。（庾信〈周上柱國宿國公河州都督普屯威神道碑〉）

開新安之鄉，還移楊僕之關；解弘農之圍，更入劉昆之郡。

（庾信〈周隴右總管長史贈太子少保豆盧公神道碑〉）

國家追念功臣，更撫叔敖之子；言思官族，還求女齊之胤。（庾信〈周大將軍琅邪定公司馬裔墓誌銘〉）

長沙楚鐵，更入兵欄；洞浦藏犀，還輸甲庫。（庾信〈周大將軍懷德公吳明徹墓誌銘〉）

按：更，副詞，再也。還，副詞，仍也。

【更別對舉】

自是官帥擁鐸，更爲吳越之兵；君子習流，別有樓船之陣。（庾信〈周太子太保步陸逞神道碑〉）

遂得長門之左，別開公主之園；濯龍之傍，更築王姬之館。（庾信〈周上柱國宿國公河州都督普屯威神道碑〉）

按：更，副詞，再也。別，副詞，另也。

【或時對舉】

或陪玄武之觀，時參鳳皇之墟。（庾信〈小園賦〉）

時增齊竈，或臥燕墻。（庾信〈擬連珠〉）

時遭獵夜之兵，或斃空亭之鬼。（庾信〈擬連珠〉）

既而三湘遼遠，時遭鵩入；五谿卑濕，或見鳶飛。（庾信〈周柱國大將軍紇干弘神道碑〉）

於時隴坻黠羌，時穿上谷；榆中群賊，或聚漁陽。（庾信〈周隴右總管長史贈太子少保豆盧公神道碑〉）

鳴琴在膝，或對故人；寶劍自隨，時過稚子。（庾信〈周大將軍聞嘉公柳遐墓誌〉）

按：或，副詞，或有也。時，副詞，常也。

【特偏對舉】

魏君寶帶，特賜劉楨；趙王國租，偏資裴楷。（庾信〈謝趙王賚犀帶等啓〉）

上天降雨，特垂深澤；若水流光，偏蒙私照。（庾信〈謝趙王賚馬并繖啓〉）

是以嗟怨之水，特結憤泉；感哀之雲，偏含愁氣。（庾信〈擬連珠〉）

公特稟英靈，偏鍾山嶽。（庾信〈周大將軍崔説神道碑〉）

河湄瑞氣，特表廉平；鄜祀神光，偏明正直。（庾信〈周上柱國宿國公河州都督普屯威神道碑〉）

按：特，副詞，特地也。偏，副詞，特別也。

泛覽眾例，皆以虛字抑揚詞氣，故爾遒逸。麗辭之法，於此大開。昔人摘句辨秀，爭相則效，或仿其對偶，或調其聲律，或範其隸事，或用其虛字。若乃妙用虛字，乃得其神。王勃〈還冀州別洛下知己序〉云：「河陽古樹，無復殘花；合浦寒煙，空驚墜葉。」「無復」則徐庾虛字之詞彙，「空無對舉」則徐庾虛字之句法。蔣士銓評曰：「清圓瀏亮，學六朝者所當問津。」〔註 146〕瀏亮謂其馬蹄，清圓謂其句法，蓋六朝時已多用之。又王勃〈三月上巳祓禊序〉云：「遲遲風景，出沒媚於郊原；片片仙雲，遠近生於林薄。雜花爭發，非止桃蹊；群鳥亂飛，有踰鸚谷。」徐陵好用疊字，甚於庾信，「出沒媚於郊原」「遠近生於林薄」，蓋由徐陵「凝暉照於魯陽，飛泉涌於疏勒」〔註 147〕、「宏勳該於厚地，大道格於玄天」〔註 148〕句法變來。「非止」亦徐庾虛字之詞彙。蔣士銓評：「類孝穆。」〔註 149〕楊炯〈群官尋楊隱居詩序〉云：「若夫大華千仞，長河萬里，則吾土之山澤，壯於域中；西漢十輪，東京四代，則吾宗之人物，盛於天下。乃有渾金璞玉，鳳戢龍蟠。」〔註 150〕此三對迭用者。「與夫形在江海，心遊魏闕，跡混朝市，名為大隱，可得同年而語哉？」此用「不得同年而語」例者。「論其八洞，實惟明月之宮；相其五山，即是交風之地。」「即是」則庾

〔註 146〕〔明〕王志堅編，〔清〕蔣士銓評：《評選四六法海》，頁 404。

〔註 147〕〔陳〕徐陵：〈在北齊與楊僕射書〉。

〔註 148〕〔陳〕徐陵：〈封陳公九錫詔〉。

〔註 149〕〔明〕王志堅編，〔清〕蔣士銓評：《評選四六法海》，頁 382。

〔註 150〕〔清〕陳均編：《唐駢體文鈔》，（臺北：世界書局，1975 年 10 月），卷 6，頁 2b。

信之詞彙。「游仙可致，無勞郭璞之言；招隱成文，敢嗣劉安之作。」「無勞」亦徐庾之常用。然則徐庾集六朝之大成，導四傑之先路，閱之益信矣。

第四章　徐庾麗辭之風格

風格者，蓋篇體風貌之別，才性格調之殊也。一則體制各異，文用不同，辨體擀節，格式殊軌。次則筆力之急緩，辭情之哀樂，比興用而意象紛，審美起而流派眾。設情位體，關乎風格；運思用意，定乎高下。或深而精，或奇而新，或正而雅，或妙而高，皆風格之類也。

文學自覺，肇於六朝；八體四科，備乎《典論》。陸機〈文賦〉，敘眾體之性；摯虞《流別》，存風格之評。摛藻既興，辨秀斯盛矣。凡製作之士，祖述多門，才性異畛，文體各別。查其用途，體制有定。蓋廟堂辭令，本於著作；導揚諷誦，出於比興。著作則源乎典謨，比興則發自詠歌。著作書於簡冊，辭正而理備；比興流於謠誦，言暢而意美。或高壯廣厚，或麗則清越，後世文繁，體性愈廣。若乃典雅、遠奧之文，精約、顯附之篇，繁縟、壯麗之體，新奇、輕靡之裁，《雕龍》所論，〔註1〕亦云詳矣。

夫吐納英華，莫非情性。齊梁雕辭，咸慕麗風；徐庾創體，偏能綺豔。此其本色也。至於齒在適立，大盜移國，流離播越，文風異矣。松雄先生謂其：「同時同體，遺麗則於後昆；殊情殊風，獻奇賞於來學。」〔註2〕同時同體，早侍梁宮也；殊情殊風，晚遘多艱也。至其

〔註1〕見《文心雕龍・體性》。
〔註2〕陳師松雄：〈徐庾麗辭同體異風說〉，頁15。

所作，莫不價重當時，譽高後來。余退息居學，暇多諷覽，亦嘗取《四六法海》、《清朝駢體正宗評本》觀之，見其評騭，羅備多品。或沉雄而激越，或遒勁而跌宕，或輕倩而秀逸，或渾融而安雅。而命塗不一，情致異區，徐多論理之章，庾善抒情之作。論理則奏表見長，貴於實用；抒情則詩賦專擅，工在藝文。此其大較也。然時逢季世，辭藝沸騰，文尚雕龍，飾羽而畫。或鋪錦列繡，鬱起四六之風；或選聲簡音，騁馳馬蹄之韻。又復典事累紙，妙施鑄鎔之方；虛詞盈篇，善使轉折之氣，此其大同也。

第一節　徐庾麗辭之風格概述

昔蕭子顯論文，略陳三體：〔註3〕一則啓心閑繹，托辭華曠，出於靈運，演爲「自然」。次則緝事比類，非對不發，全借古語，轉成「雕飾」。次則發唱驚挺，操調險急，鮑照遺烈，事深「蒼涼」。劉師培以爲：陰何吳柳，研鍊而妍麗；子山繼作，掩抑而哀豔；鮑照詩文，雖哀而不往。〔註4〕然則雕飾工麗，則宗師顏延；恬淡自然，則模範靈運；沉雄悲壯，則效法鮑照。元嘉三子，體昭後進；南文三派，流響將來。齊梁以降，風格相承，刻鏤之精，愈演愈密；綺靡之狀，如火如荼。孝穆子山，並有家學；簡文元帝，咸能論文。家學則祖述前修，論文則辨明今古。其時繁麗相尚，緣情綺靡，徐庾變體，則迴出尋常。至於北齊羈留之作，江關思舊之篇，莫不流連哀音，情靈搖蕩。故知乃六朝渤澥，唐代津梁，潤雕之藻同工，展現之風互異。茲就風格，分期述論。

〔註3〕〔梁〕蕭子顯：《南齊書》，冊2，〈文學傳論〉，頁908。

〔註4〕劉師培：〈南北文風不同論〉：「陰、何、吳、柳，厥制益工，研鍊則隱師顏謝，妍麗則近則齊梁。子山繼作，掩抑沉怨，出以哀豔之詞，由曹植而上師宋玉，此又南文之一派也。鮑照詩文，義尚光大，工於騁勢，然語乏清剛，哀而不往，大抵由左思而上效蘇張，此亦南文之一派也。」見氏著：《劉申叔先生遺書》（臺北：大新書局，1969年），頁671。

一、仕梁時期：綺靡華麗之風

昔在劉宋，駢儷漸興，傅亮構四六之言，顏延雕綺妍之采，惠連體物，發瀏亮之詞，鮑照雕華，鋪豔汪之藻。而句中「藏詞」，翻爲阻奧；修辭「節縮」，多成古質。至於神韻蕭疏，饒有逸趣也。齊梁繼作，好奇取新，聲病發於沈約，文協律呂；宮體導夫王融，詞多英淨。謝朓、任昉，並有盛名；何遜、吳均，咸能成體。逮昭明之選文，義深翰藻；蕭綱之書論，即辨古今。各有主張，俱表文理。至於繁麗相尚，風氣使然，窮緣情而綺靡，盡體物之瀏亮，眾體雖殊，文辭競麗矣。

簡文詩序云：「予七歲有詩癖，長而不倦。」然傷於輕豔，當時號曰宮體。《周書・庾信傳》云：「摛子陵及信，並爲抄撰學士。父子在東宮，出入禁闥，恩禮莫與比隆。既有盛才，文並綺豔，故世號爲徐庾體焉。」〔註5〕輕豔、綺豔，並麗之徵也，是以文章辨秀，恒以麗準〔註6〕。徐庾淵源家學，不拘舊體，妙擅新變，古體遂衰，故宮體遂盛。清梁章鉅云：「有唐初之四六，王子安爲之首，以雄博爲宗，本朝之陳維崧似之；有中唐以後之四六，李義山爲之首，以流麗爲勝。」〔註7〕雄博、流麗，宜溯其源。紀昀謂庾信導四傑之先路，劉師培云：「有清一代學徐庾者，惟陳其年（維崧）可望其肩背。」〔註8〕然則子安、其年，宗法徐庾，而得其雄博。徐炯云：「義山香艷不如徐庾，而體要獨存。」〔註9〕王禮培云：「溫李併稱，義山實爲議論之叢，其源出庾信。」〔註10〕然則義山效庾，而得其流麗。是知雄博、流麗，

〔註5〕〔唐〕令狐德棻：《周書》，冊3，卷41，頁733。

〔註6〕六朝人品評文章風格，多以「麗」詞，如豔麗、藻麗、瑰麗、超麗、典麗、雅麗、贍麗、壯麗、遒麗、清麗、新麗、哀麗等。參李士彪：《魏晉南北朝文體學》（上海：上海古籍出版社，2005年2月），頁279。

〔註7〕〔清〕梁章鉅：《退庵論文》，收入王水照編：《歷代文話》，冊5，頁5174。

〔註8〕劉師培：《漢魏六朝專家文研究》，見《中國中古文學史講義（附《漢魏六朝專家文研究》）》，二、〈各家總論〉，頁110。

〔註9〕徐炯：《李義山文集箋注・序》，見劉學鍇、余恕誠、黃世中編：《李商隱資料彙編》（北京：中華書局，2006年2月），冊下，頁970。

〔註10〕王禮培：《小招隱館談藝錄》，見劉學鍇、余恕誠、黃世中編：《李商

並徐庾之一體也。

其時宮體正盛，新變初成。巧構形似，由山水而宮闈；文貴比興，崇性情而放蕩。形似故隨文賦采，〔註 11〕彌尚靡麗；放蕩故宮闈都寫，人物皆描。徐庾頗變舊體，便著綺紈；恆出新意，無待雕琢。清新相接，篇體光華，允爲駢文宗師，後進楷模。

徐陵〈玉臺新詠序〉

凌雲概日，由余之所未窺；萬戶千門，張衡之所曾賦。周王璧臺之上，漢帝金屋之中，玉樹以珊瑚作枝，珠簾以玳瑁爲柙，其中有麗人焉。其人也，五陵豪族，充選掖庭；四姓良家，馳名永巷。亦有潁川、新市，河間、觀津，本號嬌娥，曾名巧笑。楚王宮內，無不推其細腰；衛國佳人，俱言訝其纖手。閱詩敦禮，豈東鄰之自媒；婉約風流，異西施之被教。弟兄協律，生小學歌；少長河陽，由來能舞。琵琶新曲，無待石崇；箜篌雜引，非因曹植。傳鼓瑟於楊家，得吹簫於秦女。

至若寵聞長樂，陳后知而不平；畫出天仙，閼氏覽而遙妒。至如東鄰巧笑，來侍寢於更衣；西子微顰，得橫陳於甲帳。陪遊馺娑，騁纖腰於《結風》；長樂鴛鴦，奏新聲於度曲。妝鳴蟬之薄鬢，照墮馬之垂鬟。反插金鈿，橫抽寶樹。南都石黛，最發雙蛾；北地燕支，偏開兩靨。

亦有嶺上仙童，分丸魏帝；腰中寶鳳，授曆軒轅。金星與婺女爭華，麝月共嫦娥競爽。驚鸞冶袖，時飄韓掾之香；飛燕長裾，宜結陳王之佩。雖非圖畫，入甘泉而不分；言異神仙，戲陽臺而無別。眞可謂傾國傾城，無對無雙者也。

隱資料彙編》，冊下，頁 993。

〔註 11〕吳先寧以爲庾信「綺麗」風格，乃由於借鑒畫學之色彩原則與著色技巧，注重作品之敷彩設色與感覺效果，利用色彩冷暖對比、明暗對比、輕重對比等，以烘托人物心境，加強景物氛圍，致使畫面鮮艷明麗、濃淡得宜。見氏著：《北朝文學研究》（臺北：文津出版社，1993 年 9 月），頁 185。

> 加以天時開朗，逸思雕華，妙解文章，尤工詩賦。琉璃硯匣，終日隨身；翡翠筆牀，無時離手。清文滿篋，非惟芍藥之花；新製連篇，寧止蒲萄之樹。九日登高，時有緣情之作；萬年公主，非無累德之辭。其佳麗也如彼，其才情也如此。
>
> 既而椒房宛轉，柘館陰岑，絳鶴晨嚴，銅蠡晝靜。三星未夕，不事懷衾；五日猶賒，誰能理曲。優遊少託，寂寞多閑，厭長樂之疏鍾，勞中宮之緩箭。纖腰無力，怯南陽之擣衣；生長深宮，笑扶風之織錦。雖復投壺玉女，爲歡盡於百嬌；爭博齊姬，心賞窮於六箸。無怡神於暇景，惟屬意於新詩。庶得代彼皋蘇，蠲茲愁疾。
>
> 但往世名篇，當今巧製，分諸麟閣，散在鴻都，不藉篇章，無由披覽。於是然脂暝寫，弄墨晨書，撰錄豔歌，凡爲十卷。曾無參於雅頌，亦靡濫於風人，涇渭之間，若斯而已。
>
> 於是麗以金箱，裝之寶軸。三臺妙跡，龍伸蠖屈之書；五色華箋，河北膠東之紙。高樓紅粉，仍定魚魯之文；辟惡生香，聊防羽陵之蠹。靈飛六甲，高擅玉函；鴻烈仙方，長推丹枕。至如青牛帳裏，餘曲未終；朱鳥窗前，新妝已竟。方當開茲縹帙，散此條繩，永對玩於書幃，長迴圈於纖手。豈如鄧學《春秋》，儒者之功難習；竇專黃老，金丹之術不成。固勝西蜀豪家，託情窮於〈魯殿〉；東儲甲觀，流詠止於〈洞簫〉。孌彼諸姬，聊同棄日；猗歟彤管，麗矣香奩。

觀其四六之句，宛轉相接；馬蹄之韻，首尾相銜。復又連詞靈利，新意巧出。王力所舉對仗之類，大備於是。先敘女子之佳麗，次敘女子之才華，終敘女子之心思，而末繫書旨。「玉樹」「珠簾」，並爲綺靡之器；「細腰」「纖手」，即是宮體之風。王文濡評：「《玉臺》開詩集之始，陳文居六朝之殿。其時徐庾之風大行，聲病之律彌盛。風雲月露，塡塞行間；香草美人，空言寄意。妖豔浮靡，至茲而極。然《玉臺》一集，可補《昭明文選》之窮；孝穆茲序，亦爲精心結譔之作。雖藻彩紛披，輝煌奪目，而華不離實，腴不傷雅，麗詞風動，妙語珠圓。乾坤清氣，欲沁於心脾；脂墨餘香，常存於齒頰。斯亦駢文之雄

軍，豔體之傑構也。」〔註12〕高步瀛評：「穠麗極矣，而骨格自峻。」〔註13〕

庾信〈燈賦〉

九龍將暝，三爵行棲。瓊鉤半上，若木全低。窗藏明於粉壁，柳助暗於蘭閨。翡翠珠被，流蘇羽帳。舒屈膝之屏風，掩芙蓉之行障。卷衣秦后之床，送枕荊臺之上。乃有百枝同樹，四照連盤。香添然蜜，氣雜燒蘭。燼長宵久，光青夜寒。秀華掩映，蚖膏照灼。動鱗甲於鯨魚，焰光芒於鳴鶴。蛾飄則碎花亂下，風起則流星細落。況復上蘭深夜，中山醑清。楚妃留客，韓娥合聲。低歌著節，《遊弦》絕鳴。輝輝朱燼，焰焰紅榮。乍九光而連采，或雙花而並明。寄言蘇季子，應知餘照情。

詠物之興，肇自劉宋，宮體既盛，移於香奩。觀其體物起情，自外而內，至於女子香閨之物，皆得鋪采。選言精練，措詞生動，字字有典，句句生光。乍描摹而形似，或比喻以取神。不知其爲賦燈，不知其爲賦美人矣。許槤評：「音簡韻健，光采煥鮮，六朝中不可多得。」〔註14〕

二、仕陳仕周時期：經國篇章、江關辭賦

夫侯景鍾亂，梁室蕩覆，徐庾流離，命途有別。而文變染乎世情，興廢繫乎時序，仕陳仕周，文風迥殊。蓋孝穆南還，適遘多艱，值梁陳之交運，撰禪授之文書。陳氏基命，武帝創國，軍書詔策，皆其所製。遂乃優仕陳朝，位望通顯。直諫嘉謨，尙挺國華之稱；不臣亮節，何止文宗之譽。至於子山，竄身荒谷，公私塗炭，流離播越，乃至江陵。其後羈旅北狄，尋食周粟。英雄失路之悲，孤臣喪君之慟，閱歷既長，感慨遂深。既而使北莫歸，遙臨梁亡。隴水則聞而掩泣，關山

〔註12〕王文濡：《南北朝文評註讀本》（臺北：廣文書局，1981年12月），冊1，頁28。

〔註13〕高步瀛：《南北朝文舉要》（北京：中華書局，2005年1月），冊下，頁626。

〔註14〕〔清〕許槤評選，黎經誥注：《六朝文絜箋注》，頁46。

則望而長歎。莊舃執楚國之珪，尙多越吟；鍾儀就南冠之囚，猶能楚奏。而通顯之職，雖踰官梁之時；鄉關之思，永言羈北之痛。

若乃詔策有經國之用，辭賦多抒情之篇，詔策論政，徐以說理爲長；辭賦述哀，庾以抒情爲勝。詔策故典重高華，辭賦故綺靡瀏亮，此其大較也。松雄先生云：「九錫致美，徐爲臺閣之先聲；諸賦盡哀，庾成屈宋之後勁。徐庾情志，自此殊轍異方；南北筆區，由是分庭抗禮。徐多詔策之作，賈董遺風；庾富辭賦之篇，屈宋餘響。」〔註 15〕

徐陵〈爲陳武帝即位告天文〉

皇帝陳霸先，敢用玄牡昭告於皇皇后帝：梁氏以圮剝薦臻，曆運有極，欽若天應，以命於霸先。夫肇有烝民，乃樹司牧，選賢與能，未常厥姓。放勳、重華之世，咸無意於受終；當塗、典午之君，雖有心於揖讓，皆以英才處萬乘，高勳御四海，故能大庇黔首，光宅區縣。有梁末運，仍葉遘屯，獯醜憑陵，久移神器，承聖在外，非能祀夏，天未悔禍，復罹寇逆，嫡嗣廢黜，宗枝僭詐，天地蕩覆，紀綱泯絕。

霸先爰初投袂，大拯橫流，重舉義兵，實戡多難。廢王立帝，寔有厥功；安國定社，用盡其力。是謂小康，方期大道。既而煙雲表色，日月呈瑞，緯聚東井，龍見譙邦。除舊布新，即彰玄象；遷虞事夏，且協謳歌。九域八荒，同布衷款；百神群祀，皆有誠願。梁帝高謝萬邦，授以大寶，霸先自惟菲薄，讓德不嗣，至於再三，辭不獲許。僉以百姓須主，萬機難曠，皇靈眷命，非可謙拒。畏天之威，用膺嘉祚，永言夙志，能無慚德。敬簡元辰，升壇受禪，告類上帝，用答民心，永保於我有陳。惟明靈是饗！

告天文，祝文之支別也。〈蜀漢先主成都即位告天文〉、〈齊高祖即位告天文〉，是其類也。《文心・祝盟》云：「凡群言發華，而降神務實，修辭立誠，在於無媿。祈禱之式，必誠以敬；祭奠之楷，宜恭且哀。」典誥遺意，宛然在是。孝穆製作，辭猶典雅，雖來蘇之望，流布行間；

〔註 15〕陳師松雄：〈徐庾麗辭同體異風說〉，頁 8。

敬謹之心，深入字裏。而體式所限，僅得中矩。

庾信〈哀江南賦序〉

粵以戊辰之年，建亥之月，大盜移國，金陵瓦解。余乃竄身荒谷，公私塗炭。華陽奔命，有去無歸。中興道銷，窮於甲戌。三日哭於都亭，三年囚於別館。天道周星，物極不反。傅燮之但悲身世，無處求生；袁安之每念王室，自然流涕。昔桓君山之志事，杜元凱之平生，並有著書，咸能自序。潘岳之文采，始述家風；陸機之辭賦，先陳世德。信年始二毛，即逢喪亂，藐是流離，至於暮齒。〈燕歌〉遠別，悲不自勝；楚老相逢，泣將何及！畏南山之雨，忽踐秦庭；讓東海之濱，遂餐周粟。下亭漂泊，高橋羈旅。楚歌非取樂之方，魯酒無忘憂之用。追爲此賦，聊以記言，不無危苦之辭，惟以悲哀爲主。

日暮途遠，人間何世！將軍一去，大樹飄零；壯士不還，寒風蕭瑟。荊璧睨柱，受連城而見欺；載書橫階，捧珠盤而不定。鍾儀君子，入就南冠之囚；季孫行人，留守西河之館。申包胥之頓地，碎之以首；蔡威公之淚盡，加之以血。釣臺移柳，非玉關之可望；華亭鶴唳，豈河橋之可聞！

孫策以天下爲三分，眾纔一旅；項籍用江東之子弟，人惟八千。遂乃分裂山河，宰割天下。豈有百萬義師，一朝卷甲，芟夷斬伐，如草木焉？江淮無涯岸之阻，亭壁無藩籬之固。頭會箕斂者，合從締交；鋤耰棘矜者，因利乘便。將非江表王氣，終於三百年乎？是知并吞六合，不免軹道之災；混一車書，無救平陽之禍。嗚呼！山嶽崩頹，既履危亡之運；春秋迭代，必有去故之悲。天意人事，可以悽愴傷心者矣！況復舟楫路窮，星漢非乘槎可上；風飈道阻，蓬萊無可到之期。窮者欲達其言，勞者須歌其事。陸士衡聞而撫掌，是所甘心；張平子見而陋之，固其宜矣。

鋪采摛文，體物寫志，賦之功也。庾信入北之賦，皆能情文相生，明於開合斷續之法。摛文則句法見奇，寫志則悲哀能感。清鮑桂星《賦則》評「鍾儀君子，入就南冠之囚；季孫行人，留守西河之館」云：「又借古人寫自己。」〔註 16〕此隸事高妙，善於連類，古事今事，渾然一體。評「孫策以天下爲三分，眾纔一旅；項籍用江東之子弟，人惟八千。遂乃分裂山河，宰割天下。豈有百萬義師，一朝卷甲，芟夷斬伐，如草木焉」云：「又提，序中著議論法。」此敘事之中，忽生議論，即善於斷續者。〔註 17〕蔣士銓云：「駢四儷六，層疊相因而不嫌其板滯者，氣能曲，筆能折，熟于開合斷續故也。」〔註 18〕開合之法，即句式靈動之變也。孫德謙云：「作駢文宜於排偶之中，以開合行之，四句平列，則不善矣。」〔註 19〕故夾敘夾議之法，咸能斷續；句式靈動之變，即有開合。所謂氣能曲，筆能折也。然後知庾信抒情，亦有議論，特非以說理爲用耳。觀其采而不縟，麗而不纖，用事愈工而愈可哀也。

六朝文興，辭翰鱗萃，然而孝穆思巧，頗變舊體；子山才盛，時動江關。既創新聲，足霸前修。蔣心餘評桓溫〈薦譙元彥表〉云：「子山全以此等爲藍本，而新鮮跌宕過之。」〔註 20〕評沈約〈齊司空柳世隆行狀〉云：「能鍊而不能輕，令人思開府之妙。」〔註 21〕評庾信〈秦州天水郡麥積崖佛龕銘〉云：「前此無其秀，後此無其古。」〔註 22〕文集足徵，無勞甄序。夫徐陵返南之製，無非經國之篇；庾信羈北之辭，率多鄉關之歎。至於生平制作，括囊眾體。雄博與流麗齊臻，文質與遒逸俱至。欲知銓別，請待次節。

〔註 16〕〔清〕鮑桂星：《賦則》，收入王冠輯：《賦話廣聚》（北京：北京圖書館出版社，2006 年），冊 6，頁 250。

〔註 17〕〔清〕蔣士銓《評選四六法海》評沈約〈梁武帝與謝朏勑〉：「夾敘夾議，此即所謂斷字訣也。」〔明〕王志堅編，〔清〕蔣士銓評：《評選四六法海》，頁 1。

〔註 18〕〔清〕蔣士銓：《評選四六法海》評王勃〈上絳州上官司馬書〉，頁 259。

〔註 19〕孫德謙：《六朝麗指》，收入王水照編：《歷代文話》，冊 9，頁 8457。

〔註 20〕〔明〕王志堅編，〔清〕蔣士銓評：《評選四六法海》，頁 33。

〔註 21〕〔明〕王志堅編，〔清〕蔣士銓評：《評選四六法海》，頁 523。

〔註 22〕〔明〕王志堅編，〔清〕蔣士銓評：《評選四六法海》，頁 535。

第二節　徐陵麗辭之風格

徐陵挺五行之秀，稟天地之靈。夙蒙恩遇，近侍承華。目有青睛，即是聰惠之相；文擅雕龍，早揚新變之體。基世德以流芳，纘前徽而踵武。朝野歡娛，江表無事。序〈玉臺〉則鮮華朗映，賦〈鴛鴦〉則婉約風流。豈知烽傳青犢，劫墮紅羊，侯景搆亂，金陵覆沒。於時陵既使魏，齊受魏禪，拘而未返，歷時七載。雖書記頻上，恒表思鄉之情；而消息屢乖，長懷向漢之悲。與遵彥、宗室，激越而博辯；答僧辨、僧智，曲折而多感。並藻耀縱橫，韻高跌宕。及魏陷江陵，梁元蒙塵。齊送蕭淵明爲梁嗣，乃遣陵隨還。未幾而陳受梁禪，遂仕於陳。陳國詔策，皆陵所製。冊九錫之文，臺閣典範；侯安都之碑，碑誌正體。書記詔策，是其所長。或氣體淵雅，或跌宕激越，或清麗妍華，或委婉蘊藉。

一、氣體淵雅

氣體者，氣以舉辭，辭達理見也。昌黎公〈答李翊書〉云：「氣，水也；言，浮物也。」水大則物浮，氣盛則言宜。在昔評文，率重氣體。至於漢魏六朝，格乃屢變。兩漢議論，動輒千言，縱橫反覆，層層託喻，故氣體盛也。降及劉宋，氣韶而色麗，體整而句琢，前人謂其潛氣內轉，蓋得乎陰柔深緩之妙。夫崇尚不偏，骨采自炫。若能熟於經史，詳於掌故，出入《左》《國》，妙擅《詩》《禮》。至於精義、名言，微情、妙旨，莫不盡入網羅，任從檃括，則文能深遠高雅矣。觀徐公詔策之文，則多有之。

徐陵〈陳公九錫文〉

> 大哉乾元，資日月以貞觀；至哉坤元，憑山川以載物。故惟天爲大，陟配者欽明；惟王建國，翼輔者齊聖。是以文、武之佐，磻谿蘊其玉璜；堯、舜之臣，榮河鏤其金版。況乎體得一之鴻姿，寧陽九之危厄。拯橫流於碣石，撲燎火於崑岑，驅馭於韋彭，跨礫於齊、晉，神功行而靡用，聖道運而無名者乎？今將授公典策，其敬聽朕命。
>
> 日者昊天不吊，鍾亂於我國家，網漏吞舟，強胡內顯，茫

茫宇宙，惵惵黎元，方足圓顱，萬不遺一。大清否亢，橋山之痛已深；大寶屯如，平陽之禍相繼。上宰膺運，康救兆民，鞠旅於滇池之南，揚旌於桂嶺之北。懸三光於已墜，謐四海於群飛，屠猰貐於中原，斮鯨鯢於蒙汜。蕩寧上國，光啓中興，此則公之大造於皇家者也。

既而天未悔禍，夷醜薦臻，南夏崩騰，西京蕩覆。群胡孔熾，藉亂乘間，推納藩枝，盜假神器。冢司昏撓，旁引寇讎，既見貶於桐宮，方謀危於漢閣。皇運已殆，何殊贅旒；中國搖然，非徒如線。公赫然投袂，匡救本朝，復莒齊都，平戎王室。朕所以還膺寶曆，重履宸居，挹建武之風猷，歌宣王之雅頌，此又公之再造於皇家者也。

公應物之初，登庸惟始，三川五嶺，莫不窺臨；銀洞珠宮，所在寧謐。孫、盧肇釁，越貊爲災，番部阽危，勢將淪殄。公赤旗所指，祅壘洞開；白羽纔揮，凶徒粉潰。非其神武，久喪南藩。此又公之功也。

大同之末，邊政不修，李賁狂迷，竊我交、愛。敢稱大號，驕恣甚於尉他；據有連州，雄豪熾於梁碩。公英謨雄算，電掃風行，馳御樓船，直跨滄海。新昌、典徹，備履艱難；蘇歷、嘉寧，盡爲京觀。三山獠洞，八角蠻陬，逖矣水寓之鄉，悠哉火山之國，馬援之所不屆，陶璜之所未聞，莫不懼我王靈，爭朝邊候，歸賝天府，獻狀鴻臚。此又公之功也。

自寇虜陵江，宮闈幽辱，公枕戈嘗膽，提劍拊心，氣湧青霄，神飛紫闥。而番禺連率，本自諸夷，言得其朋，是懷同惡。公仗此忠誠，乘機剿定，執沛令而釁鼓，平新野而據鞍。此又公之功也。……。

譚復堂評：「遂爲臺閣文字濫觴，尚有生氣，後人不能。」〔註 23〕臺閣文字，蓋歌功頌德之類，明詩有臺閣體。觀其逐節敷寫，時作頌德，唯能點綴經史，藻色霞披，對偶繽紛，故尚有生氣。末流習之，或流

〔註 23〕〔清〕李兆洛輯，譚獻批校：《駢體文鈔》，冊上，卷 7，頁 6a。

於套語，或蹈於平庸，遂爲駢體之罪人。蔣士銓評：「如此大篇，妙在氣體淵雅，語義匀稱。既無逗湊粗厲之患，復絕駑駿驥服之嫌。遒勁式讓子山，而雍容克讓，氣象可與接踵。後雖四傑，不能繼之，何況餘子。」〔註24〕

徐陵〈梁禪陳詔〉

五運更始，三正迭代，司牧黎庶，是屬聖賢。用能經緯乾坤，彌綸區宇，大庇黔首，闡揚鴻烈。革晦以明，積代同軌，百王踵武，咸由此則。梁德湮微，禍難薦發，太清云始，見困長蛇；承聖之季，又罹封豕。爰至天成，重竊神器，三光亟沈，七廟乏祀，含生已泯，鼎命斯墜。我武、元之祚，有如綴旒，靜惟〈屯〉〈剝〉，夕惕載懷。

相國陳王，有命自天，降神惟嶽，天地合德，晷曜齊明。拯社稷之橫流，提億兆之塗炭。東誅叛逆，北殲獯醜，威加四海，仁漸萬國，復張崩樂，重興絕禮，儒館聿修，戎亭虛候。大功在舜，盛績惟禹，巍巍蕩蕩，無得而稱。來獻白環，豈直皇虞之世；入貢素雉，非止隆周之日。固以效珍川陸，表瑞煙雲，甘露醴泉，旦夕凝湧。嘉禾朱草，孳植郊甸，道昭於悠代，勳格於皇穹。明明上天，光華日月，革故著於玄象，代德彰於圖讖。獄訟有達，謳歌爰適，天之曆數，實有攸在。

朕雖庸藐，闇於古昔，永稽崇替，爲日已久，敢忘烈代之遺典，人祇之至願乎？今便遜位別宮，敬禪於陳，一依唐虞、宋齊故事。

觀其引咎悔禍，推德讓能，取美當時之意，敬慎來葉之心，固臺閣佳製也。若乃「東誅」「北殲」，則方位逞巧；「四海」「萬國」，則數字鬥奇；「巍巍蕩蕩」，則當句疊字；「白環」「素雉」，則彩色爭豔。雖麗句紛陳，而氣度雍容。蔣士銓云：「典雅是四六正法，然患其質而重。」〔註25〕以此觀之，徐公麗辭，煥乎有文矣。

〔註24〕〔明〕王志堅編，〔清〕蔣士銓評：《評選四六法海》，頁13。
〔註25〕〔明〕王志堅編，〔清〕蔣士銓評：《評選四六法海》，頁1。

二、跌宕激越

夫自反蓄勢，遞落下文，跌之用也。蓋超距則其膝先曲，遠投則其臂先迴，所以蓄其勢也。事既有之，文亦宜然。譬彩雲之欲墮，忽復飈起；方野馬之失蹄，翻爾迅躍。於是俯仰克讓，顧盼自喜。若平鋪直敘，意淺而無蘊藉，詞率而乏丰神，將失精采矣。宕者，以夷猶澹蕩之辭，委婉吞吐，使情韻不匱，蕩漾搖曳者也。程杲云：「一篇之中，須以單偶參用，方見流宕之致。」〔註26〕劉熙載云：「詩以離合為跌宕，故莫善於用遠合近離。近離者，以離開上句之意為接也。離後復轉，而與未離之前相合，即遠合也。」〔註27〕是知遠合近離，正反迴環，故爾跌宕。徐陵文好求新意，頗變舊體，單複並運，文質相宣，所以善作跌宕；至於北齊求還，所作皆聲情激昂，情緒高亢，是跌宕激越之風格者。

徐陵〈在北齊與楊僕射書〉

> 夫一言所感，凝暉照於魯陽；一志冥通，飛泉涌於疏勒。況復元首康哉，股肱良哉，鄰國相聞，風教相期者也。天道窮剝，鍾亂本朝，情計馳惶，公私哽懼。而骸骨之請，徒淹歲寒；顛沛之祈，空盈卷軸。是所不圖也，非所仰望也。執事不聞之乎？昔分鼇命鳫之世，觀河拜洛之年，則有日烏流災，風禽騁暴，天傾西北，地缺東南，盛旱坼三州，長波含五嶽。我大梁膺金圖而有亢，纂玉鏡而猶屯，何則？聖人不能為時，斯固窮通之恒理也。
>
> 至若荊州刺史湘東王，幾神之本，無寄名言，陶鑄之餘，猶為堯舜。雖復六代之舞，陳於總章；九州之歌，登於司樂，虞夔拊石，晉曠調鍾，未足頌此英聲，無以宣其盛德者也。若使郊禋楚翼，寧非祀夏之君；龕定京師，即是匡周之霸。豈徒豳王徙雍，朞月為都；姚帝遷河，周年成邑。

〔註26〕〔清〕程杲：〈四六叢話序〉，見〔清〕孫梅：《四六叢話》，頁2。
〔註27〕〔清〕劉熙載：《藝概》（臺北：華正書局，1988年9月），〈詩概〉，頁77。

> 方今越裳藐藐，馴雉北飛；肅慎茫茫，風牛南偃。吾君之子，含識知歸，而答旨云何所投身，斯所未喻一也。
>
> 又聞晉熙等郡，皆入貴朝，去我尋陽，經塗何幾？至於鐺鐺曉漏，的的宵烽，隔溆浦而相聞，臨高臺而可望。泉流寶盌，遙憶湓城；烽號香爐，依然廬嶽。日者鄱陽嗣王治兵匯派，屯戍淪波，朝夕牋書，春秋方物，吾無從以躡屩，彼有路而齊鑣，豈其然乎？斯不然矣。又近者邵陵王通和此國，郢中上客，雲聚魏都；鄴下名卿，風馳江浦。豈盧龍之逕，於彼新開；銅駝之街，於我長閉？何彼途甚易，非勞於五丁；我路爲難，如登於九折？地不私載，何其爽歟！而答旨云還路無從，斯所未喻二也。……。

此徐陵使魏求還之書，曉八疑以祈請，舒千言以博辯。明人李騰芳釋「跌」云：「古人發難之法，即今人所謂反也。有一跌不已，致於三四跌者，愈跌之多，則文意愈醒，而收轉處愈有氣力，又愈省氣力。」〔註 28〕觀其「執事不聞之乎？昔分鼈命鳫之世…」「豈徒豳王徙雍，朞月爲都；堯帝遷河，周年成邑。」「豈盧龍之逕，於彼新開；銅駝之街，於我長閉？何彼途甚易，非勞於五丁，我路爲難，如登於九折？地不私載，何其爽歟？」等，皆善作跌宕者也。故知徐陵設問發揮，敘理成論，多得跌之功；散文爲對，密中能疏，多得宕之致。至於慷慨激越之意，躍然紙上矣。蔣士銓評「夫一言所感」句云：「濤翻浪湧，自具縈洄。盤礴之勢，故非無氣者所能，亦非直下者可比。」〔註 29〕濤翻浪湧，自具縈洄，流宕之謂也。蔣氏又評：「沉雄之氣，略遜子山，而頓宕風流，後來無比。……尙顯易者媿其麗則，矜藻豔者謝其明析。須觀其俗處能雅，質處能華。入宋人手不知幾許頭巾氣矣。」〔註 30〕

〔註 28〕〔明〕李騰芳：《文字法三十五則》，收入王水照編：《歷代文話》，冊 3，頁 2498。

〔註 29〕〔明〕王志堅編，〔清〕蔣士銓評：《評選四六法海》，頁 221。

〔註 30〕〔明〕王志堅編，〔清〕蔣士銓評：《評選四六法海》，頁 230。

徐陵〈在北齊與梁太尉王僧辯書〉

太清六年六月五日，孤子徐君頓首。昔者雲師火帝，非無戰陣之風；堯誓湯征，咸用干戈之道。至於搖山蕩海，驅電乘雷，殲厥凶渠，無虧皇極。若夏鍾夷羿，周厄犬戎，漢委珠囊，秦亡寶鏡，然則皆聞之矣。未有膺龍圖以建國，御鸞鳳邸以承家，二后欽明，三靈交泰，而天崩地坼，妖寇橫行者也。自古銅頭鐵額，與暴皇年。檮杌、窮奇，流災中國；王彌、石勒，吞噬關河。綠林、青犢之群，黑山、白馬之眾，校彼兵荒，無聞前史。八王故事，曾未混淆；九州春秋，非云禍亂。

我皇受命中興，光宅天下，太寧瑣瑣，安敢執鞭；建武棲棲，何其扶轂。抑又聞之，陶唐既作，天歸鳥喙之臣；豐畢將興，特挺鷹揚之佐。明公量苞金鉉，神表玉璜，儷袞欽才，平階佇德。固以留連管樂，惆悵風雲，濡足維時，投竿斯在。

去歲凶徒不騁，言次巴丘，鼓聲聞一柱之臺，烽火照三休之殿。公則懸麾羽扇，猶對投壺，戎羯咸奔，鯨鯢俱剪。樓船萬軸，還擊昆明；胡馬千群，皆輸長樂。於是乎夏首西浮，雲行電邁；彭波東匯，谷靜山空。扼鵲尾而據王畿，登牛頭而掃天闕。漸臺僞帥，仍傳首於帝京，郿塢元兇，咸刳腸於軍市。青羌赤狄，同畀豺狼；胡服夷言，咸爲京觀。公園陵盡拜，忠貫長沙，神主咸安，勳逾高密。重以秦宮既獲，魯殿猶存，鬭綠草於應門，開青槐於武庫。長安五陵之族，鄠杜七遷之民，繈負而歸，都廛斯滿。鬻脂藏脯，遊騎擊鐘；故市新城，飛甍華屋。東莞舊宅，人識桑榆；南頓荒田，家分禾黍。豈以鄉名穀熟，邑號禾興而已哉？若夫卦起龍文，書因鳥跡，劬勞王室，大拯生民，自開闢以來，未之有也。雖十六才子，明允篤誠；八百諸侯，專心同德，中宗佐命，俱畫丹青；光武功臣，皆懸星象。棧道木閣，田單之奉霸齊；縮璽將兵，周勃之扶強漢。壤蟲之比黃鵠，鰌鮒之仰河宗，未足云也。

孤子階緣多幸，叨籩皇華，鄉國屯危，公私焦迫。邳肜之切，長亂心胸；徐庶之祈，終無開允。既而屏居空館，多歷歲時，釁犯幽祇，躬當剿滅。何圖釁咎，災極蒼旻，號慕煩冤，肝腸屠殞。酷痛奈何！無狀奈何！惟桑與梓，翻若天涯；杖柏栽松，悠然長絕。明明日月，號叫無聞；茫茫宇宙，容身何所。窮劇奈何！自忝膺嘉聘，仍屬亂離，上下年尊，偏嬰此酷。昔人迎門請盜，恒懷廢寢之憂；當挽輿櫬，猶有危途之懼。況乎逆寇崩騰，京師播越，興居動止，長隔山河。朝夕饘酏，誰經心眼；程糜不繼，原粟何資？瞻望風雲，朝夕嗚咽。固乃游魂已謝，非復全生；餘息空留，非爲全死。同冰魚之不絕，似蟄蟲之猶蘇，良可哀也！良可哀也！

自東都紹漢，南亳興殷，修好徵兵，彌留星琯。韓宣、范武，方駕連鑣；蘇秦、張儀，朱輪華轂。而孤子三危是擯，四罪同科，聽別馬而長號，杖歸旌而永慟。王稽反命，既無託乘之恩；椒舉相逢，誰爲班荊之位。昔人違齊處魯，時降徵求；亡晉奔秦，猶蒙招請。問管寧於遼左，追王朗於浙東，並物譽時賢，卿門公族，懸須應務，深挾情祈。斯豈庸賤之儔邪？非餘生之敢望也。但預在輶軒，誠爲過誤。珪璋特達，通聘河陽；貂珥雍容，尋盟漳水。差有黃門啓封，非無青紙詔書。郡將州司，郊迎負弩；鄉亭里候，飾館陳兵。豈是復介而奔齊，寧當竊妻而逃晉。已焉哉！羌難得而言也。漢之谷吉，捐軀者幾人；楚之申胥，埋魂者何極。孤子何所歎焉！但頓伏苫廬，徒延光晷。夫以啁噍燕雀，躑躅鳴號，含識懷靈，未有其痛。

且夫曾耕雨雪，猶尚悲歌；蘇使幽囚，無馳哽咽。公履忠弘孝，冠冕縉紳，化感煙雲，量標海嶽。行糜仲月，王政無塞；分穀高年，仁風斯遠。固以衣纓仰訓，黎庶投懷。今日憔惶，彌布洪澤。雖復孤骸不返，方爲漠北之塵；營魄知歸，終結江南之草。孤子徐陵頓首。

此徐陵在齊，聞侯景已平，致書僧辯，盼援引歸國也。蔣士銓評：「跌宕固是徐公本色。」〔註31〕若文用正意，數語則盡，必旁敲側擊，反面蓄勢，而生無窮之意，有跌宕之致也。觀其「朝夕饘酏，誰經心眼；程糜不繼，原粟何資？」「王稽反命，既無託乘之恩；椒舉相逢，誰爲班荊之位。」「漢之谷吉，捐軀者幾人；楚之申胥，埋魂者何極。孤子何所歎焉！」何非跌宕激越之辭焉？李兆洛評：「孝穆文驚彩奇藻，生氣遠出，有不煩繩削而自合之意。」〔註32〕

三、清麗妍華

劉勰《文心・情采》云：「夫鉛黛所以飾容，而盼倩生於淑姿；文采所以飾言，而辯麗本於情性。」淑姿所以盼倩，情性所以辯麗，並韻出天然，獨持風骨。蓋辭之待骨，如體之樹骸；情之含風，猶形之包氣。專事塗飾者，義瘠而辭肥，無骨之徵也；一味鋪排者，思淺而氣索，無風之驗也。故鍊於骨者，析辭必精；深於風者，寫情如訴。辭麗而不縟，句雕而無迹，此清麗妍華之風也。

徐陵〈與李那書〉

籍甚清徽，常懷虛眷。山川緬邈，河渭像於經星；顧望風流，長安遠於朝日。青要戒節，白露爲霜，君子惟宜，福履多愈。雍容廊廟，獻納便繁。留使催書，駐馬成檄。車騎將軍，賓客盈座，丞相長史，瞻對有勞。脫惠箋繒，慰其翹想。

吾棲遲茂陵之下，臥病漳水之濱，迫以崦嵫，難爲砭藥。平生壯意，竊愛篇章，忽覩高文，載懷勞佇。此後殷儀同至止，王人授館，用阻班荊，常在公筵，敬析名作，獲殷公所借〈陪駕終南〉、〈入重陽閣詩〉，及〈荊州大乘寺〉、〈宜陽石像碑〉四首。鏗鏘並奏，能驚趙鞅之魂；輝煥相華，時瞬安豐之眼。

山澤晻靄，松竹參差，若見三峻之峰，依然四皓之廟。甘泉鹵簿，盡在清文；扶風輦路，悉陳華簡。昔魏武虛帳，韓王故臺，自古文人，皆爲詞賦。未有登此舊閣，歎此幽

〔註31〕〔明〕王志堅編，〔清〕蔣士銓評：《評選四六法海》，頁234。
〔註32〕〔清〕李兆洛輯，譚獻批校：《駢體文鈔》，冊下，卷19，頁30b。

> 宮，標句清新，發言哀斷。豈止悲聞帝瑟，泣望羊碑，一詠歌梁之言，便掩盈懷之淚。
>
> 至如披文相質，意致縱橫，才壯風雲，義深淵海。方今二乘斯悟，同免化城；六道知歸，皆逾火宅。宜陽之作，特會幽衿，所睹黃絹之詞，彌懷白雲之頌。但恨耆闍遠嶽，檀特高峰，開士羅浮，康公懸溜，不獲銘茲雅頌，耀彼幽巖。
>
> 循環省覽，用忘饑渴。握之不置，恒如趙璧；玩之不足，同於玉枕。京師長者，好事才人，爭造蓬門，請觀高製。軒車滿路，如看太學之碑；街巷相填，無異華陰之市。
>
> 但豐城兩劍，尚不俱來；韓子雙環，必希皆見。莫以好龍無別，木雁可嗤。載望瓊瑤，因乏行李。金風已勁，玉質宜調，書不盡言，但聞爻繫。徐陵頓首。

蔣士銓評：「比任沈爲諧今，視王楊爲近古。文質之關，升降之漸，學者所宜究心也。」〔註33〕諧今者，由宮體而徐庾體，綺豔之文也。王文濡評：「文至徐庾，流風斯下。此文獨持風骨，不尚詞華，標句清新，發言哀斷。又復一氣舒卷，意態縱橫。蓋情摯而文自眞，氣勁而筆斯達。雖未足追晉宋之遺音，亦集中之矯矯者。」〔註34〕夫不尚詞華者，非有意於敷藻；標句清新者，恒新穎於比喻。觀其「鏗鏘並奏，能驚趙鞅之魂；輝煥相華，時瞬安豐之眼。」云云，極贊〈陪駕入閣〉詩，語語精絕，非止鋪排之工；句句隸事，偏得妍華之美。寫景清新，述情自然。至於「但豐城兩劍，尚不俱來；韓子雙環，必希皆見。」則又風骨高騫，情韻不竭。譚獻評：「從容抒寫，神骨甚清。」〔註35〕此所以得清麗妍華之美也。

四、委婉蘊藉

秦漢以下，去聖漸遠，詞氣迫切，稍失含蓄。惟《左氏》所載，

〔註33〕〔明〕王志堅編，〔清〕蔣士銓評：《評選四六法海》，頁238。
〔註34〕王文濡：《南北朝文評註讀本》，冊2，頁9。
〔註35〕〔清〕李兆洛輯，譚獻批校：《駢體文鈔》，冊下，卷30，頁25a。

諸國往來之辭，君臣相告之語，則辭不迫切，意味獨至，此委婉之風也。至於氣味和厚，丰采溫潤，理有餘趣，神有餘閒，詞盡而意不窮，音絕而韻未已。微情妙旨，恒在言外，似零露團團，含意未吐，所以蘊藉可觀也。徐陵文巧密層出，有委婉蘊藉之風者。

徐陵〈答周處士書〉

辱去年三月二十七日告，仰披華翰，甚慰翹結。承歸來天目，得肆閒居，差有弄玉之俱仙，非無孟光之同隱。優游俯仰，極素女之經文；升降盈虛，盡軒皇之圖藝。雖復考槃在阿，不爲獨宿，詎勞金液，唯飲玉泉。比夫煮石紛紜，終年不爛；燒丹辛苦，至老方成。及其得道冥眞，何勞逸之相懸也。

又承有方生，亦在天目，理當仰稟明師，總斯秘要。豈如張陵弟子，自墜高巖；孫泰門人，競投滄海。何其樂乎！聖朝虛心版築，尚想丘園，若彼能赴嘉招，便當謹申高命。但其人往歲，亦望至京師，觀此風神，確乎難拔。故以忘懷爵祿，詎持犧牲之談；高視公卿，獨騁蜉蝣之訓。所恐有道三辟，公車十徵，若斯者終當不屈。此既然矣，請復詳言。

昔楚國兩龔，同時紆組；漢陰二老，相攜抱甕。兄之幽貞，若其鑿坏負石，方同形影；結綬彈冠，無容越楚。況乎糞土夔龍，糟糠名器，己行所不欲，非應及人。忽承來音，良以多感。何則？潁陽巢父，不曾令薦許由；商洛園公，未聞求徵綺季。斯所未喻高懷，而躊躇於矛楯也。唯遲山阿近信，更惠芳音，如或誠言，謹便聞奏。弟夙勞比劇，不復多呈。徐陵白。

按《南史・周弘讓傳》云：「弘讓性簡素，博學多通。始仕不得志，隱於句容之茅山，頻徵不出。晚仕侯景，……並獲譏於代。」〔註 36〕然則先隱後仕，獲譏於代，蓋身在江海之上，心居魏闕之下者乎？觀

〔註 36〕〔唐〕李延壽：《南史》，冊 3，卷 34，頁 900～901。

「優游俯仰，極素女之經文；升降盈虛，盡軒皇之圖藝。」則弘讓特習容、彭房中之術者耳。清姚範《援鶉堂筆記》云：「然則弘讓蓋習容、彭之術者。又弘讓薦方圓於徐，而徐答云：『理當仰稟明師，總斯祕要』，疑亦習此術者，而忝名隱逸，蓋隱愧之詞也。」觀下接『豈如張陵弟子，自墜高巖』云云，則方與弘讓同習容、彭之術，卓然無可疑。蓋通篇皆含譏隱諷也。」〔註37〕徐陵器局深遠，推德讓賢，詳乎史載。苟有蘊匱之才，何得不薦？觀其調笑之中，文氣排宕，詞旨婉暢，自然佳妙。蔣士銓評：「弘讓遺書薦方圓，陵答之如此。讀此書，令人難以置對，足令充隱之徒汗顏。」〔註38〕又評：「史稱僕射之文頗變舊體，緝裁巧密，多有新意。流覽玩味，此語殆信。讀者須反復參尋，上下考證，前此之何以扭而疎，孝穆之何以巧而密，實實有益。」又評：「同時如子山，未嘗不巧不密，未嘗不新，未若孝穆之盛也。孝穆惟過巧過密，過求新意，便覺氣格大減子山。」

昔蕭子顯言新變，以爲：「參之史傳，雜以風謠，輕脣利吻，不雅不俗。」〔註39〕梁元帝論文，則云：「吟詠風謠，流連哀思。」〔註40〕徐陵時求新意，文質相宣，典雅之篇，非無白描之句；廟堂之製，或入輕巧之詞。則意同子顯之言。庾信暮年之賦，鄉關之思，不無危苦之辭，惟以悲哀爲主，則風合梁元之論。是以各有主張，並成佳體。徐以筆長，庾以文勝，徐書則說理縱橫，庾賦則抒情悲哀。唯徐陵白描活潑之句，太煉傷氣，所以略遜子山。觀其答書弘讓，單複並運，委婉蘊藉，足光陵集，何必哀思然後感人哉？

〔註37〕〔清〕姚範：《援鶉堂筆記》（臺北：廣文書局，1971年8月），冊4，頁1736。

〔註38〕〔明〕王志堅編，〔清〕蔣士銓評：《評選四六法海》，頁235。

〔註39〕《南齊書・文學傳論》：「若夫委自天機，參之史傳，應思悱來，勿先構聚。言尚易了，文憎過意，吐石含金，滋潤婉切。雜以風謠，輕脣利吻，不雅不俗，獨中胸懷。」〔梁〕蕭子顯：《南齊書》，冊2，卷52，頁908～909。

〔註40〕〔梁〕蕭繹：《金樓子・立言》，收入羅愛萍主編：《百子全書》（臺北：黎明文化事業公司，1996年12月），冊23，頁6929。

第三節　庾信麗辭之風格

庾信家有高風，幼承庭訓。遲奉南國，能邁群賢之龍章；抄撰東宮，時譽一代之學士。〈春賦〉〈對燭〉，見詩賦之合流；〈象戲〉〈鴛鴦〉，即宮體之佳作。乃侯景作亂，金陵瓦解，竄身荒谷，風塵殄瘁，仰慕園陵，俯傷黎庶。及僧辯平寇，梁元中興，親承朝命，聘於西魏。豈知齊交北絕，秦患西起，大軍南討，遂留長安。嗟乎！南朝羈士，入北而心含蕭瑟；北國遊宦，思南而賦動江關。觀其羈北諸作，賦有思鄉之哀，啓有輕倩之妙，至於碑誄之作，亦自不俗。張仁青云：「若〈陝州弘農郡五張寺經藏碑〉之遒麗宏肆，〈周上柱國齊王憲神道碑〉之沉雄隱秀，〈周太子太保步陸逞神道碑〉之風韻跌宕，〈周大將軍司馬裔神道碑〉之俊逸疏暢，……均《子山集》中擲地有聲之作。」〔註 41〕今標其風格特著者，用述於下：曰沉雄悲壯，曰秀逸雋絕，曰遒宕多姿，曰清新高華。

一、沉雄悲壯

沉鬱雄渾，沉雄之謂也。沉則抑遏不得，雄則蓄極自通。或燭天而徹地，乍勒風而鞭雲。是以元氣鼓鑄，洪纖弸中，具備萬物，篇有勁氣，此其大較也。靈均《離騷》云：「陟陞皇之赫戲兮，忽臨睨夫舊鄉；僕夫悲余馬懷兮，蜷局顧而不行。」登高臨下，寧非雄壯之勢；僕悲馬哀，即見沉鬱之情。庾信入北，發鄉關之哀情，寓沉雄於悲壯，是以情文相生，超出流俗。松雄先生云：「諸賦盡哀，庾成屈宋之後勁。」良有以也。

庾信〈思舊銘序〉

歲在攝提，星居監德。梁故觀寧侯蕭永卒。嗚呼哀哉！人之戚也，既非金石所移；士之悲也，寧有春秋之異？高臺已傾，稷下有聞琴之泣；壯士一去，燕南有擊築之悲。項羽之晨起帳中，李陵之徘徊歧路，韓王孫之質趙，楚公子

〔註 41〕張仁青：《中國駢文發展史》，頁 318。

之留秦，無假窮秋，於時悲矣。

況復魚飛武庫，預有棄甲之徵；烏伏翟泉，先見横流之兆。星紀吳亡，庚辰楚滅。紀侯大去，鄅子無歸。原隰載馳，轘轅長別。甲裳失矣，餘皇棄焉。河傾酸棗，杞梓與樗櫟俱流；海淺蓬萊，魚鱉與蛟龍共盡。焚香複道，詎斂遊魂？載酒屬車，寧消愁氣？芝蘭蕭艾之秋，形殊而共瘁；羽毛鱗介之怨，聲異而俱哀。所謂天乎？乃曰蒼蒼之氣；所謂地乎？其實摶摶之土。怨之徒也，何能感焉！凋殘殺翮，無所假於風飇；零落春枯，不足煩於霜露。幕府初開，賢俊翹首，爲羈終歲，門人謝焉。

至於東首告辭，西陵長往。山陽車馬，望別郊門；潁川賓客，遙悲松路。嵇叔夜之山庭，尚多楊柳；王子猷之舊徑，唯餘竹林。王孫葬地，方爲長樂之宮；烈士埋魂，即是將軍之墓。昔嘗歡宴，風月留連，追憶平生，宛然心目。及乎垂翅秦川，關河羈旅，降乎悲谷之景，實有憂生之情。美酒酌焉，猶思建業之水；鳴琴在操，終思華亭之鶴。重爲此別，嗚呼哀哉！

麟亡星落，月死珠傷，瓶罄罍恥，芝焚蕙歎。所望鐘沉德水，聲出風雲；劍沒豐城，氣存牛斗。潸然思舊，乃作銘云。

此子山悼梁觀寧侯蕭永作也。子山與蕭永、王褒同時羈旅，觀寧之卒，王褒有送葬之詩，子山有〈思舊〉之銘。錢鍾書以爲「〈哀江南賦〉之具體而微也」。〔註42〕觀其設問發端，起句跌宕：泣稷下而悲燕南，歎項羽而傷李陵，或韓子質趙，或楚王留秦，並有可悲，咸凝鬱陶。隸數事以烘託，集英雄之悲情，感喟蒼茫，百端交萃，用古事以傷今事，援古情以激今情，此所以爲沉雄悲壯也。至於敘亡國喪家之感，聲聲俱哀；懷昔痛今之意，語語共瘁。雖悼觀寧之作，實敘鄉關之思。《釋名》曰：「銘，名也。述其功美，使可稱名也。」士衡〈文賦〉云：「銘博約而溫潤。」比之子山，即其不拘舊體之證。譚復堂評：「亦

〔註42〕錢鍾書：《管錐篇》，冊4，頁1526。

靡矣，并開俗調。第子山之文，實以情勝，雖繁寬噍殺，感人殊深，能感人者即至文也。」〔註43〕

二、秀逸雋絕

庾家父子，籍甚庭芳。斯啓文之楷模，乃作家之正軌。子山所作小啓，皆清秀飄逸，允爲神品。劉勰釋「啓」云：「必斂飭入規，促其音節，辨要輕清，文而不移。」〔註44〕方之庾啓，綽有餘秀。且群巒列岫，雖曰壯觀，而怡情惟秀峰；萬派千流，非無助興，而生趣在秀波。蓋文之秀者，易以感人也。況庾信秀在風骨，超超雋絕，後世詆者，何足算焉！

庾信〈謝趙王賚絲布啓〉

> 某啓：奉教垂賚雜色絲布三十段。去冬凝閉，今春嚴勁，雪似瓊田，凌如鹽浦。張超之壁，未足鄣風；袁安之門，無人開雪。覆鳥毛而不暖，燃獸炭而逾寒。遠降聖慈，曲垂矜賑。論其蠶月，殆罄桑車；津實秉杼，幾空織室。遂令新市數錢，忽疑販綵；平陵月夜，驚聞擣衣。妾遇新縑，自然心伏；妻聞裂帛，方當含笑。莊周車轍，實有涸魚；信陵鞭前，原非窮鳥。仰蒙經濟，伏荷深慈。

史稱趙王名招，周文帝第七子，博涉群書，好屬文，學庾信體。觀其敘嚴勁於發端，言敝廬於篇首，蓋所賚絲布，則於題前極力反襯作勢也。「遠降聖慈，曲垂矜賑」，潛氣而內轉；「論其蠶月，殆罄桑車；津實秉杼，幾空織室」，言多而夸飾。「新市數錢，忽疑販綵；平陵月夜，驚聞擣衣」，雖賦物之典覈，豈無意趣；「妾遇新縑，自然心伏；妻聞裂帛，方當含笑」，縱妻妾之入文，寧非新巧。「莊周車轍，實有涸魚」，用典能活；「信陵鞭前，元非窮鳥」，隸事見妙。又前重出「雪似」「開雪」二雪字，極寫其寒；後重出「驚聞」「妻聞」二聞字，俱表其喜。視覺聽覺，並呈多感；畫理文理，足爲連類。光采煒煒而欲

〔註43〕〔清〕李兆洛輯，譚獻批校：《駢體文鈔》，卷26，頁18a。
〔註44〕見《文心雕龍・奏啓》。

然，畫面栩栩其如生矣。蔣士銓評：「眞是雋絕。」〔註45〕

庾信〈謝趙王賚米啓〉

> 某啓：奉教垂賚米十石。丹烏銜穟，既集西周；黃雀隨車，還飛東市。漬而爲種，不無霜雪之情；取以論兵，即有山川之勢。某陋巷簞瓢，櫛風沐雨，剝榆皮於秋塞，掘蟄燕於寒山。仰費國租，遂開塵甑。非丹灶而流珠，異荊臺而炊玉。東方朔之捧米，既息長饑；西門豹之墾田，方慚此賚。

蔣士銓評：「庾氏父子深於隸事，既無牽綴之蹟，復免板重之譏。但覺靈氣盤旋，綵雲上下。」〔註46〕深於隸事，謂其曲意用典，妙心得句也。「丹烏銜穟，既集西周；黃雀隨車，還飛東市」，食米之喜，溢於行間；敷藻之工，躍然紙上。「漬而爲種，不無霜雪之情；取以論兵，即有山川之勢」，以映襯隸事；「非丹灶而流珠，異荊臺而炊玉」，以眞幻相鎔。「東方朔之捧米，既息長饑；西門豹之墾田，方慚此賚」，「既」「方」對舉，乍有新開之意；「東」「西」起結，或見雋絕之姿。王文濡評：「自來詠物之體，貴在不即不離，詩文雖異，其理則一。此文語語推開，亦語語貼切，而身世之悲，感謝之情，鎔鑄於尺幅之中。秀色可餐，餘味無盡。捧腹而讀，可以療飢。」〔註47〕

三、遒宕多姿

文以遒勝，六朝所希。昭明〈答湘東王求文集及詩苑英華書〉云：「夫文典則累野，麗則傷浮。能麗而不浮，典而不野，文質彬彬，有君子之致，吾嘗欲爲之，但恨未遒耳。」〔註48〕孫德謙亦云：「此一『遒』字，六朝人評詩文皆取裁於此。遒之爲言健也，勁也，文而不能遒鍊，必失之弱。」〔註49〕夫血惟榮筋，筋必束骨，至於勁氣內轉，

〔註45〕〔明〕王志堅編，〔清〕蔣士銓評：《評選四六法海》，頁135。

〔註46〕〔明〕王志堅編，〔清〕蔣士銓評：《評選四六法海》，頁138。

〔註47〕王文濡：《南北朝文評註讀本》，冊2，頁16。

〔註48〕〔梁〕蕭統：《梁昭明集》，見〔明〕張溥輯：《漢魏六朝百三名家集》，冊4，頁132。

〔註49〕孫德謙：《六朝麗指》，收入王水照編：《歷代文話》，冊9，頁8433。

秀勢外拔，力破餘地，不側不折，此遒健之風也。若乃遒得陽剛之美，宕得陰柔之致，陰陽並濟，所以多姿。觀庾信之作，以此爲勝。

庾信〈賀平鄴都表〉

臣某言：臣聞太山梁甫以來，即有七十二代；龍圖龜書之後，又已三千餘年。雖復制法樹司，禮殊樂異，至於文離武落，剡木弦弧，席捲天下之心，包含八荒之志，其揆一矣。

伏惟皇帝陛下，握天樞，秉地軸，駕馭風雲，驅馳龍虎。沉雄內斷，不勞謀於力牧；天策勇決，無待問於容成。是以威風所振，烈火之遇鴻毛；旗鼓所臨，衝風之卷秋葉。竊聞伊、洛戎夷，幽、并僭僞。抱圖載籍，已歸丞相之府；銜玉繫綬，並詣中軍之營。百年逋誅，遂窮巢窟；三代敵怨，俄然掃蕩。昔周王鮪水之師，尚勞再駕；軒轅上谷之戰，猶須九伐。未有一朝指麾，獨決神慮，平定宇內，光宅天下。二十八宿，止餘吳、越一星；千二百國，裁漏麟洲小水。若夫咸康之年，四方始定；建武之代，諸侯並朝，不得同年而語矣！雖復八風並唱，未足頌其英聲；六樂俱陳，無以歌其神武。坐鈞臺而誓眾，姒啓繼夏禹之功；入商郊而問罪，姬發成周文之志。無改之道，大孝也歟！

當今鹿臺已散，離宮已遣，兵藏武庫，馬入華山，立明堂之制，奏《大武》之樂。盛矣哉！上天降休，未之有也。政須東南一尉，立於比景之南；西北一候，置於交河之北。然後命東后，詔蒼旻，衢壇琬碑，銀繩瓊檢，告厥成功，差無慚德。

臣忝竊榮幸，蒞政東藩，不獲躬到闕庭，預觀大慶，不勝鳧藻踴躍之至，謹遣主簿陪臣曹敏奉表以聞。

洪亮吉〈與錢季木論友書〉有云：「淮南之雞犬，雅於薛公之賓客；河間之簡冊，親於中山之家室。」張壽榮評：「雋語以疎爽出之，更自遒宕。」〔註50〕淮南、河間，空間方闊；孟嘗、中山，豪氣彌

〔註50〕〔清〕曾燠編，姚燮評點，張壽榮眉評：《清朝駢體正宗評本》（臺北：世界書局，1975年10月），冊下，卷9，頁34a。

盛，故此爲遒。句法疎爽，聲情流利，故爾爲宕。然則遒宕者，句健而流利也。觀庾信是作，「太山梁甫以來，即有七十二代；龍圖龜書之後，又已三千餘年」，開端即遒；「政須東南一尉，立於比景之南；西北一候，置於交河之北」，末段亦宕。「沉雄內斷，不勞謀於力牧；天策勇決，無待問於容成」，巧用映襯；「雖復八風並唱，未足頌其英聲；六樂俱陳，無以歌其神武」，譽浹夸飾。復又造語平實，立意典正。李充《翰林論》曰：「表宜以遠大爲本，不以華藻爲先。」〔註51〕若子山此表，其有得矣。蔣士銓評：「未極研鍊，自具遒宕之氣。」〔註52〕

四、清新高華

昔顧野王云：「絜，清也。」〔註53〕許槤以爲「析詞尚絜」，〔註54〕其編《六朝文絜》，獨多庾信之文。然則庾文清新，豈虛語哉？劉師培云：「善用筆者，工於摹寫神情，故筆姿活躍。」〔註55〕蓋形容傳神，則文有生氣也。劉氏又云：「生氣又謂之精彩，言有生氣有辭彩也，有生氣有風格謂之警策，有風格有生氣兼有辭彩始能謂之高華。爲文而不能具是三者，不得語於上乘也。」〔註56〕清呂留良云：「先輩論文必高華。高華如庾、鮑、老杜，稱其清新、俊逸，故知所爭在氣骨，不在詞句也。」〔註57〕以爲庾信文高華。觀其抒寫故實，頗用虛籠之法；用古

〔註51〕〔明〕朱荃宰：《文通》卷八論「表」，收入王水照編：《歷代文話》，冊3，頁2792。

〔註52〕〔明〕王志堅編，〔清〕蔣士銓評：《評選四六法海》，頁50。

〔註53〕〔梁〕顧野王撰，胡吉宣校釋：《玉篇校釋》（上海：上海古籍出版社，1989年9月），冊6，頁5402。

〔註54〕〔清〕許槤評選，黎經誥注：《六朝文絜・序》，頁1。

〔註55〕劉師培：《漢魏六朝專家文研究》，見《中國中古文學史講義（附《漢魏六朝專家文研究》）》，〈七、論文章有生死之別〉，頁120。

〔註56〕劉師培：《漢魏六朝專家文研究》，見《中國中古文學史講義（附《漢魏六朝專家文研究》）》，〈七、論文章有生死之別〉，頁121。

〔註57〕〔清〕呂留良：《呂晚邨先生論文彙鈔》，收入王水照編：《歷代文話》，冊4，頁3349。

不堆，亦盡運筆之妙。文取畫理，自出新意。畫理取勢，非復繁冗之弊；新意自出，翻成高華之格。王昌齡云：「意高則格高。」〔註58〕杜子美云：「清新庾開府。」以此也。

庾信〈爲梁上黃侯世子與婦書〉

> 昔仙人導引，尚刻三秋；神女將梳，猶期九日。未有龍飛劍匣，鶴別琴臺，莫不銜怨而心悲，聞猿而下淚。人非新市，何處尋家？別異邯鄲，那應知路？想鏡中看影，當不含啼；欄外將花，居然俱笑。分杯帳裏，卻扇床前。故是不思，何時能憶！當學海神，逐潮風而來往；勿如織女，待塡河而相見。

此庾信代人與婦之書，爲夫妻離別之辭。夫仙人蘭香，神女智瓊，咸來薦枕，並有夸容。初連類而爲比，始喻巧而相通。三秋尚可期，九日猶可逢。豈如雷煥之劍，牧子之琴，譬夫婦之遠別，聞猿鳴而傷心。觀其隸事多而訝妙，銜怨足而哀音。至於「想」字爲縱，「笑」字爲擒，哀而不傷，《詩》教胸襟。許槤評：「豔極韻極。」〔註59〕豔極所以辭彩，韻極所以清新。辭彩與清新相接，生氣共高華俱臨。孫德謙評：「此種文何等活潑，直入畫境。夫文能妙達畫理，豈猶垂垂欲死耶？」〔註60〕王文濡評：「丰神飄逸，意態輕盈，淡語傳神，言外見意。詞藻不多，而深情無盡。蓋其秀在骨，而不可以皮相者。」〔註61〕

徐庾濡染家學，奠基梁宮。綺豔之體，咸能標世；清新之氣，並是成名。至於侯景寇亂，金陵瓦解，孝穆滯齊，彌深激越之辭；子山仕周，時有悲哀之賦。若乃江左河朔，文風不同；仕梁仕周，文用亦異。南國多文士，孝穆偏能詔策；北地少才人，子山獨擅碑誄，此其大較也。魏徵《隋書・文學傳序》云：「江左宮商發越，貴於清綺；河朔詞義貞剛，重乎氣質。氣質則理勝其詞，清綺則文過其意。理深

〔註58〕〔唐〕王昌齡：《詩格》，見張伯偉：《全唐五代詩格彙考》，頁160。
〔註59〕〔清〕許槤評選，黎經誥注：《六朝文絜箋注》，頁132。
〔註60〕孫德謙：《六朝麗指》，收入王水照編：《歷代文話》，冊9，頁8496。
〔註61〕王文濡：《南北朝文評註讀本》，冊2，頁17。

者便於時用，文華者宜於詠歌。」張仁青《駢文學》云：「北人長於說理，南人善於言情，已爲古今文家所公認。」〔註62〕然則徐陵籍南，書記見長，是南人有北人之風；庾信入北，抒情爲勝，是北人有南人之格。此其所謂超出流俗者耶？

觀其括囊眾製，包羅群品，後學繼響，模範斯出。如王摩詰〈六祖能禪師碑銘〉云：「無有可捨，是達有源；無空可住，是知空本。離寂非動，乘化用常。在百法而無得，周萬物而不殆。鼓枻海師，不知菩提之行；散花天女，能變聲聞之聲。」〔註63〕徐孝穆〈齊國宋司徒寺碑〉云：「無色之外，方爲化城；非想之中，猶稱火宅。若夫眾生無盡，世界無窮，芬若披蓮，遠如散墨。善財童子，南行未窺；目連沙門，北游不見。」則摩詰碑文在此中撥出也。李義山〈韓城門丈請爲子姪祭外姑公主文〉云：「後宮承露，別殿相風。屏高雪透，簾虛霧蒙。武帝之黃金屋裡，阿母之碧綺疏中。方星睥對，比月娥同。」〔註64〕綺靡流麗，典而不浮，繼響徐公，蓋由〈玉臺序〉化出者。清胡天游〈有道先生安頤蔣君碑〉云：「既而虞泉日薄，霄路烏號。金莖琪樹，還歸犀角之營；白馬青絲，更踐牛頭之闕。」姚燮評：「沉雄悲壯。」〔註65〕隸事蒼茫，既符沉雄之氣，更還對舉，適表悲壯之情。則稚威沉潛庾集，亦可知矣。

蔣士銓云：「徐孝穆逸而不遒，庾子山遒逸兼之。」〔註66〕錢基博則云：「庾信麗而能閎，碑誌有名。徐陵遒而能婉，書記爲美。」〔註67〕又云：「徐庾文體，亦極藻艷調暢，然皆有遒逸之致。」〔註68〕

〔註62〕張仁青：《駢文學》，冊下，頁598。

〔註63〕〔清〕王先謙編：《駢文類纂》（浙江：浙江古籍出版社，1998年6月），頁571。

〔註64〕〔清〕王先謙編：《駢文類纂》，頁872。

〔註65〕〔清〕曾燠編，姚燮評點，張壽榮眉評：《清朝駢體正宗評本》，冊上，卷2，頁27a。

〔註66〕〔明〕王志堅編，〔清〕蔣士銓評：《評選四六法海》，頁12。

〔註67〕錢基博：《中國文學史》（臺北：海國書局，1971年5月），頁236。

〔註68〕錢基博：《中國文學史》，頁238。

蓋剛柔之氣有殊，遒逸之體或異。研閱一家，既知兼擅；比較二子，即有互出。故摘其風格尤著者，用述於上爾。

第五章　結論（附論徐庾麗辭之影響）

夫經典沉深，非無駢語；載籍浩瀚，時有麗辭。況魏晉以來，藝林大盛；南朝以後，詞壇鼎興。未嘗不巧借丹青，會諧鞶帨。至於織偶語而見奇，賦眞情而瀏亮。跨略舊體，競呈縟裁之能；馳騖機杼，各極新變之妙。價重江南，譽高河北。一時稱盛，萬口爭傳者，唯徐孝穆、庾子山也！

徐庾挺五行之秀，稟瑰瑋之才。在梁之作，情韻兼得；羈北之篇，華實相濟。若乃麗密擅長，婉秀取雋，形式、風格，可得而言：

（一）夫四六隔對，徐庾導其極。乍連綿而通篇，或宛轉而相銜。莫不結構多端，時出新意；句法多變，別開巧思。如徐陵〈玉臺新詠序〉云：「至若寵聞長樂，陳后知而不平；畫出天仙，閼氏覽而遙妒。至如東鄰巧笑，來侍寢於更衣；西子微顰，得橫陳於甲帳。陪遊馺娑，騁纖腰於結風；長樂鴛鴦，奏新聲於度曲。」四六連綿而通篇。庾信〈謝趙王賚犀帶等啓〉云：「貫藏文馬，如燒安息之銀；帶插通犀，似獵雲南之獸。北郭騷之長貧，是所甘愜；南宮敬之載寶，殊非念望。花開四照，惟見其榮；鼇戴三山，深知其重。昔沈羲將盡，逢司命而還生；士燮行埋，值仙人而更活。今日慈矜，斯之謂矣！馬前驅前導路，或似識恩；雞未曉而開關，容能報主。」四六迴環而六四。其四六隔對如此也。

（二）亦有廻盪重出，隔句復沓，蓋受才於《詩經》，拓宇於民歌。如庾信英華特出，句法迴盪，則云「以法施民，必傳祀典；以勞定國，必有成家」、「存人之國，大於救人之災；立人之后，重於封人之墓」。〔註 1〕然庾信抒情爲歸，此法蓋少；徐陵書論見長，其方實多。或隔句對上句字重出，或隔句對下句字重出。握管懷鉛，重出振其節奏；絺句繪章，復沓盪其聲情。

（三）至於白描活潑，各含殊采，任靈動之氣，抒條暢之情，閱之則妙悟自生，誦之則逸興遄飛。或雙擬構句，而自具迴環；或散文作對，而造語自然；或歎詞成偶，而氣勢凌人。並寓物趣之大凡，極藝苑之奇致。

（四）觀夫麗辭營對，運裁多方，刻畫適變，先在數字。至於飾羽尚畫，皆辭人之愛奇；綺縠紛披，即梁元之篤論。文尚綺麗，故彩色標焉。若乃鋪采摛文，方位逐寫，此漢賦所長。故方位對者，源於此也。拓胸懷之乾坤，恢翰墨於宇宙。東南西北，恆有空間之感；上下左右，不無雄壯之格。齊梁雕藻，三對漸繁，徐庾則才華富有，三對迭用，新變之文生矣。

（五）至如永明沈約，則盛論聲病；劉宋范曄，則先識清濁。夫平去爲揚，上入爲抑；揚多則調匀，抑多則調促。蓋調用去入，古樸而板重，協用四聲，清新而條暢。沈氏乃著其譜，以爲獨得胸襟，窮其妙旨。徐庾生當梁世，學本家傳，沿永明之餘旨，飫音韻之精微。加以字協平仄，音調馬蹄。麗辭結六朝之局，體勢開三唐之派。

（六）若乃隸事之道，必經三目：履端於始，成詞與人事共取；舉正於中，剪截與鎔化俱運；歸餘於終，明用與暗用並陳。欲探隸事之方，先摘慣用之詞也。夫剪截鎔化之後，待修辭而意出。故知文章隸事，亦修辭之一法。六朝文之隸事，初緣比興而來也。執此以觀夫徐庾，知其有慣用技法者。一曰以比況隸事，二曰以夸飾隸事，三曰以映襯隸事。

〔註 1〕〔北周〕庾信：〈功臣不死王事請門襲封表〉。

以比況隸事者，乍言彼而含此，或述甲而實乙。古事今事，既得相合；古情今情，還成對比。以夸飾隸事者，將欲駭耳目，壯聲貌，增感人之力，表眞切之情，於是比物連類，而夸飾運之。以映襯隸事者，二事相對，映照襯托。或取相似，以襯正意；或取相反，以襯本事。於是正襯反襯，既彰感官之差；相對相比，乃合虛實之情。觀其虛字實字，俱能相銜；明典暗典，並得鋪展。然後知徐庾隸事，多得虛實相倚之法。

（七）至若文章結構，虛實相生，實字之爲形體，虛字之爲血脈。虛字領實，遂暢生活之氣；實字銜虛，乃有動宕之情。麗壇元祖，已開虛字之能；徐庾宗師，即用新變之體。觀其文中，虛字逞奇，生氣遠出。或表現爲連詞，或表現爲詞彙，或表現爲句法。此皆頗變舊體，新致英奇。毛先舒〈湖海樓儷體文序〉云：「能於屬詞隸事之中，極其開闔；不外紬青媲白之法，自行跌蕩。」〔註2〕然則屬詞隸事，運虛實相倚之法，寧非開闔？紬青媲白，行三對迭用之句，豈無跌蕩？

（八）夫吐納英華，莫非情性。齊梁雕辭，咸慕麗風；徐庾創體，偏能綺豔。此其本色也。其時宮體正盛，新變初成。巧構形似，由山水而宮闈；文貴比興，崇性情而放蕩。形似故隨文賦采，彌尚靡麗；放蕩故宮闈都寫，人物皆描。徐庾頗變舊體，便著綺紈；恆出新意，無待雕琢。清新相接，篇體光華，允爲駢文宗師。至於齒在適立，大盜移國，流離播越，文風遂異。蓋孝穆南還，適遘多艱，値梁陳之交運，撰禪授之文書。陳氏基命，武帝創國，軍書詔策，皆其所製。子山竄身荒谷，公私塗炭。及其使北莫歸，遙臨梁亡。莊舄執楚國之珪，尙多越吟；鍾儀就南冠之囚，猶能楚奏。而通顯之職，徒踰宦梁之時；鄉關之思，永言羈北之痛。蓋徐庾文綺豔清新，生氣見高，細爲甄別，亦有其異，徐則氣體淵雅，跌宕激越，或清麗妍華，或委婉蘊藉；庾則沉雄悲壯，秀逸雋絕，或遒宕多姿，或清新高華。於是徐庾之風格辨矣。

觀其醞釀群籍，黼黻性靈，造偶語之珠璣，既譽美於前談；灑六

〔註2〕〔清〕曾燠編，姚燮評點，張壽榮眉評：《清朝駢體正宗評本》（臺北：世界書局，1975年10月），卷1，頁39a。

朝之金粉，亦流風於來葉。謝鴻軒論其貢獻，略舉三事：駢四儷六，而隔句爲聯；用典能活，而兼擅白描；文筆清新，而句法靈動。〔註3〕張仁青標其價值，凡有四種：樹四六句間隔作對之宏規，開平仄聲相互協調之首唱，四六句法之靈動，數典隸事之繁富。〔註4〕褒崇有據，推揚得實，知其麗體之金針，駢文之玉條矣。自梁陳以來，遽躡其跡，徐庾影響，實耀來葉。

一、創三對迭用之先驅

自宮體肇興，辭人愛奇，凡爲文章，咸欲入麗。史稱徐庾「既有盛才，文並綺豔，故世號爲徐庾體焉。當時後進，競相模範。每有一文，京都莫不傳誦。」〔註5〕夫簡文、梁元，先後御極，並能著述，梁簡文帝〈相官寺碑〉云：「眞人西滅，羅漢東遊。五明盛士，並宣北門之教；四姓小臣，稍罷南宮之學。超洙泗之濟濟，比舍衛之洋洋。是以高簷三丈，乃爲祠神之舍；連閣四周，並非中官之宅。」〔註6〕情思雋逸，華采媥孄。梁元帝〈課耕令〉云：「軍國多虞，戎旃未靜，青領雖熾，黔首宜安。時惟星鳥，表年祥於東秩；春紀宿龍，歌歲取於南畯。況三農務業，尙看夭桃敷水；四人有令，猶及落杏飛花。」〔註7〕彩麗競繁，尙以意運。觀其數字、彩色、方位交暉，三對迭用，亦曰綺豔。年與徐庾相仿，〔註8〕而史未語有效其體〔註9〕者，亦可

〔註3〕謝鴻軒：《駢文衡論》，頁216～214。

〔註4〕張仁青：《駢文學》，冊下，頁459～464。

〔註5〕〔唐〕令狐德棻：《周書》，冊3，卷41，〈庾信傳〉，頁733。

〔註6〕〔梁〕蕭綱：《梁簡文帝集》，見〔明〕張溥輯：《漢魏六朝百三名家集》，冊4，頁240。

〔註7〕〔梁〕蕭繹：《梁元帝集》，見〔明〕張溥輯：《漢魏六朝百三名家集》，頁308。

〔註8〕梁簡文帝蕭綱生於梁武帝天監二年，西元503年；徐陵生於梁武帝天監六年，西元507年；梁元帝蕭繹生於梁武帝天監七年，西元508年；庾信生於梁武帝天監十二年，西元513年。

〔註9〕今檢迪志文化出版有限公司「文淵閣四庫全書電子版」，有徐庾體，徐陵體，庾信體，子山體，庾子山體；有宮體，無蕭綱體，蕭繹體，

怪矣。夫徐庾之文，繪事圖色，文辭盡情，既窮形以寫貌，復變本而加厲。三對迭用，恆存其篇；而二蕭絢染，終無全集。〔註 10〕然則三對迭用，徐庾其先驅乎？

至如王勃婉麗，猶見清華；楊炯沉重，尚能秀逸。盧照鄰清藻去俗，稍失古調；〔註 11〕駱賓王意境高渾，造語坦易。並稱四傑，亦徐庾之流風也。

> 自玄禽翦夏，浮寶石於南巢；白馬朝周，載旌旗於北面。五遷神器，琮璜高列帝之榮；三命雄圖，鐘鼎冠承家之禮。（王勃〈益州夫子廟碑〉）〔註 12〕
>
> 若夫大華千仞，長河萬里，則吾土之山澤，壯於域中；西漢十輪，東京四代，則吾宗之人物，盛於天下。乃有渾金、璞玉，鳳戢、龍蟠，方圓作其輿蓋，日月爲其扃牖。（楊炯〈群官尋楊隱居詩序〉）〔註 13〕
>
> 若夫三清上列，瑤闕控日月之圖；八洞深居，貝闕吐山河之鎮。雖復扶桑大帝，傳赤字於東華；安寶神君，受青符於南極。猶未能發揮不宰，復歸無物之功；開鑿妙門，言謝有爲之業。（盧照鄰〈益州至真觀主黎君碑〉）〔註 14〕
>
> 臣聞七緯經天，星墟分張翼之野；八紘紀地，炎洲限建木之鄉。西距大秦，雜金行而布氣；南通交趾，枕銅柱以爲鄰。俗帶白狼，人習貪殘之性；河淪赤虺，川多風雨之妖。（駱賓王〈兵部奏姚州破賊設蒙儉等露布〉）〔註 15〕

梁元體；有擬梁簡文體，僅一見，爲詩體。

〔註 10〕蕭綱、蕭繹摛辭，三對迭用，未有全集之觀，徐庾則篇篇幾有，甚者通篇皆是矣。

〔註 11〕盧照鄰長聯隔句一起，則漸失古調。如〈與在朝諸賢書〉：「昔張子房處太傅之尊，自疏於南山隱；公孫宏居丞相之位，亦伏於東方生。伯喈已亡，孔文舉將老兵而造膝；方回尚在，王羲之就傖奴而共談。」〔清〕陳均編：《唐駢體文鈔》，卷 4，頁 1a。

〔註 12〕〔清〕王先謙編：《駢文類纂》，頁 564。

〔註 13〕〔清〕陳均編：《唐駢體文鈔》，卷 6，頁 2a。

〔註 14〕〔清〕陳均編：《唐駢體文鈔》，卷 4，頁 4a。

〔註 15〕〔清〕陳均編：《唐駢體文鈔》，卷 6，頁 11a。

清人陳均云：「竊謂駢儷之文，自以沈任徐庾爲極則，而善學沈任徐庾者，莫若唐人。」〔註16〕略觀前例，此言殆信。及張說肅穆，蘇頲淳雅，潛氣內轉幾希，臺閣氣息甚重。謂爲「唐音」，古文既起，駢風亦變矣。

宋人貴理，趣異前修，雖有巧意，多恨雕蟲。彭元瑞《宋四六話》引《梁溪漫志》云：「國初有年八十二而魁大廷者，其謝啓云：『白首窮經，少伏生之八歲；青雲得路，多太公之二年。』此語殆近乎俳。」〔註17〕詆四六爲俳優，斥駢儷爲至淺。〔註18〕觀宋代四六，多持議論，復用散行，蓋麗辭之別體也。

有清以降，學術蓬轉，駢文鬱起，陳維崧才優而文敏，踵武徐庾，迭相照耀，汪琬謂其「自開寶後七百年，無此等作」。〔註19〕沉博絕麗之文，由斯復起。

> 四姓良家，五陵妙族。朱門鬬鴨，識桓氏之家郎；金市乘羊，訝衛家之年少。家近長干之縣，夙解看花；人居蘭陵之街，偏能賣酒。無何而葛榮入北，塵暗三臺；侯景投南，烽馳十郡。齋亡之日，誰知袁粲之子孫；吳沒之年，尚有陸機之兄弟。（陳維崧〈湘筆閣詩集序〉）〔註20〕

毛先舒云：「其年（陳維崧字）之手，弄丸有餘，能於屬詞隸事之中，極其開闔；不外紬青媲白之法，自行跌蕩。」〔註21〕紬青媲白，迭用三對，此非徐庾之流風者乎？

於時辭翰如林，文派多塗，或爲清俊之體，或尚矜練之篇，或追

〔註16〕〔清〕陳均：〈唐駢體文鈔跋〉，《唐駢體文鈔》，頁尾。

〔註17〕〔清〕彭元瑞：《宋四六話》（臺北：廣文書局，1971 年 4 月），頁 404。

〔註18〕〔宋〕洪邁《容齋三筆‧四六名對》：「四六駢儷，於文章家爲至淺。」。〔宋〕洪邁撰，孔凡禮點校：《容齋隨筆》（北京：中華書局，2005 年 11 月），冊上，頁 517。

〔註19〕張仁青：《中國駢文發展史》，頁 435。

〔註20〕〔清〕王先謙編：《駢文類纂》，頁 191。

〔註21〕〔清〕毛先舒：〈湖海樓儷體文序〉，〔清〕曾燠編，姚燮評點，張壽榮眉評：《清朝駢體正宗評本》，卷 1，頁 39a。

博麗之風，或極圓熟之辭。〔註22〕尊徐庾者，必崇藻麗；習三唐者，多爲博富；宗兩宋者，殆得氣勢。然則崇藻麗者，謂三對之迭用也。自徐庾以來，此祕不宣，文士振采，則模範入規。清編類書，始創其體。

《御定駢字類編．凡例六條》

> 是書義取駢字，必選字面確實，的然成類，不假牽合造作者。除虛字不采外，將天地、時令、山水、居處、珍寶、數目、方隅、采色、器物、草木、鳥獸、蟲魚分爲一十二門。至如字面雖實，而類聚不倫，及不甚雅馴，或於對屬無取者，槩不泛及。
>
> 數目、方隅、采色等門，類書從無此體。今既創設，理宜詳核其數目字，……。〔註23〕

夫「對屬無取，概不泛及」，言爲對屬而設，以供駢麗之用者。觀其詮列，總十二門，由天地而時令，由山水而居處，天人之序，亦已明矣。珍寶、器物，人所需也；鳥獸、蟲魚，禽之類也，人禽之分，亦有條矣。而數目、方隅、采色等門，鱗次其中，其類亦已怪矣。夫類書既從無此體，欲爲對屬而設，則其創定，當銜麗辭之來乎？三對迭用，徐庾稱極，則類書設體，亦徐庾流風所及也。

二、開虛字傳神之特色

裁文匠筆，義理貫於行中；離章合句，精神耀於紙上。義理須求，精神須審。求理則實，審神則虛。〔註24〕故實者，形也；虛者，助也。形於理者用事以徵義，助於神者領句以活情。義徵所以發揮，〔註25〕

〔註22〕學者陳耀南謂近代駢文之風格有四：清俊、矜練、博麗、圓熟。見氏著：《清代駢文通義》（臺北：臺灣學生書局，1977年9月），頁53～72。

〔註23〕〔清〕張廷玉：《御定駢字類編》（北京：中國書店，1988年12月），冊1，頁1。

〔註24〕王葆心云：「實字求義理，虛字審精神，此前人定論也。然虛字、實字又各有實理虛神焉。且字之虛實有分而無分，本實字而止輕取其神即爲虛字，本虛字而特重按其理即爲實字。」見氏著：《古文詞通義》，收入王水照編：《歷代文話》，冊8，頁7586。

〔註25〕《文心雕龍．事類》：「眾美輻輳，表裏發揮。」

情活所以頓挫。虛實相生，即成徐庾之法；虛字領實，還變麗辭之貌。

偏裨將校，尚握精兵；州郡官曹，各有交吏。未有居稱扆座，行曰乘輿，遂無五尺之童，高謝千人之長。於公明允，意復云何？國家凋荒，既乏屯衛；皇齊與睦，幸惠優矜。何乃自起趑趄，苟違鄰德？克勘禍亂，欲立功名，咸自軍師，豈在芻隸？湛海珍等，前朝舊將，差匪齊人，分給羸兵，即是梁甲。非云背信，豈曰渝盟？朝野群雄，何所攜貳？（徐陵〈為貞陽侯答王太尉書〉）

奉教垂賚犀裝帶、錢十貫。魏君寶帶，特賜劉楨；趙王國租，偏資裴楷。貫藏文馬，如燒安息之銀；帶插通犀，似獵雲南之獸。北郭騷之長貧，是所甘愜；南宮敬之載寶，殊非念望。花開四照，惟見其榮；鼇戴三山，深知其重。昔沈羲將盡，逢司命而還生；士燮行埋，值仙人而更活。今日慈矜，斯之謂矣！馬前驅前導路，或似識恩；雞未曉而開關，容能報主。（庾信〈謝趙王賚犀帶等啓〉）

泛覽前例，虛實相生，恆存乎通篇；虛字領實，輒見乎其句。隸事類而頗見境界，運虛字而自有跌宕。庾信尤擅，遂成典型。〔註26〕妙窺文心，務深其技。然許敬宗等，此法已少，四傑以下，爲者殆希，燕許手筆，不復見此矣。

思預聞韶，方深擊壤之慰；詞均鄭璞，匪無遼豕之慚。精衛銜芻，豈究靈鼇之境；秋燭繼日，安測陽羽之昇。（許敬宗〈謝勅書表〉）〔註27〕

迹疲千里，未陪丹轂之遊；葉契三英，尚隔黃衣之夢。（王勃〈上武侍極啓〉）〔註28〕

樽浮綠蟻，每撤仙霧之文；障列青牛，更寫行雲之態。（王勃〈夏日宴宋五官宅觀畫障序〉）〔註29〕

〔註26〕觀庾信表啓諸文，通篇幾是此法。

〔註27〕〔清〕陳均編：《唐駢體文鈔》，卷3，頁5a。

〔註28〕〔清〕陳均編：《唐駢體文鈔》，卷5，頁8b。

〔註29〕〔清〕陳均編：《唐駢體文鈔》，卷5，頁10b。

阮籍之見蘇門，止聞鸞嘯；盧敖之逢高士，詎識鳶肩。（楊炯〈群官尋楊隱居詩序〉）〔註30〕

淮仙致雨，仍攀桂樹之山；楚客臨風，更入芙蓉之水。（楊炯〈彭城公夫人爾朱氏墓誌銘〉〔註31〕

於是靈山水府，俱爲鍊玉之場；甲第離宮，多入空歌之地。（盧照鄰〈益州至真觀主黎君碑〉）〔註32〕

雖蒙莊一指，殆先覺於勞生；秦佚二號，詎忘情於怛化。（駱賓王〈與博昌父老書〉）〔註33〕

故三年疲眾，徒聞定笮之譏；五月出師，未息渡瀘之役。……鄧林萬里，纔疏苑囿之基；曾城九重，未出池隍之域。（駱賓王〈兵部奏姚州破賊設蒙儉等露布〉）〔註34〕

六朝餘波，四傑挺秀，徐庾流響，楊炯稱善。然其滯而不逸，麗而不遒，〔註35〕雖有三對之法，頗少虛實之句。略觀上例，皆篇中之一隅。蓋風格既易，法門亦殊。變流麗爲雄博，改齊梁爲唐音，雄博之體雖生，跌宕之情彌少。雖通變之勢，本關時運；而格調之評，始遜古文。暨清室文蘇，駢體彌盛，陳維崧手能弄丸，復有此法。

金蓮擬步，**誰**讓潘妃；白玉如人，**何**殊甘后。芙蓉承輔，**豈**煩傅粉之妝；蘭麝沾膚，**奚**假薰香之術。蝤蠐粉項，**偏**宜白燕雙釵；楊柳纖腰，**解**映綠貍重席。兄居協律，**原**識佳人；姊在昭陽，**新**稱皇后。誠可謂天上無雙，宮中第一者也。然而棄妾鳳城之南，思子狼河之北。歲歲征遼，**空**爲天子；年年服散，**徒**作姬人。妾齡十五，**已**爲離別之時；郎路三千，**大**有相思之曲。看銅街之走馬，息意櫻桃；聽珠閣之吹簫，忘情苣蔻。人傳虎帳，**新**移光祿塞邊；客說

〔註30〕〔清〕陳均編：《唐駢體文鈔》，卷6，頁2b。

〔註31〕〔清〕陳均編：《唐駢體文鈔》，卷6，頁3a。

〔註32〕〔清〕陳均編：《唐駢體文鈔》，卷4，頁4b。

〔註33〕〔清〕陳均編：《唐駢體文鈔》，卷6，頁8b。

〔註34〕〔清〕陳均編：《唐駢體文鈔》，卷6，頁11b。

〔註35〕〔清〕蔣士銓云：「唐四六畢竟滯而不逸，麗而不遒。」〔明〕王志堅編，〔清〕蔣士銓評：《評選四六法海·總論》，頁1b。

> 牙旗，舊駐臙脂山下。妝臺疑惑，繡户徘徊。寄摩敦之紫襖，心傷周室之宇文；贈妃子以金環，目斷齊朝之斛律。王孫質趙，何日言歸；公子留秦，無時云返。其人也如此，其遠也如彼。於是盤龍綰髻，獨上高臺；墜馬明妝，廣開寶埭。青天碧海，竟無桂樹之期；白晝黃昏，又下藁砧之淚。餘香不斷，自洗溽衣；賸粉猶存，私留窮袴。三春永巷，豈有恨於君王；萬里長城，復何心於歌舞。庶幾化石，猶尋道上之夫；莫便升天，竟竊月中之藥。（陳維崧〈家皇士望遠曲序〉）〔註 36〕

觀其虛字領實之法，幾達通篇，徐陵風貌，宛然在是。李調元《賦話》云：「唐人有言曰：『許渾詩，李遠賦，不如不做。求古固未嘗以八韻擅名，且有揶揄之以爲口實者。』然丁卯篇什，雄視晚唐，而此君律賦亦精妙無匹。如〈題橋賦〉云：『神催下筆，俄聞風雨之聲；影落中流，已動龍蛇之狀。』皆能于虛處傳神。」〔註 37〕然則虛處傳神，固駢家不傳之祕，善法徐庾者，必由此乎！

三、導文學批評之指標

《南齊書・丘靈鞠傳》云：「宋孝武殷貴妃亡，靈鞠獻挽詩三首，云『雲横廣階暗，霜深高殿寒』。帝摘句嗟賞。」《文心・隱秀》亦云：「如欲辨秀，亦惟摘句。」然則摘句所以嗟賞，辨秀所以摘句。六朝始兆其風，鍾嶸廣用其法。《詩品》以後，盛相驅扇，有唐彙纂，遂成句圖。〔註 38〕是以掎摭病利，必辨乎秀；沉吟鋪辭，莫務於麗。辨秀之機無定，務麗之途有方。古來駢話，時見摘句，秀句之法，其可觀乎！

王銍《四六話》

> 唐張籍用裴晉公薦爲國子博士，而東平帥李師道辟爲從事。籍賦〈節婦吟〉見志以辭之，云：「君知妾有夫，贈妾

〔註 36〕〔清〕王先謙編：《類文類纂》，頁 193。

〔註 37〕〔清〕李調元：《賦話》（臺北：廣文書局，1971 年 1 月），頁 86。

〔註 38〕鍾嶸以後，摘句評賞之風，愈來愈盛，唐代乃將詩中佳句，彙爲一編，而成「秀句集」、「摘句圖」。

雙明珠。感君纏綿意，繫在紅羅襦。妾家高樓連苑起，良人執戟明光裏。知公用心如日月，事夫誓擬同生死。還君明珠雙淚垂，何不相逢未嫁時。」先子元祐中除知陳留縣，唐君益帥荊南。方董辰沅邊事，辟先子通判沅州，先子已得陳留，而辭之，以啓謝君益曰：「抱璧懷沽，雖免匹夫之罪；還珠自歎，空成節婦之吟。」〔註39〕

按：「抱璧懷沽，雖免匹夫之罪；還珠自歎，空成節婦之吟」，用事貼切，而虛字自有跌宕。

王銍《四六話》

鄧溫伯知成都，〈謝上表〉云：「捫參歷井，敢辭蜀道之難？就日望雲，愈覺長安之遠。」自後凡官兩川者，謝表相承用此一聯。〔註40〕

按：「敢」字一頓，「愈」字一挫，則精神倍出。

王銍《四六話》

王岐公〈慈聖皇后山陵使掩壙慰表〉云：「雁飛銀漢，雖閟景於千齡；龍繞青山，終儲祥於百世。」滕元發〈乞致仕表〉云：「雲霄鴻去，免罹矰繳之施；野渡舟横，無複風波之懼。」呂太尉〈謝賜神宗御集表〉云：「鳳生而五色，悵丹穴之已遙；龍藏乎九淵，驚驪珠之忽得。」凡此之類，皆以氣勝與語勝也。〔註41〕

按：數聯皆以虛字生活，呂太尉句則數色與彩色並運，故謂氣勝與語勝也。

王銍《四六話》

元祐六年立皇后孟氏，而梁況之爲翰林學士，其制略曰：……。末云：「垂光紫庭，襲譽彤管。」一時諸公皆歎其不可及。〔註42〕

〔註39〕〔宋〕王銍：《四六話》，收入王水照編：《歷代文話》，冊1，頁11～12。
〔註40〕〔宋〕王銍：《四六話》，收入王水照編：《歷代文話》，冊1，頁15。
〔註41〕〔宋〕王銍：《四六話》，收入王水照編：《歷代文話》，冊1，頁18。
〔註42〕〔宋〕王銍：《四六話》，收入王水照編：《歷代文話》，冊1，頁22。

按：此數字之對，「襲譽彤管」則用入去平上四聲，固是六朝技法。

王銍《四六話》

表啓中最以長句中四字爲難，以其語少而意多，因舊爲新，涵不盡無窮意故也。前人之語能稱此格者，如劉原父〈謝館職啓〉：「整齊百家，是正六藝。」元厚之〈謝表〉云：「塤篪萬民，金玉百度。」彭器資〈上章子厚啓〉：「報國丹心，憂時白髮。」舒信道〈謝復官表〉：「九幽路曉，萬蟄户開。」蓋可傳載諷味者尤難也。〔註43〕

按：此條所舉四例，皆語少而意多，因舊而爲新。察其對偶，蓋數字、顏色之對耳。

李調元《賦話》

唐王起〈元日上公獻壽賦〉云：「拱北辰之尊，不異乎台居列宿；獻南山之壽，更聞乎岳視三公。」賈餗〈中和節百辟獻農書賦〉云：「是藨是蓘，將致乎千斯倉；爰始爰謀，必因乎四之日。」措語莊雅而典切。謝觀〈清明日賜百官新火賦〉云：「出禁署而螢分九陌，入人寰而星落千門。」亦秀句也。〔註44〕

按：此條所引，王起則數字與方位同標，賈餗、謝觀則巧用數字對，秀句所準，亦可知矣。

李調元《賦話》

明王世貞〈金魚賦〉云：「冠蹙浪之瓊丙，抱含書之丹乙。鱗奕奕而垂錦，沐霏霏而布瑟。」四語精。〔註45〕

按：迭用顏色、干支、疊字對，故曰「四語精」。

李調元《賦話》

《偶雋》：「晚唐士人作律賦多以古事爲題，寓悲傷之旨。如吳融、徐寅諸人是也。黃文江（滔）亦以此擅名。賦唐明皇回駕經馬嵬坡，隔句云：『日慘風悲，到玉顏之死處；

〔註43〕〔宋〕王銍：《四六話》，收入王水照編：《歷代文話》，冊1，頁27。
〔註44〕〔清〕李調元：《賦話》，頁25～26。
〔註45〕〔清〕李調元：《賦話》，頁127～128。

花愁露泣，認朱臉之啼痕。褒雲萬疊，斷腸新出于啼猿；秦樹千層，比翼不如于飛鳥。羽衛參差，擁翠華而不發；天顏愴恨，覺紅袖之難留。六馬歸秦，卻經過於此地；九泉隔越，幾淒愴于平生。』又〈賦景陽井〉云：『莫可追陪，玉樹之歌聲邈矣；最堪惆悵，金瓶之咽處依然。』又〈賦館娃宮〉云：『恨留山鳥，啼百卉之春紅；愁寄隴雲，鎖四天之暮碧。』又〈賦陳皇后因賦復寵〉云：『已爲無雨之期，空懸夢寐；終自凌雲之制，能致煙霄。』又〈賦秋色〉云：『空三楚之暮天，樓中歷歷；滿六朝之故地，草際悠悠。』凡此十數聯，皆研確精微，當時傳諷。〔註46〕

按：或數字與彩色並運，或數字與疊字共舉，或虛字領實，以爲頓挫。用事既研確精微，對偶亦刻意鋪藻。

彭元瑞《宋四六話》

東坡帥定武，有武臣狀極朴陋，以啓事獻坡，讀之甚喜，曰：「奇文也。」客退，以示幕客李端叔，問何者最爲佳句。端叔曰：「獨開一府，收徐庾於幕中；並用五材，走孫吳於堂下。此佳句也。」〔註47〕

按：句勢雄健，復有流宕之致。「獨」「並」以虛字領實，「一府」「幕中」，「五材」「堂下」，數字與方位同標也。

觀《四六話》、《賦話》、《宋四六話》諸書所引，莫不結藻清英，流韻綺靡。澹思濃采，不外三對之用；開合跌宕，即是虛實之倚。三對之用，或數字與彩色並運，或數字與方位同標，或數字與疊字共舉，或彩色與方位競尚。虛實之倚，或虛字領實，或實字結虛。並跡沉徐庾，而務深辭采。然則徐庾遺韻，其導文學批評之指標乎？

徐庾才贍，集雕篆之全能，發綺縠之高喻。夫其流寓南北，歷仕數朝，窮而能工，不負高名；達而猶善，信乃天骨。或文或質，綺豔與清新相接；能遒能逸，沉雄與跌宕俱備。麗辭於斯，亦已美矣。是

〔註46〕〔清〕李調元：《賦話》，頁243～244。
〔註47〕〔清〕彭元瑞：《宋四六話》，頁439～440。

以垂範後昆，流聲百代，藝林崇替，遂失其骨，良可惜哉！

夫駢散之體，六代始分；清濁之音，南朝方辨。駢體之盛，五音之工，成文學之主流，藝壇之瑰寶。劉宋以降，才人窮力而追新；齊梁而來，睿作盡奇而趣詭。文場藝苑，並轡同趨；才子詞人，爭奇鬥艷。字句不偶，或承之羞；音聲奪倫，人誚其陋。世情風俗，求工如斯；道義學風，偏美若此。百年文詠，柢固根深，傑出之才，莫之能逆。而徐庾之後，風氣大移，變態窮形，極妍寫物。君臣上下，勠力同心。既集六代之大成，復開三唐之宏矩，美文盟主，翰苑詞宗，篇章藝能，登峰造極矣。而文多據事，典故難明；詞重雕蟲，旨歸多阻。若其才優詞贍，學敏識通，鋪摛錦珠，本麗壇之上駟；咳唾金玉，即詞苑之精華，快耳娛心，極品可翫。是以本書探賾索隱，縷析條分，然或義有未賅，或詞有未逮。猶冀再接再勵，揚詞壇之晶英；愈磨愈精，宏徐庾之秀藻，庶幾《廣散》不絕，斯文有傳，士生悅目而賞心，國寶發光而耀采。而本文既爲引玉之撰，必塵世人之觀，至祈博雅大師，多所指教而匡謬焉！

主要參考文獻

一、專　書

（一）徐庾文集

1. 《徐孝穆集箋》，〔陳〕徐陵撰，〔清〕吳兆宜注，臺北：世界書局，1984年10月。
2. 《徐陵集校箋》，〔陳〕徐陵撰，許逸民校箋，北京：中華書局，2008年8月。
3. 《庾開府集箋注》，〔北周〕庾信撰，〔清〕吳兆宜注，臺北：臺灣商務印書館，影印文淵閣《四庫全書》本，1986年3月。
4. 《庾子山集注》，〔北周〕庾信撰，〔清〕倪璠注，許逸民校點，北京：中華書局，2006年2月

（二）傳統文獻

【經部】

1. 《十三經注疏》，〔清〕阮元校刻，臺北：藝文印書館，2007年8月。
2. 《春秋左傳注》，楊伯峻撰，臺北：洪葉文化事業公司，1993年5月。

【史部】

1. 《史記會注考證》，〔西漢〕司馬遷撰，〔日〕瀧川龜太郎編著，臺北：萬卷樓圖書股份有限公司，2004年3月。
2. 《漢書》，〔東漢〕班固撰，北京：中華書局，1964年11月。

3. 《後漢書》，〔南朝宋〕范曄撰，北京：中華書局，1965年5月。
4. 《晉書》，〔唐〕房玄齡等撰，北京：中華書局，1974年11月。
5. 《宋書》，〔梁〕沈約撰，北京：中華書局，1974年10月。
6. 《南齊書》，〔梁〕蕭子顯撰，北京：中華書局，1974年2月。
7. 《梁書》，〔唐〕姚思廉撰，北京：中華書局，2002年10月。
8. 《陳書》，〔唐〕姚思廉撰，北京：中華書局，2002年10月。
9. 《北齊書》，〔唐〕李百藥撰，北京：中華書局，1972年11月。
10. 《周書》，〔唐〕令狐德棻撰，北京：中華書局，1974年2月。
11. 《隋書》，〔唐〕魏徵撰，北京：中華書局，1982年2月。
12. 《南史》，〔唐〕李延壽撰，北京：中華書局，2003年6月。
13. 《北史》，〔唐〕李延壽撰，北京：中華書局，2003年7月。
14. 《新唐書》，〔宋〕歐陽修、宋祁撰，北京：中華書局，1975年2月。
15. 《史通通釋》，〔唐〕劉知幾撰，〔清〕浦起龍通釋，上海：上海古籍出版社，2009年12月。
16. 《太平寰宇記》，〔宋〕樂史撰，王文楚點校，北京：中華書局，2007年11月。
17. 《文獻通考》，〔元〕馬端臨撰，臺北：新興書局，1958年10月。

【子部】

1. 《老子校釋》，朱謙之撰，北京：中華書局，2000年9月。
2. 《莊子集釋》，〔清〕郭慶藩撰，北京：中華書局，2007年3月。
3. 《文中子中說注》，〔隋〕王通撰，〔宋〕阮逸注，臺北：世界書局，1959年12月。
4. 《隋唐嘉話》，〔唐〕劉餗撰，程毅中點校，北京：中華書局，1997年12月。
5. 《太平御覽》，〔宋〕李昉等編，臺北：臺灣商務印書館，1997年7月。
6. 《援鶉堂筆記》，〔清〕姚範撰，臺北：廣文書局，1971年8月。
7. 《百子全書》，羅愛萍主編，臺北：黎明文化事業公司，1996年12月。

【集部】

1. 《增訂文心雕龍校注》，〔梁〕劉勰撰，〔清〕黃叔琳注，李詳補注，楊明照校注拾遺，北京：中華書局，2005年11月。

2. 《文選》，〔梁〕蕭統編，〔唐〕李善注，臺北：華正書局，2000 年 10 月。
3. 《玉臺新詠箋注》，〔陳〕徐陵編，〔清〕吳兆宜注，程琰刪補，北京：中華書局，2007 年 10 月。
4. 《文鏡祕府論彙校彙考》，〔唐〕遍照金剛撰，盧盛江校考，北京：中華書局，2006 年 4 月。
5. 《宋濂全集》，〔明〕宋濂撰，羅月霞主編，杭州：浙江古籍出版社，1999 年 12 月。
6. 《漢魏六朝百三名家集》，〔明〕張溥輯，南京：江蘇古籍出版社，2002 年 3 月。
7. 《漢魏六朝百三家集題辭注》，〔明〕張溥撰，殷孟倫注，臺北：世界書局，1979 年 10 月。
8. 《評選四六法海》，〔明〕王志堅編，〔清〕蔣士銓評，臺北：德志出版社，1963 年 7 月。
9. 《四六叢話》，〔清〕孫梅撰，臺北：世界書局，1984 年 9 月。
10. 《汪容甫文箋》，〔清〕汪中撰，古直箋，臺北：中國文化雜誌社，1969 年。
11. 《唐駢體文鈔》，〔清〕陳均編，臺北：世界書局，1975 年 10 月。
12. 《清朝駢體正宗評本》，〔清〕曾燠編，姚燮評點，張壽榮眉評，臺北：世界書局，1975 年 10 月。
13. 《全上古三代秦漢三國六朝文》，〔清〕嚴可均輯，石家莊：河北教育出版社，1997 年 10 月。
14. 《賦話》，〔清〕李調元撰，臺北：廣文書局，1971 年 1 月。
15. 《歷代詩話》，〔清〕何文煥輯，北京：中華書局，1982 年 8 月。
16. 《宋四六話》，〔清〕彭元瑞撰，臺北：廣文書局，1971 年 4 月。
17. 《駢體文鈔》，〔清〕李兆洛輯，譚獻批校，臺北：廣文書局，1963 年 8 月。
18. 《六朝文絜箋注》，〔清〕許槤評選，黎經誥注，臺北：鼎文書局，2001 年 12 月。
19. 《藝概》，〔清〕劉熙載撰，臺北：華正書局，1988 年 9 月。
20. 《湘綺樓詩文集》，〔清〕王闓運撰，長沙：岳麓書社，1996 年 9 月。
21. 《駢文類纂》，〔清〕王先謙編，浙江：浙江古籍出版社，1998 年 6 月。
22. 《無邪堂答問》，〔清〕朱一新撰，北京：中華書局，2002 年 6 月。

（三）近人論著

1. 《駢文概論》，金秬香撰，臺北：臺灣商務印書館，1967年9月。
2. 《文心雕龍之創作論》，黃春貴撰，臺北：文史哲出版社，1968年4月。
3. 《中國文學史》，錢基博撰，臺北：海國書局，1971年5月。
4. 《賦史大要》，鈴木虎雄撰，臺北：正中書局，1976年4月。
5. 《駢文衡論》，謝鴻軒撰，臺北：廣文書局，1976年10月。
6. 《清代駢文通義》，陳耀南撰，臺北：臺灣學生書局，1977年9月。
7. 《中國駢文析論》，張仁青撰，臺北：東昇出版事業有限公司，1980年10月。
8. 《中國駢文概論》，瞿兑之撰，臺北：莊嚴出版社，1981年9月。
9. 《南北朝文評註讀本》，王文濡撰，臺北：廣文書局，1981年12月。
10. 《中國歷代文論選》，郭紹虞撰，臺北：華正書局，1984年8月。
11. 《庾信生平及其賦之研究》，許東海撰，臺北：文史哲出版社，1984年9月。
12. 《照隅室語言文字論集》，郭紹虞撰，上海：上海古籍出版社，1985年4月。
13. 《齊梁麗辭衡論》，陳師松雄撰，臺北：文史哲出版社，1986年1月。
14. 《駢文觀止》，張仁青撰，臺北：文史哲出版社，1986年9月。
15. 《駢文史論》，姜書閣撰，北京：人民文學出版社，1986年11月。
16. 《中國駢文史》，劉麟生撰，臺北：臺灣商務印書館，1990年12月。
17. 《歷代駢文名篇注析》，譚家健編，臺北：明文書局，1991年5月。
18. 《北朝文學研究》，吳先寧撰，臺北：文津出版社，1993年9月。
19. 《駢文通論》，莫道才撰，廣西：廣西教育出版社，1994年3月。
20. 《庾信後期文學中鄉關之思研究》，李國熙撰，臺北：文津出版社，1994年6月。
21. 《駢文》，尹恭弘撰，北京：人民文學出版社，1994年7月。
22. 《中國文學批評通史——魏晉南北朝卷》，王運熙、楊明撰，上海：上海古籍出版社，1995年12月。
23. 《六朝駢文形式及其文化意蘊》，鍾濤撰，北京：東方出版社，1997年6月。
24. 《劉師培全集》，劉師培撰，北京：中共中央黨校出版社，1997年6月。

25. 《古典詩的形式結構》，張夢機撰，臺北：駱駝出版社，1997 年 7 月。
26. 《庾信傳論》，魯同群撰，天津：天津人民出版社，1997 年 12 月。
27. 《駢文與散文》，蔣伯潛、蔣祖怡撰，上海：上海書店出版社，1998 年 1 月。
28. 《中古文學史論》，王瑤撰，北京：北京大學出版社，1998 年 1 月。
29. 《賦與駢文》，簡宗梧撰，臺北：臺灣書店，1998 年 10 月。
30. 《中國修辭學通史：先秦兩漢魏晉南北朝卷》，陳光磊、王俊衡撰，長春：吉林教育出版社，1998 年 11 月。
31. 《漢語現象論叢》，啓功撰，北京：中華書局，2000 年 2 月。
32. 《庾信研究》，林怡撰，北京：人民文學出版社，2000 年 5 月。
33. 《南北朝文學編年史》，曹道衡、劉躍進撰，北京：人民文學出版社，2000 年 11 月。
34. 《中國駢文通史》，于景祥撰，長春：吉林人民出版社，2002 年 1 月。
35. 《南朝佛教與文學》，普慧撰，北京：中華書局，2002 年 2 月。
36. 《全唐五代詩格彙考》，張伯偉撰，南京：江蘇古籍出版社，2002 年 4 月。
37. 《顏氏家訓集解》，王利器撰，北京：中華書局，2002 年 8 月。
38. 《六朝江東世族之家風家學研究》，王永平撰，南京：江蘇古籍出版社，2003 年 1 月。
39. 《中古文學史料叢考》，曹道衡、沈玉成撰，北京：中華書局，2003 年 7 月。
40. 《駢文學》，張仁青撰，臺北：文史哲出版社，2003 年 9 月。
41. 《庾信研究》，徐寶余撰，上海：學林出版社，2003 年 12 月。
42. 《古代漢語》，王力主編，北京：中華書局，2004 年 7 月。
43. 《金樓子研究》，鍾仕倫撰，北京：中華書局，2004 年 12 月。
44. 《南北朝文舉要》，高步瀛撰，北京：中華書局，2005 年 1 月。
45. 《六朝文采理論研究》，辛剛國撰，北京：中國社會科學出版社，2005 年 2 月。
46. 《魏晉南北朝文體學》，李士彪撰，上海：上海古籍出版社，2005 年 2 月。
47. 《六朝史籍與史學》，郝潤華撰，北京：中華書局，2005 年 3 月。
48. 《六朝文體批評研究》，賈奮然撰，北京：北京大學出版社，2005 年 10 月。

49. 《南北朝駢文藝術探賾》，何祥榮撰，香港：匯智出版有限公司，2005年11月。
50. 《賦話廣聚》，王冠輯，北京：北京圖書館出版社，2006年。
51. 《文學風格例話》，周振甫撰，南京：江蘇教育出版社，2006年3月。
52. 《中國中古文學史講義（附《漢魏六朝專家文研究》）》，劉師培撰，上海：上海古籍出版社，2006年4月。
53. 《南北朝文學史》，曹道衡、沈玉成撰，北京：人民文學出版社，2006年6月。
54. 《中國古代文論管窺（增補本）》，王運熙撰，上海：上海古籍出版社，2006年7月。
55. 《中國古代駢文批評史稿》，奚彤雲撰，上海：華東師範大學出版社，2006年10月。
56. 《鍾嶸詩品箋證稿》，王叔岷撰，北京：中華書局，2007年7月。
57. 《歷代文話》，王水照編，上海：復旦大學出版社，2007年11月。
58. 《管錐篇》，錢鍾書撰，北京：新華書店，2007年12月。
59. 《王國維論學集》，王國維撰，傅傑編校，雲南：雲南人民出版社，2008年3月。
60. 《庾信研究》，吉定撰，上海：上海古籍出版社，2008年7月。
61. 《經世與玄思：秦漢魏晉南北朝的精神文明》，章啓群撰，北京：北京大學出版社，2009年1月。
62. 《中國駢文發展史》，張仁青撰，杭州：浙江大學出版社，2009年4月。
63. 《六朝駢文研究》，陳鵬撰，四川：巴蜀書社，2009年5月。

二、論　文

（一）學位論文

1. 《劉宋文研究》，林師伯謙撰，臺北：東吳大學中文研究所碩士論文，1985年。
2. 《徐陵及其詩文研究》，劉家烘撰，臺北：輔仁大學中文研究所碩士論文，1995年。

（二）單篇論文

1. 〈古辭間儷之文用〉，陳師松雄撰，《東吳中文學報》第9期，2003

年 5 月。

2. 〈儷古並存之原因〉，陳師松雄撰，《東吳中文學報》第 11 期，2005 年 5 月。
3. 〈陸機之才學及其對南朝麗辭之影響〉，陳師松雄撰，《魏晉六朝學術研討會論文集》，臺北：東吳大學中國文學系出版，2005 年 9 月。
4. 〈庾信詩文之用典藝術〉，張仁青撰，《魏晉六朝學術研討會論文集》，臺北：東吳大學中國文學系出版，2005 年 9 月。
5. 〈庾信與《左傳》〉，羅玲雲撰，《牡丹江教育學院學報》總第 96 期，2006 年第 2 期。
6. 〈庾信的"善《左傳》"〉，劉雅嬌撰，《柳州師專學報》第 21 卷第 4 期，2006 年 12 月。
7. 〈六朝麗辭體用說〉，陳師松雄撰，《東吳中文學報》第 13 期，2007 年 5 月。
8. 〈略論徐陵的文學觀〉，張映紅撰，《重慶科技學院學報》（社會科學版），2008 年第 8 期。
9. 〈徐庾麗辭同體異風說〉，陳師松雄撰，《東吳中文學報》第 15 期，2008 年 5 月。
10. 〈陸機之家世及其在麗壇之地位〉，陳師松雄撰，《東吳中文學報》第 16 期，2008 年 11 月。
11. 〈徐陵麗辭之文藝性與實用性〉，陳師松雄撰，《東吳中文學報》第 17 期，2009 年 5 月。